Kate Ling

Wir zwei in fremden Galaxien

KATE LING

WIR ZWEI IN FREMDEN GALAXIEN

DIE VENTURA-SAGA

Übersetzung aus dem Englischen
von Anja Hackländer

one

Dieser Titel ist auch als E-Book erschienen

Titel der englischen Originalausgabe:
»The Loneliness of Distant Beings«

Umschlaggestaltung: © Sandra Taufer, München, unter Verwendung von shutterstock/tomertu, shutterstock/Christin Lola und iStock.com/4x6
Satz: Dörlemann Satz, Lemförde
Gesetzt aus der New Caledonia LT
Druck und Einband: GGP Media GmbH, Pößneck

Printed in Germany
ISBN 978-3-8466-0041-2

5 4 3 2 1

Sie finden uns im Internet unter: www.luebbe.de
Bitte beachten Sie auch: www.lesejury.de

KAPITEL 1

Ich weiß, es sind Vögel, aber nur, weil man es mir gesagt hat. Unbeschreiblich viele, in einer langen Reihe, als würden sie auf etwas warten. Ich weiß nicht, was sie letztendlich dazu bewegt aufzufliegen, aber das tun sie, alle zusammen, alle gleichzeitig. Mit tausend winzigen Flügeln erheben sie sich in den Himmel. Und dieser Himmel, unter dem ich selbst nie gelebt habe, ist strahlend blau, mit zarten Schleierwolken wie mit einem Pinsel gemalt.

Dieselben Bilder, dieselbe Szene aus irgendeinem Film, zeigen sie bei jeder Bestattung auf dem großen Bildschirm. Und irgendwie scheint jeder die Metapher zu verstehen. Es folgen einige Fotos der verstorbenen Person, meist nicht viele, das offizielle Gruppenfoto der Vereidigung, ein Bild in Paradeuniform oder eins an Weihnachten, so was in der Art. Aber diesmal ist es anders. Zu Beginn zeigen sie ein Bild meiner Urgroßmutter auf ihrem Heimatplaneten, mit rosigen Wangen, braun gebrannt, die Beine sandig, den Blick blinzelnd in die Sonne gerichtet. Der ganze Saal schnappt kollektiv nach Luft, als das Bild eingeblendet wird.

Uroma Bea hatte unheimlich viele Fotos, manche sogar auf Papier, sodass man sie in den Händen halten konnte. Festhalten und hineinsehen, wie durch ein Fenster. Und wenn man hineingesehen hat, hat sie den Blick erwidert. Natürlich viel jünger. Sie wirkt immer noch quicklebendig, obwohl sie tot ist.

Die Bestattung verläuft so wie jede andere. Als wir die Blumen aus der Produktion niedergelegt haben, starren wir feierlich auf den Sarg, und Grandpa hält eine Rede. Er erwähnt nicht, dass sie die Letzte war, die noch auf der Erde gelebt hat, aber jeder im Saal muss daran denken. Das ist der Hauptgrund, weshalb heute so viele gekommen sind – denn das war's, jetzt sind wir ganz allein.

Am Ende verlassen wir die Druckschleuse und lassen Uroma Bea für immer zurück. Grandpa ist der Letzte, und es kommt mir so vor, als hätte er vergessen hinauszugehen und würde sich nur daran erinnern, weil ich ihn am Arm packe. Dieser Teil wird wohl nie leichter, egal wie oft man ihn hinter sich bringt.

Die Schleusentür fährt langsam zu, und durch die dicken runden Scheiben hindurch beobachten wir, wie sich die beiden Flügel der Außentür öffnen, ähnlich einem gigantischen Kiefer. Dann ist sie verschwunden, hinausgetragen in den Weltraum, mit einem unbekannten Ziel. Auch nicht viel anders als bisher, nur dass sie jetzt ganz auf sich selbst gestellt ist.

Ich bekomme den Joggingaufruf zur ersten Schicht gar nicht richtig mit. Dabei habe ich die Trauerfeier absichtlich eher verlassen, um anschließend todmüde in einen furchtbaren zombieähnlichen Schlaf zu fallen. Irgendwie habe ich das Gefühl, immer noch zu träumen, als ich in meinen Trainingsanzug und die Turnschuhe schlüpfe und mich lustlos auf den Hauptkorridor begebe, wo ich vor lauter Gähnen anfange zu zittern und feuchte Augen bekomme. Als die anderen an mir vorbeirennen, schließe ich mich an, als würde ich in einen reißenden Strom eintauchen. Ich habe Musik auf den Ohren, aber ich höre gar nicht richtig hin, denke nicht einmal nach, sondern falle automatisch in den Rhythmus der anderen Läufer, die wie eine menschliche Pauke über den Gang trommeln. Die Arbeiter der dritten Schicht trotten uns entgegen, einer hinter dem anderen, den Blick gesenkt. Die lauten, aufgepumpten Typen ganz vorn recken die Arme und berühren die niedrigen Kabelkanäle an der Decke, so wie jeden Morgen. Ich könnte sterben vor Langeweile.

Dr. Maddox hat mir diesen Quatsch verordnet. Das ist der einzige Grund, weshalb ich hier mitmache, nur um nicht wieder in die Besserung zu müssen. Dr. Mad hält nämlich nicht viel von Langzeitmedikation bei »Kindern« und zieht es anscheinend vor, sich diese ganzen furchtbaren Dinge anzuhören, die in meinem Kopf vor sich gehen, oder mich sinnlos im Kreis laufen zu lassen, was angeblich Endorphine freisetzt. Ich habe da so meine Zweifel. Manchmal denke ich, Medikamente wären die bessere Lösung, auch wenn man sich dann so fühlt, als hätte jemand einem das Gehirn ausgesaugt und durch einen feuchten Schwamm ersetzt.

Jedenfalls drehe ich hier sinnlos meine Runden zusammen mit den Fliegertypen und den armen Schluckern, die es irgendwie geschafft haben, von dem dürftigen Kantinenessen auch noch fett zu werden. Seit über einem Jahr mache ich das jetzt jeden Morgen, genauer gesagt, seit dem Tag, als ich Dr. Mad und der Besserungsanstalt entkommen konnte. Fünf Wochen lang war ich dort eingesperrt, weil ich beschlossen hatte, einfach nicht mehr zu reden, und (an einem besonders miesen Tag) versuchen wollte, mich mit bloßen Händen durch die Metallwände zu graben, wobei ich mir die Fingernägel blutig gekratzt habe. Und seitdem denkt alle Welt, ich sei verrückt. Aber ehrlich gesagt rede ich nicht gern darüber, weil mir das Ganze ziemlich peinlich ist, außerdem kommen dabei schmerzliche Erinnerungen hoch, die ich lieber verdrängen würde, egal was Dr. Mad davon hält.

Also drehe ich tapfer meine Runden, um endlich wieder normal zu sein. Um meine Verrücktheit abzustreifen. Aber ich fürchte, wenn man so was einmal hinter sich hat, kommt es einem für den Rest seines Lebens so vor, als könnte es jederzeit wieder passieren. Man wirft ständig einen Blick über seine Schulter. Und rennt permanent davon.

Der beste Teil des Parcours ist für die meisten Läufer das Aussichtsdeck. Es liegt im Westteil des Schiffes und ist etwa hundert Meter lang. Zu unserer Linken befindet sich eine Art Tribüne mit Sitzen, aber davor ist noch genügend Platz zum Vorbeigehen (oder in unserem Fall Vorbeilaufen). Rechts befindet sich eine vakuumsichere, vierfach verglaste Panoramascheibe. Dahinter erstrecken sich die endlosen Weiten einer Galaxie, die einem regelrecht ins Gesicht springen. Ich schätze, man kann gar nicht anders, als automatisch hinzusehen, aber anders als die meisten Leute habe ich mir nie viel daraus gemacht. Zumindest bis vor Kurzem.

Denn seit einigen Wochen nähern wir uns einem Sternsystem namens Huxley, und der Anblick einer echten Sonne macht die Aussicht für mein Empfinden deutlich interessanter. Wir haben schon ewig keine Sonne mehr gesehen, und sie erweckt einen irgendwie zum Leben, obwohl Huxley als Zwergstern mittleren Alters der Spektralklasse K eher klein und mickrig ist. Trotzdem weckt es einen irgendwie auf, sozusagen auf einer Zellebene, die wir nicht so richtig begreifen können und nicht begreifen müssen. Huxley ist das erste Sternsystem unserer bislang vierundachtzigjährigen Reise, das organisches Leben ermöglichen könnte. Das spielt im Grunde keine große Rolle, denn wir sind ein Erstkontaktschiff und kein Pionierschiff, andererseits sind wir die Ersten, die hier vorbeikommen, und wir haben keine Ahnung, was wir möglicherweise dort vorfinden. Das ist das Einzige, wofür es sich zu leben lohnt; das Einzige, was mir das Gefühl gibt, hier leben zu wollen.

Nach dem Joggen will ich nicht gleich zurück ins Quartier, deshalb gehe ich stattdessen zu Emme. Wir haben uns in letzter Zeit nicht gerade blendend verstanden, und mir ist bewusst, dass es an dieser Du-bist-doch-verrückt-Geschichte liegt. Das ist leider das Problem daran, wenn man einmal durchdreht: Die Leute sehen einen nie wieder mit denselben Augen.

Aber als ich bei ihr klingle, lässt sie mich gleich rein. Wir stehen in der engen grauen Familienküche, wo gerade ziemliches Chaos herrscht, aber zum Glück ist außer uns keiner zu Hause.

»Wo sind denn deine Eltern?«, frage ich, doch meine Gedanken schweifen sofort ab, sodass ich die Antwort verpasse. Wir gehen zusammen in ihr Zimmer und setzen uns aufs Bett. Ich beuge mich über meine Knie und starre zu Boden.

»Spielen wir eine Runde Schach?«, fragt sie.

Ich nicke und rutsche auf dem Bett nach hinten, um mich gegen die kalte Wand zu lehnen. Keiner von uns sagt ein Wort, während wir das Spiel auf dem Pod starten.

»Tut mir echt leid, das mit Uroma Bea«, sagt sie.

»Ist schon okay, sie war alt.« Ich zucke mit den Schultern und blocke ab.

»Na ja, schon«, sagt sie. »Aber … so kurz vor unserem Abschluss und alles.«

»Der ist mir eh egal.«

»Mir auch«, erwidert Emme.

Unsere Pods piepen, und wir spielen ein paar Züge Schach. Dann drückt sie auf Pause.

»Nein, es ist mir nicht egal«, sagt sie. »Das war gelogen.«

Ich warte ab, sehe sie an.

»Ich bin einfach noch nicht so weit«, sagt sie. Dann folgt eine Stille, die ich nicht ausfülle. »Du etwa?«

»Keine Ahnung … ich sehe einfach keinen Grund, darüber nachzudenken, wenn ich eh nichts daran ändern kann.«

»Der Service? Dein Lebensbund? Machst du dir etwa keine Gedanken?«

»Warum soll ich mir Gedanken machen, wenn es so oder so passiert, ob ich will oder nicht?«

Sie sieht mich mit zusammengezogenen Augenbrauen an, die Lippen aufeinandergepresst. Dann kehrt sie zurück zu unserer Partie, setzt eine Figur und drückt erneut auf Pause. »Was glaubst du, wen du bekommst? Als Lebenspartner?«

Ich zucke mit den Achseln. »Das Ganze ist doch ein Witz. Was spielt das für eine Rolle?«

Sie betrachtet mich immer noch mit demselben skeptischen Ausdruck in ihren hübschen großen Augen.

»Seit wann bist du eigentlich so?«

»Wie denn?«

»Na, so gleichgültig.«

Und in dem Moment wird mir bewusst, warum Emme und ich in letzter Zeit nicht gut miteinander auskommen: Sie ist immer noch der Meinung, dass man dieser sinnlosen Existenz etwas Positives abgewinnen kann. Und ich nicht.

KAPITEL 2

Meine Schwester, Pandora, hat ihren Lebenspartner Cain vor knapp einem Jahr geheiratet, und jetzt ist sie im siebten Monat schwanger, mit neunzehn, und unausstehlich glücklich. Sie macht nichts anderes, als den ganzen Tag zu lachen und Babysachen zu stricken und andere junge Mütter einzuladen, die ihr irgendwelche Sachen schenken und ihr albern den Bauch streicheln. Cain ist auch total aus dem Häuschen. Dabei habe ich mal gedacht, er wäre cool. Wenn ich ihn jetzt sehe, wie er ihren Bauch hätschelt und tätschelt, erkenne ich ihn fast nicht wieder. Ich war sogar mal neidisch auf meine Schwester, weil ihr Lebenspartner eigentlich ganz okay ist, aber jetzt hat er sich in einen totalen Loser verwandelt, und ich kann den Typen nicht mal mehr ansehen. Von Pandora bin ich dagegen weniger enttäuscht, sie war schon immer eine Niete. Manchmal wundert es mich, wie wenig wir beide gemeinsam haben. Dabei leben wir seit Ewigkeiten im selben Quartier, und auf einmal strickt sie nur noch Babysocken.

Jeder normale Mensch wäre längst in sein eigenes Familienquartier gezogen, aber meine Schwester ist eben nicht normal, deshalb hat sie den Umzug jetzt erst beantragt. Das liegt an ihrem tragischen Irrglauben, dass Dad und ich sie hier vermissen würden. Und das weiß ich nur, weil Cain mir mal erzählt hat, sie sei total besorgt, dass wir ohne sie nicht klarkommen. Deshalb wolle sie eigentlich mit dem Baby hierbleiben, aber ich habe ihm gesagt, dass wir *mit* ihr noch viel weniger klarkommen. Ich meine, unser Verhältnis ist so was von gestört. Dad weiß schon gar nicht mehr, wie er in seiner Freizeit zwischen uns sitzen soll. Seit Jahren streiten wir uns über seinen Kopf hinweg, während er einfach nur dasitzt und schweigt, vielleicht ab und zu mal lacht oder sagt: »Bitte, ihr beiden!« Früher hat er die Zeit mit uns wenigstens noch genossen, vor allem, weil wir ihm vor dem Schlafengehen immer einen Kuss aufs Haar gedrückt haben. Aber jetzt bin ich mir nicht mehr so sicher, weil Cain und Pan nur noch miteinander tuscheln und herumalbern, während Dad und ich auf irgendein Display starren. Die meiste Zeit frage ich mich, wie Pan so bescheuert sein kann, ihre erbärmliche Existenz auch noch zu genießen.

Als ich am Morgen das letzte Mal zu Erziehung muss, hoffe ich eigentlich nur, niemals so zu werden wie sie; und ich hoffe, den Tag zu überstehen, ohne dass mir das Gehirn aus den Ohren trieft.

Die erste Stunde haben wir bei Pastor Seth, der uns neun Jahre lang Geschichten aus der Bibel erzählt hat und unseren letzten Tag dazu nutzt, uns in einem grauen knastähnlichen Raum den Sinn des Lebens zu erklären, besser gesagt den Sinn des Lebens, wie *er* ihn sich vorstellt. Jonah ist mal wieder der Einzige, der zuhört, ansonsten interessiert sich kein Mensch für diesen Quatsch. Ich meine, Emme schreibt zwar fleißig mit, aber in Wirklichkeit macht das der Autopilot.

»Generation 84, eure Zeit ist gekommen.« Solchen Quatsch erzählt uns Pastor Seth praktisch jeden Tag. Wir sind fünfunddreißig Schüler in unserer Klasse, alle zwischen fünfzehn und siebzehn – die nächste Fuhre von Arbeitern, die hier wie am Fließband produziert werden. Es gibt nur drei Klassenräume, also verbringt man drei Jahre in Erziehung A, drei Jahre in B und drei Jahre in C, dann ist man durch, und als Ersatz bekommen sie eine neue Fuhre Sechs- bis Achtjähriger, denen sie das Leben zur Hölle machen, und die sich wahrscheinlich jetzt schon wünschen, sie wären nie geboren worden.

Als ich wieder hinhöre, hat sich Pastor Seth anscheinend warm geredet, denn er strahlt nur so durch seinen Bart, der bei einem Pastor obligatorisch ist. »Dies ist eure große Stunde, Generation 84. Euer Lebensweg wird sich nunmehr offenbaren; der Weg, den Gott für euch vorgesehen hat.«

Das ist der größte Schwachsinn überhaupt, denn Gott hat hiermit nichts, aber auch gar nichts zu tun, und das weiß er ganz genau.

»Morgen werdet ihr erfahren, wer von euren Klassenkameraden euch ins Erwachsenenalter und ins Familienleben begleiten wird, damit ihr eure wahre Bestimmung erfüllen könnt.«

Daraufhin meldet sich Ezra Lomax zu Wort: »Streitet euch nicht um mich, Mädels. Nur eine kann die Glückliche werden!« Typisch. Die meisten von uns lachen, aber manche der Mädels (Emme eingeschlossen) kichern albern, und man merkt, dass sie sich insgeheim Chancen erhoffen. Arme Idioten. Er ist zwar der Sohn des Captains und hält sich für unwiderstehlich, deshalb schafft er es irgendwie, auch andere davon zu überzeugen, aber das war es auch schon.

Nach dem Unterricht bei Pastor Seth haben wir unsere letzte Stunde bei Lieutenant Maria Fernanda, und während wir an nichts anderes denken können als an unseren Dienst, der am

Montag beginnt, und uns fragen, welchem Bereich wir wohl zugeordnet werden, zeigt sie uns einen Dokumentarfilm über die Entstehung menschlichen Lebens auf der Erde. Das Video ist schon ziemlich alt, definitiv aus einer Zeit, bevor man sich das hier ausgedacht hat, bevor man auch nur auf den Gedanken gekommen wäre, eines Tages achthundertachtundachtzig Menschen in eine übergroße Konservenbüchse zu stecken und auf Nimmerwiedersehen in den Weltraum zu schießen. Und dann nutzt sie diesen Film auch noch als Begründung, weshalb wir uns glücklich schätzen können, dass wir nicht mehr wie die Tiere leben, sondern in Familienverbänden, die sorgfältig geplant und reguliert werden, um von unkalkulierbaren Risiken wie Gefühlen und sexuellen Neigungen verschont zu bleiben. Und dass es ein wahrer Segen ist, sich die Eizellen aussaugen zu lassen, damit irgendwelche Wissenschaftler unseren Nachwuchs in einer Laborschale erzeugen, in streng limitierter Anzahl, nach einem festgelegten Fünf-Jahres-Zyklus, halb männlich, halb weiblich, wie auf einer interstellaren Rinderfarm. Und als zusätzlichen Bonus müssen wir uns nicht mal mehr mit den üblichen Krankheiten, Fehlbildungen und Unwägbarkeiten herumschlagen, die uns als normale Menschen verfolgt hätten. Stattdessen müssen wir nur noch mit den Erkrankungen klarkommen, die wir selbst erschaffen haben.

Anschließend geht es zum letzten Vertreter unserer heiligen Dreifurchtbarkeit, Dr. Pen, der uns das PR-Video der Ventura Communications Incorporated vorspielt, das wir schon eine Million Mal gesehen haben. In dem Video ist dieses pulsierende Signal zu hören, das ein ganzes Team von Technikern seit über hundert Jahren zu entschlüsseln versucht (bislang ohne Erfolg) und dem wir in Richtung Epsilon Eridani folgen, obwohl wir jeweils 350 Jahre hin und zurück brauchen, nur um herauszufinden, was *sie* uns damit sagen wollen, falls es dieses »sie« überhaupt gibt und es sich nicht nur um eine kosmische Rückkopplung handelt. Eigentlich sollte ich dieses Signal hassen – irgend so ein dämliches Signal, ohne das dieser ganze Mist (ich selbst eingeschlossen) gar nicht existieren würde –, aber komischerweise hatte ich schon immer etwas dafür übrig. Es ist einfach extrem hartnäckig. Es macht immer weiter. Und in über hundert Jahren hat es noch kein Mensch geschafft, dessen Code zu entschlüsseln (wenn es denn einen gibt). Dabei ist es eigentlich nur Lärm, extrem chaotischer Lärm, aber es gab eben genug Leute, die davon überzeugt waren, dass es uns etwas zu sagen hat. Und deshalb wurde dieses Projekt ins Leben gerufen. Ich schätze, das beweist eigentlich nur, wie sehr wir uns davor fürchten, hier draußen allein zu sein.

Jedenfalls ist das alles nur die Einleitung zu einer echt lahmen Party, die zwischen zwei und drei Uhr stattfindet, eine Mischung aus Karaoke (so was nennt man hier Unterhaltung) und peinlichem Herumstehen, während die Lehrer feuchte Augen bekommen und bescheuerte Reden halten und beteuern, wie glücklich wir alle mal werden.

Ich unterhalte mich nicht großartig, weil die Situation total verkrampft ist. Eigentlich bin ich mit ein paar Typen befreundet, weil ich genau wie sie Videospiele mag, aber denen kann ich nicht mal in die Augen blicken, wenn ich daran denke, dass wir morgen erfahren, ob wir vielleicht den Rest unseres Lebens zusammen verbringen müssen. Deshalb stehe ich mit Emme in einer Ecke und starre die meiste Zeit zu Boden.

»Mal im Ernst. Was glaubst du, wen du morgen bekommst?«, fragt Emme.

Ich stütze mein Kinn in die Hand und staune, wie schwer sich mein Kopf gerade anfühlt. »Ich sag doch …«

Sie streckt beide Hände von sich. »Schon klar, es ist dir egal. Und was glaubst du, wen *ich* bekomme?«

»Du hoffst definitiv auf Ezra.«

Sie grinst. »Klar, wer nicht? Sohn des Captains. Extrem attraktiv.«

Ich verziehe das Gesicht. »Ist dir noch nie aufgefallen, wie selbstverliebt dieser Typ ist?«

Sie zuckt mit den Schultern. »Schon. Aber damit kann ich leben.«

In dem Moment beendet Brandon seine Karaoke und ruft Emme für den nächsten Song auf die Bühne. Während er ihr das Mikrofon hinhält, streckt sie mir ihre Hand entgegen.

»Komm schon, Seren. Sing mit mir ein Duett. Wie in alten Zeiten.« Ich schwöre, mir schaudert bei den Worten.

»Danke, aber ich passe«, sage ich.

»Ach komm!« Sie hüpft auf der Stelle und packt meine Hand, die ich ihr mit einem bösen Blick entziehe.

»Nein, Em. Ich meine es ernst.« Sie zuckt mit den Schultern, und ihr Lächeln verblasst ein wenig, dann eilt sie zur Bühne und bekommt rechtzeitig ihren Einsatz.

Emme ist nicht gerade die weltbeste Sängerin, aber sie trifft zumindest alle Töne, und bei ihrem Selbstvertrauen macht sie einen echt guten Eindruck. So eine Ausstrahlung habe ich mir immer gewünscht, aber wenn ich mich mal dazu überreden lasse, spiele ich eher eine düstere und grüblerischere Version meiner selbst. Dabei ist es nicht mal so, als *wollte* ich mich nicht amüsieren – es fällt mir einfach nur extrem schwer. Ist scheinbar angeboren. Oder auch nicht.

Ich sehe mich um und betrachte meine Leidensgenossen, die lustlos an den Tischen hocken, blass und käsig im harschen Licht der Neonröhren, und mein Blick fällt auf Jonah, der in der gegenüberliegenden Ecke sitzt und liest, vermutlich in der Bibel, als würde ihn das alles nichts angehen. Schon komisch, dass er und Ezra als eineiige Zwillinge so unterschiedlich sind, obwohl sie sich total ähnlich sehen. Zum Schluss schreiben wir einander alberne Sprüche auf die T-Shirts, als hätte die Zeitverschwendung der letzten neun Jahre irgendeine tiefere Bedeutung, und dann ertönt der Gong zum Beginn der zweiten Schicht, und damit hat das Drama endlich ein Ende.

KAPITEL 3

Die Entlassungsfeier. Wir müssen in Paradeuniform erscheinen. Für mich ist es das erste Mal, deshalb ist meine noch ungetragen, frisch aus der Verpackung, weißes Hemd mit Krawatte, grauer Blazer, der bis obenhin zugeknöpft wird, und ein komischer runder Hut mit demselben Ventura-Emblem wie auf unserer Alltagskleidung, aber kalt und silbern und aus Metall statt einfach nur aufgestickt. Einen Moment lang betrachte ich mich im Spiegel und denke über alles nach, versuche mir alles bewusst zu machen. Ab heute bin ich nicht mehr in der Erziehung. Ab heute bin ich offiziell im Dienst, zwei Jahre lang, verpflichtend, bis ich mich spezialisiere. Acht Stunden am Tag, fünf Tage die Woche. Und heute erfahre ich, mit wem ich den Rest meines Lebens verbringe, mit wem ich gentechnisch manipulierte Kinder bekomme, wen ich in Zukunft lieben soll.

Captain Katerina Lomax, besser bekannt als Captain Kat, die Frau, die den Laden hier schmeißt, seit unser ehemaliger Captain Lee vor gut vier Jahren gestorben ist, betritt die Bühne in ihrer marineblauen Kommandantenuniform. Sie ist erst Mitte dreißig und hat zwei seltsame Kinder und einen toten Ehemann, trotzdem ist sie auf der Karriereleiter beharrlich nach oben geklettert, bis sie genau da angekommen ist, wo sie hinwollte, nämlich ganz oben. Sie ist groß und blond und sagenhaft attraktiv, sodass man sich nicht lange fragen braucht, weshalb ihr alle Türen offen standen, aber sie hat ihre Chancen definitiv genutzt. Für meine Schwester ist sie der Herrgott persönlich, auch wenn sie diese Meinung nicht rechtfertigen kann und mich erst recht nicht von meiner Ansicht abbringt, dass Captain Kat ziemlich besessen ist und mir Angst macht. Dad sitzt direkt neben mir, Pan auf seiner anderen Seite, und in der Kälte des Versammlungssaals sehen wir zu, wie Captain Kat das Podium betritt.

»Wie ihr alle wisst, schreiben wir derzeit das vierundachtzigste Jahr, seit die Ventura die Erde verlassen hat, und es werden laut unserer Prognose noch zweihundertzweiundsechzig Jahre vergehen, ehe wir unser Ziel erreichen. Wir sind das Opfer, das die Menschheit erbracht hat, um herauszufinden, was sich hinter Epsilon Eridani verbirgt. Ja, ihr habt richtig gehört, ich spreche von *Opfer*. Ich will nicht abstreiten, dass wir im Namen dieser Mission ein gewaltiges Opfer erbringen.

Als die Ventura Communications Incorporated erstmals als Sponsor für das gemeinschaftliche SETI-Projekt der NASA und ESA auftrat, war wohl kaum jemandem bewusst, welch weitreichende Folgen das Projekt haben würde. Die verschlüsselte Botschaft, die aus dem Sternsystem Epsilon Eridani empfangen wurde, war nur der Anfang. Als diese Mission erstmals in Erwägung gezogen wurde, gab es eine Reihe von Problemen, die zunächst gemeistert werden mussten. An erster Stelle stand das Raumschiff selbst – kraftvoll, kernfusionsbetrieben, autark. Die Notwendigkeit, künstlich Schwerkraft zu erzeugen. Die Voraussetzung, praktisch jedes Nahrungsmittel aus Ei- und Fischproteinen zu synthetisieren sowie Wasser und Luft unbegrenzt zu filtern. Letztendlich blieb nur unsere eigene Sterblichkeit als schwächstes Glied der Kette. Als deutlich wurde, dass die Reise in einem einzigen Menschenleben nicht zu bewältigen wäre, wurde die Idee eines Mehrgenerationenschiffs ins Leben gerufen.

Wir sind eine der interstellaren Generationen. Wir haben die Erde nie gesehen; wir werden unser Ziel nie zu sehen bekommen. Dieses Raumschiff, auf seiner siebenhundertjährigen Reise, ist das Einzige, was wir jemals sehen werden. Was unsere Kinder je sehen werden. Was unsere Eltern je gesehen haben. Unsere Nachfahren werden das Ziel dieser Mission irgendwann erreichen, und *ihre* Nachfahren werden eines Tages zur Erde zurückkehren, mit den aufregendsten Neuigkeiten, die die Menschheit je erhalten wird. Doch in der Zwischenzeit dürfen wir nicht vergessen, wer wir sind. Wir müssen die Kultur, die Moral, die Ideale unserer Heimat stets bewahren.

Aus diesem Grund ist die Erziehung, die ihr mit dem heutigen Tag beendet, so entscheidend für den Erfolg dieser Mission, und ich weiß, jeder Einzelne von euch hat sein Bestes gegeben und jeden einzelnen Moment geschätzt. Nun ist es an der Zeit, dass ihr eure eigentliche Rolle an Bord dieses Schiffes übernehmt, euren eigenen Beitrag leistet und ein produktives Mitglied dieser Gesellschaft werdet. Und der erste Schritt auf diesem Weg ist der Eintritt in euren Dienst. Zwei Jahre lang werdet ihr in der Instandhaltung, der Produktion, dem Haushalt oder einer anderen Abteilung eingesetzt, um euren Fleiß, eure Zuverlässigkeit und eure Flexibilität unter Beweis zu stellen und eure wahre Berufung zu finden.

Euer Bund ist selbstverständlich ebenso wichtig. Und deshalb werdet ihr heute erfahren, welcher eurer Klassenkameraden euer zukünftiger Lebenspartner wird. Das Zuchtprogramm ist ein zentraler Grundpfeiler dieser Mission, und wir wissen, ihr werdet eure Rolle mit Stolz und Freude erfüllen, genau wie eure Eltern und Großeltern vor euch.

Daher ist es mir eine Ehre, nun ohne weitere Umschweife die Abschlussklasse des Missionsjahres 84 aufzurufen.«

Alle um mich herum klatschen, aber ich würde mich am liebsten übergeben. Pan greift umständlich an Dad vorbei und drückt meine Hand, während er meine Schulter zerquetscht und lächelt – *lächelt*, meine Güte –, als könnte das hier eine positive Wendung nehmen. Der Typ hat echt keine Ahnung.

Als ich wieder hinhöre, hat Captain Kat ausnahmsweise mal etwas halbwegs Interessantes zu berichten. »Bevor ich die jeweiligen Lebenspartnerschaften verkünde, habe ich noch eine weitere Neuigkeit für euch. Einer der diesjährigen Absolventen wurde für einen ganz besonderen Lebensweg auserwählt, und es ist mir eine große Freude, euch mitteilen zu dürfen, dass kein Geringerer als mein Sohn, Jonah Lomax, seine Berufung als Priester gefunden hat. Wir sind sehr stolz und überglücklich.« Sie klatscht enthusiastisch in die Hände und hat tatsächlich Tränen in den Augenwinkeln, perfekt positioniert, während Jonah aufsteht und wir anderen mit offenem Mund zusehen und denken: Wie krass ist das denn? Ich meine, diese Frau kennt echt keine Grenzen. Es kommt zwar nicht aus heiterem Himmel, weil er sich schon immer für so was interessiert hat, aber das ist eine echt bequeme Lösung für den unglücklichen Zufall, dass sich vor siebzehn Jahren eine Eizelle falsch geteilt hat. Ich sehe, wie Jonah mit benommenem Ausdruck die Bühne betritt und Pastor Seth ihm die lilafarbene Schärpe um den Hals legt, und ich bin mir nicht mal sicher, ob er mir leidtut oder ob ich ihn beneide, weil er gerade einen echten Ausweg aus diesem Schlamassel gefunden hat.

Jedenfalls bleibt mir keine Gelegenheit, darüber nachzudenken, denn Captain Kat ist mal wieder voll in ihrem Element, während sie bei gedimmtem Licht die neuen Lebenspartnerschaften verkündet. Auf der Leinwand erscheinen unsere Gesichter, begleitet von allgemeinem Jubel und Applaus. Okay, die gute Nachricht ist die, ich muss mich wenigstens nicht mit Arthur herumschlagen (das muss Phoebe), und Erica bekommt Nico (oh Mann, der ist echt der Schlimmste). Emme ist als Nächste dran, und unsere Blicke begegnen sich quer durch den Raum. Sie sitzt neben ihrer Mutter, ihrem Vater und ihrer Großmutter, die alle so aussehen, als würden sie vor Spannung platzen, und dann erscheint ihr Bild auf dem Display. Sie sieht echt hübsch aus, obwohl sie wusste, wofür das Foto sein soll, und man ihr die Panik leicht ansieht. Vor lauter Aufregung kann ich mir das Bild, das neben ihrem erscheint, kaum ansehen … aber es ist Leon Witney, und es hätte echt schlimmer kommen können. Ich meine, er ist zwar irgendwie seltsam und stottert, ein ziemlicher Langweiler, trotzdem schenke ich Emme ein Lächeln und hebe meinen Daumen, denn ich meine, *hallo*, es hätte auch Ezra sein können, und das wäre echt der Super-GAU, egal was sie sich da einredet.

Aber so langsam werde ich nervöser, und ich frage mich, welches Foto neben meinem erscheinen wird. Vorher sind noch ein paar andere an der Reihe, aber dann ist es so weit. Ich sehe mein Gesicht, total genervt und weiß wie die Wand, und daneben: Ezras nervige Visage. Ezra Lomax. Mein Lebenspartner. Der Vater meiner ungeborenen Kinder. Und als seine Mutter den Bund verliest, hat sie auch noch den Nerv, überrascht die

Augenbrauen hochzuziehen. Dann sieht sie ihn an, ihren widerlichen Sprössling, vorn in der ersten Reihe, und Ezra wirft einen Blick über seine Schulter, sodass ihm die blonden Haare ins Gesicht fallen, wie in Slow Motion, und unsere Blicke begegnen sich flüchtig, bevor wir beide nach vorn gehen. Wir müssen tatsächlich aufstehen und unsere Beine bewegen, um uns die Zeugnisse abzuholen, und natürlich bekomme ich das alles mit, aber ich habe das Gefühl, es passiert gar nicht mir, sondern jemand anderem. Aber dann stehe ich plötzlich neben ihm, IHM, und die Hitze seines Arms vermischt sich mit der Hitze meines Arms, sodass ich ihn hastig zurückziehe, und über den Lärm der Menge hinweg (die ich vor lauter Panik nicht mal sehe) höre ich, wie er – *was?!* – leise summt. Er *summt*. Keine Melodie oder so, nur einen Ton, einen langen, flachen Ton, wie eine wütende Biene.

Hier ein paar Stichworte zu Ezra Lomax: arrogant, tyrannisch, selbstverliebt. Und wie ich hier so stehe, wird mir bewusst, dass ich es schon immer geahnt habe. Nicht im positiven Sinne, ich habe eher geahnt, dass mein Leben nichts Gutes bringen würde.

Hinterher stehen wir beide zusammen, und die Unterhaltung verläuft ungefähr so:

Er: »Also …«

Ich: »Also …«

Er: »Ist schon irgendwie, ähm …«

Ich: »Jep.«

Er: »Keine Ahnung, also …«

Ich: »Was?«

Er (die Hände in die Taschen geschoben, weil er nichts damit anzufangen weiß): »Keine Ahnung, ich meine …«

Ich: »Was?«

Er (lachend): »Mann, was weiß ich?«

Und um uns herum treten alle unbeholfen von einem Fuß auf den anderen. Ich meine, wir hatten unseren Applaus, und manche tupfen sich die Augen ab, und vermutlich sollte ich das Gefühl haben, an einem gigantischen Wendepunkt zu stehen, aber stattdessen habe ich einen trockenen Mund und fühle mich flau und verschwitzt, und meine Augen funktionieren nicht mehr richtig. Wahrscheinlich fühlt es sich genauso an, wenn man einen Gehirntumor hat. Und weil sich gerade alle zusammenrotten und in den Armen liegen, steht meine Familie plötzlich neben mir, und alle sehen mich an, als hätten sie irgendwie Angst, was ich als Nächstes tun könnte, sodass sie mir fast leidtun. Also zwinge ich mich zu einem Lächeln. Und als hätten sie nur auf mein Zeichen gewartet, fallen plötzlich alle über mich her, Dad zieht mich in eine Art Schwitzkasten und küsst mich aufs Auge, Cain legt einen Arm um meine Schulter und reicht Ezra seine freie Hand, Pan zerdrückt mir fast die Finger und beteuert überschwänglich, wie sehr sie sich für mich freut. Nur Grandpa blickt mir aus dem Hintergrund tief in die Augen, stattlich und unnahbar in seiner schwarzen Paradeuniform des Sicherheitsdienstes, in der er wie immer alles überwacht, doch dann zwinkert er mir unmerklich zu.

Ich beobachte, wie Dad Ezras Hand ergreift und ihm gleichzeitig auf den Rücken klopft, sodass dieser einen Schritt vorwärtstaumelt. »Freut mich«, sagt er, um sich selbst davon zu überzeugen. Ich weiß nämlich mit ziemlicher Sicherheit, dass Dad von ihm und seiner Familie nicht allzu viel hält, aber wahrscheinlich denken alle, als Sohn des Kapitäns ist er irgendwie wichtig, und das hat bestimmt seine Vorteile, welcher Art auch immer. Aber eigentlich will ich es gar nicht herausfinden.

Jedenfalls ist Captain Kat inzwischen fertig mit Jonah und ihrem mütterlichen Getue (jeder weiß, dass er ihr Liebling ist, aber sie hat auch keine große Auswahl, wenn man die Alternative betrachtet), also kommt sie zu uns herüber und steht plötzlich neben mir, einen melodischen Seufzer auf den Lippen, ihren verzückten Blick fest auf mich gerichtet, ein diamantenes Funkeln in ihren himmelblauen Augen.

»Was für ein Freudentag! Was für ein Geschenk, hier nebeneinander stehen zu dürfen und auf ein gemeinsames Leben voller Glück und Harmonie zu blicken«, sagt sie, und ich denke mir im Stillen, dass Dad vollkommen recht hat, sie trägt echt viel zu dick auf. Captain Kat ist genau die Art von Person, die man besser am Bildschirm betrachtet; für die Realität ist sie einfach zu überwältigend – zu groß, zu blond, zu was weiß ich.

Anstatt mich oder Ezra zu umarmen, legt sie uns beiden eine Hand an die Wange, lässt ihren Blick zwischen uns schweifen und tut so, als würde sie gleich anfangen zu heulen. Im nächsten Moment ergreift sie Dads Hand, dann Pandoras, dann Cains, doch ohne die drei zu beachten, denn in Wirklichkeit ist sie unterwegs zu Grandpa.

»Ah, Joshua«, sagt sie, als sie ihn erreicht. Ihre Hand greift nach seinem Ellbogen, dort wo er sich die Kappe unter den Arm geklemmt hat. »Ist das nicht absolut perfekt? Wie hätten wir uns das erhoffen können? Unsere Familien wurden geprüft, gebrochen. Nun können wir endlich heil und unversehrt in eine gemeinsame Zukunft blicken. Ich bin überwältigt von Gottes Gnade.«

Ich beobachte Grandpa, der Ezra von der Seite her mustert, während dieser mit mürrischem Blick an seinen Haaren herumfummelt, was total lächerlich wirkt, erst recht nach Grandpas Maßstäben. Er sieht fast aus, als würde er sich fragen, wie es nur dazu kommen konnte, vor allem nachdem er mit unserem alten Captain so eng befreundet war, weil sich die beiden schon aus der Erziehung kannten. Captain Lee hat alles auf seine ganz eigene Art gehandhabt, aber seit Captain Kat am Ruder sitzt, weht hier ein frischer Wind, nur leider nicht im positiven Sinne.

Jedenfalls geht das eine Zeit lang so weiter, und irgendwann gibt es Sekt (unser erster offizieller Alkohol) und so ein widerliches Gebäck in der Farbe von rohem Fleisch. Wir sollen uns anscheinend unterhalten, aber das tun wir nicht. Besser gesagt, ich nicht. Ich stehe einfach nur da, während die anderen quatschen, und wenn mal jemand etwas zu mir sagt, antworte ich nur »Was?«, denn ich höre überhaupt nicht zu. Und irgendwann kommt dieser furchtbare Moment, als einer aus der Kultur herumgeht, um von uns allen Fotos zu machen, und obwohl ich kein Wort mitbekomme, tritt er auf uns zu, und mir wird bewusst, dass er ein Bild von Mr und Mrs Lomax in spe machen will. Also stellen wir uns nebeneinander, und als Ezra einen Arm um mich legt, rieche ich sein widerliches Deo, ekelhaft süß, mit einer Note von Urin oder so. Ich kann an nichts anderes denken als an diesen peinlichen Moment, als wir uns mal bei einem Schulausflug in der Technik »verlaufen« haben, weil er zu mir meinte, er hätte ein eigenes Shuttle und könnte echt fliegen, dabei wollte er sich nur an mich ranschmeißen. Und jetzt stehen wir hier nebeneinander, seine Hand liegt an meinem Rücken, und er tippt mit den Fingern, *tipp tipp tipp*. Wahrscheinlich Morsecode oder so was, aber ich will es gar nicht so genau wissen.

KAPITEL 4

Es ist nicht fair, dass Dad und Pan, meine engsten Familienmitglieder, einfach so beschließen, ich hätte psychische Probleme oder Depressionen, nur weil ich nach der Entlassungsfeier gleich in mein Zimmer gehe und mich tagelang weigere, etwas zu tun oder zu sagen. Eigentlich ist doch die Tatsache, dass ich diesen Ort und seine Regeln so hasse, der beste Beweis dafür, dass ich hier die Einzige bin, die noch bei klarem Verstand ist.

»Du hast doch gefragt, wie es mir geht. Ehrlich gesagt wünsche ich mir manchmal, ich würde gar nicht existieren.« Sobald die Worte raus sind, wird mir bewusst, dass ich sie besser nicht gesagt hätte, weil ich damit Dads empfindlichsten Nerv treffe. Über seiner Oberlippe bildet sich eine tiefe Falte, wie immer, wenn er sich wegen etwas sorgt. Ich habe den Bogen definitiv überspannt.

»Seren, ich bringe dich jetzt in die Medizinische Abteilung zu Dr. Maddox, und zwar in deinem eigenen Interesse.« Selbst Dad verliert irgendwann mal die Geduld.

»Nein.« Aber ich bin nicht wütend, nur furchtbar traurig, als hätte ich einen riesigen Kloß im Hals, groß wie eine Kaffeetasse, unmöglich herunterzuschlucken, geschweige denn damit zu reden, und ich habe das Gefühl, über meinen Lippen bildet sich die gleiche Falte wie bei Dad.

Mit einem ratlosen Seufzer reckt er die Arme hinter den Rücken und stößt versehentlich gegen mein Regal, das nur ein einziges Buch enthält, *Zärtlich ist die Nacht*, ein Erbstück von Uroma Bea, mittig aufgeschlagen und dunkelgrau von Staub. Er starrt das Buch einen Moment lang an. »Du hast früher so viel gelesen, Seren. Jetzt liest du überhaupt nicht mehr.«

»Dad …«

Aber er hebt seine Hand und spricht weiter. »Ich habe dich nie von deinem Pod losreißen können. Du wolltest mal die ganze Bibliothek abarbeiten, so sehr hast du das Lesen geliebt. Warum hast du damit aufgehört?«

Ich zucke mit den Schultern. »Das macht doch alles keinen Sinn. Ich meine, was bringt es schon, von einem Leben in einer anderen Welt zu lesen, die es vielleicht gar nicht mehr gibt, schließlich bekommen wir eh nichts anderes zu sehen als diesen beschissenen Ort. Graue Wände, graue Decken, graue Uniformen … diese Kälte, diese Dunkelheit …« Ich schüttele den Kopf, während ich jedes einzelne Wort bereue. Nicht, weil es nicht stimmt, sondern weil ich alles nur noch schlimmer mache.

Dad stützt sich auf die Knie und nimmt die Kappe ab, um über seinen Kopf zu fahren, vor und zurück, vor und zurück, bis ihm alle Haare zu Berge stehen. An seinem Hals prangt ein großer roter Fleck, er nennt das Ausblühungen von der eisigen Kälte in der Produktionsabteilung. Mit einem Mal werde ich total sauer, weil er einfach zulässt, dass ihm ständig kalt wird. Weil er zulässt, dass er einsam und allein ist, genau wie ich.

»Ich sehe einfach keinen Sinn in dem Ganzen«, sage ich.

Er mustert mich, setzt die Kappe wieder auf, fasst sich an die Nase und sieht zu Boden. Das hat er alles schon mal mit mir durchgekaut.

»Der Sinn liegt auf der Hand: Man steht morgens auf, geht zur Arbeit, kommt nach Hause und liebt seine Familie, ganz einfach. Das ist der Sinn. Immer weitermachen. Einfach weitermachen. Das schulden wir unseren Kindern und deren Kindern und all unseren Nachkommen. Das ist auf der Ventura nicht anders als auf einem Planeten, Seren. Du bildest dir ein, es müsse noch etwas anderes geben. Du bildest dir ein, etwas zu verpassen, das es nicht gibt.«

»Woher willst du das wissen?«

»Ich …« Er zuckt mit den Schultern und beugt sich noch weiter vor. »Ich weiß es ganz einfach, Süße. Glaub mir.«

Ich starre hinauf zum Lüftungsgitter und wünsche mir verzweifelt, nicht in diesem elenden Raum gefangen zu sein, denn so fühlt es sich in diesem Moment an.

Dad legt mir eine Hand aufs Knie. »Seren, du hast einen vielversprechenden Lebensweg vor dir. Ich weiß nicht, warum du das nicht einsiehst. Warum du deiner Zukunft nicht mit frohem Herzen entgegenblickst.«

»Ist das dein Ernst? Ich soll dieses arrogante Arschloch von Lomax heiraten und seine Kinder herauspressen, nur damit sie genauso in dieser Konservendose festsitzen und irgendwann hinaus in den Weltraum gespült werden, zusammen mit den Fäkalien?«

»Du willst das Gute einfach nicht sehen, und der letzte Mensch, der mir gegenüber so geredet hat, war sehr krank …« Natürlich spricht er von meiner Mutter, die sich kurz nach meiner Geburt aus der Druckschleuse ins Vakuum hat reißen lassen.

»Meinst du wirklich, sie war krank? Meinst du nicht, sie hatte das Ganze einfach nur satt? Sie hatte *dich* satt?«

Kein Wunder, dass er daraufhin aufsteht und hinausgeht, und ich fühle mich so mies, dass er mich damit rumkriegt, ohne überhaupt diskutieren zu müssen.

Also gehe ich brav in die Medizinische Abteilung, aber ich kann zumindest verhindern, dass mein Vater mitkommt. Und somit sitze ich jetzt hier im Wartezimmer. Jedem ist natürlich bewusst, dass heute Abend die Sprechstunde für psychische Erkrankungen stattfindet, also beobachten wir einander aus dem Augenwinkel heraus und fragen uns, wer wohl der Verrückteste ist. Die meisten haben eine Begleitperson dabei. Ich erkenne einen jungen Typen aus der Kultur, der mit seiner Mutter hier ist. Außerdem sind da noch zwei ältere Frauen.

Und Domingo Suarez.

Als ich ihn bemerke, unterhält er sich mit den beiden Frauen, und zwar auf Spanisch, obwohl die Sprache kaum noch jemand beherrscht, deshalb bin ich total fasziniert, als würde jemand einen Zaubertrick aufführen. Irgendwann fällt ihm auf, dass ich ihn beobachte, und er blickt immer mal wieder in meine Richtung, als wollte er mich in die Unterhaltung mit einbeziehen, obwohl ich kein Wort verstehe. Dann macht er anscheinend einen Witz, denn seine Tanten, oder wer immer sie sein mögen, lachen laut los, genau wie er selbst, und alle klopfen sich auf die Schenkel.

Erst jetzt bemerke ich seine Lippen. Sie sind zart und voll, dunkel vor seinen weißen Zähnen und wunderschön, vor allem, wenn er lächelt. Und sein Haar glänzt so schwarz wie Wasser in der Nacht. Ich bin total verblüfft, dass mir noch nie aufgefallen ist, wie attraktiv der Typ ist.

Keine Ahnung, wie ich in dem Moment aussehe, aber es muss schon ziemlich bescheuert wirken, weil ich ihn mit offenem Mund anstarre, und als er mich dabei erwischt, erstirbt sein Lächeln. Er wendet sich wieder den beiden Frauen zu, aber man kann sehen, dass sein Grinsen aufgesetzt wirkt, irgendwie abgelenkt, und kurz darauf entschuldigt er sich und steht auf, als wollte er gehen, aber stattdessen kommt er zu mir rüber.

Zuerst ignoriere ich ihn, weil mir die Situation dermaßen peinlich ist, dass ich auf meinen Pod starre und so tue, als würde ich lesen, dabei gleiten meine Augen immer wieder über dieselben paar Worte. Er mustert mich von der Seite, beobachtet mein Gesicht, dann blickt er auf seine Hände, die locker zwischen seinen Knien ruhen. Dann mustert er mich erneut. Irgendwann bewegt er seinen Ellbogen in meine Richtung, um mich leicht anzustupsen, also muss ich ihn natürlich ansehen, was ich auch tue, und zwar mit einem strafenden Blick, aber ich kann mir mein Grinsen nicht verkneifen. Er sieht mir in die Augen, grinst, imitiert meine Grimasse, grinst erneut.

»Du erkennst mich nicht mehr, oder?« Seine Frage bringt mich völlig aus dem Konzept, weil ich mir ziemlich sicher war, dass er *mich* nicht mehr erkennt. »Ich war mit deiner Schwester zusammen in Erziehung.«

»Ich … du …?« Ich starre ihn an.

»Ich … du …«, erwidert er spöttisch, während er mir grinsend seine weißen Zähne zeigt.

Im diesem Moment meldet sich die Frau am Empfang. »Seren Henson?« Ich bin an der Reihe, gleichzeitig erscheint, BIEP, mein Name auf dem Display, in zwanzig Zentimeter großen Buchstaben, hoch oben an der Wand. Ich schlucke nervös.

Domingo blickt vom Display zu mir und wieder zum Display

und wartet darauf, dass ich aufstehe und hineingehe. Als ich reglos sitzen bleibe, lacht er verschmitzt. Er beugt sich zu mir vor und flüstert hinter vorgehaltener Hand: »Wollen wir uns aus dem Staub machen, Seren?«

»Ich kenne dich doch überhaupt nicht«, sage ich.

»Natürlich kennst du mich. Ich dachte, das hätten wir geklärt. Ich war mit deiner Schwester in Erziehung.«

BIEP. Mein Name leuchtet erneut auf, und inzwischen starren mich alle an, einschließlich der beiden Tanten, die ich ganz vergessen habe. Ich sitze einfach nur da und denke, vielleicht muss ich gar nicht diese Person sein, die da im Wartezimmer sitzt, um mit ihrem Seelenklempner zu reden. Als ich vorhin hier hereingekommen bin, gab es nur diese eine Möglichkeit, aber jetzt gibt es mit einem Mal total viele, und alle sind tausendmal besser.

»Na los«, sagt er, und obwohl er nur leicht den Kopf neigt und mit der Schulter zuckt, fühle ich mich auf magische Weise ermutigt, ihm zu folgen, hinaus aus dem Wartezimmer, über den Gang der Medizinischen Abteilung, vorbei an mehreren Bildschirmen, auf denen ebenfalls mein Name steht, bis zum südlichen Hauptkorridor. Erst als wir die medizinische Abteilung weit hinter uns gelassen haben, sehen wir uns erneut an. Ich bleibe entsetzt stehen.

»Deine Tanten!«

Er lacht. »Meine was?«

»Deine beiden Tanten, deine Familie, was weiß ich. Du hast sie einfach da sitzen lassen.«

Er macht eine wegwerfende Handbewegung. »Ich war nicht mit denen da. Wir kennen uns nur zufällig.«

Er steckt die Hände in die Taschen und geht in meinem

Tempo weiter, aber weil er so groß ist, macht er einen Schritt, wo ich zwei mache. Aus demselben Grund muss er sich nach unten beugen, um mir in die Augen zu blicken. Als hätten wir uns stillschweigend abgesprochen, redet keiner davon, was wir in der Sprechstunde wollten. Stattdessen sagt er: »Seren Henson, Pandoras Schwester, meine neue Bekannte – was willst du jetzt machen, nachdem du dem Fegefeuer des Wartezimmers entkommen bist?«

Ich zucke mit den Schultern. »Ehrlich gesagt, habe ich keinen Plan.«

»Keinen Plan, hm?«, erwidert er. »Gefällt mir.«

Wie er mich in diesem Moment ansieht, ohne den Augenkontakt zu unterbrechen, während sein Arm dicht neben meinem ruht, ohne ihn zu berühren, das alles ist so überwältigend intensiv, dass ich nicht die geringste Chance habe, Nein zu sagen, als er mich fragt: »Soll ich dir mal was Cooles zeigen?«

Er fordert mich auf, ihm zu folgen, und wir gehen zu den vertikalen Transportern am südwestlichen Rand der Plaza. »Du sprichst echt Spanisch?«

Er grinst. »Gut erkannt.«

»Ich dachte, das kann heute keiner mehr?«

»Manche schon. Die Auserwählten.« Ich sehe, wie sich sein Adamsapfel bewegt, dann muss er lachen. »Nein, ist einfach nur so … wenn zwei Partner in einem Bund mit Spanisch aufgewachsen sind, dann geben sie es an ihre Kinder weiter. Bestimmt stirbt die Sprache bald aus.«

»Schade.« Ich lächele verkniffen. »Gefällt mir. Klingt irgendwie schön.«

»Sollte ich mir merken: in Zukunft öfter Spanisch sprechen.«

Ich quittiere seinen Kommentar mit einem Lachen. Höchste Zeit, das Thema zu wechseln. »Wo gehen wir eigentlich hin?«

Er lehnt sich gegen die Wand und verschränkt die Arme. »Magst du keine Überraschungen, Seren?«

Ich denke darüber nach. »Ehrlich gesagt habe ich damit wenig Erfahrung.«

Ich spüre, wie sein Lächeln auf meine eigenen Züge überspringt.

Auf der Produktionsebene steigen wir aus dem Transporter. Er schüttelt einem Sicherheitsmann die Hand, dann führt er mich in einen Raum, der so dunkel und eisig ist, dass ich mich frage, ob wir versehentlich durch eine Druckschleuse getreten sind, aber dann wird mir bewusst, dass wir uns in der Fischerei befinden.

Es ist nämlich so, dass die Leute von der Wissenschaft unsere gesamte Nahrung auf einer Basis von Ei- und Fischproteinen synthetisieren. Daraus können sie so ziemlich alles herstellen, weshalb auf der Ventura außer uns Menschen noch eine Million Fische und Legehennen leben. Die Fische befinden sich in riesigen Aquarien im unteren Bug des Schiffes, und hier gibt es sogar Fenster (anders als in unseren Quartieren), eine lange Reihe von Bullaugen, durch die das schwache Licht von Huxley zu uns hineinströmt.

»Dieser Ort ist fantastisch, echt der Wahnsinn. Warum bin ich noch nie hier gewesen?«

Er streckt grinsend die Arme von sich und dreht sich im Kreis. »Man könnte fast meinen, man wäre am Meer.«

Ich nicke begeistert, obwohl die eisige Luft mir im Hals und in den Lungen brennt. Ich hocke mich hin und spähe in das tiefschwarze Wasser, als unerwartet ein silbriger Streifen aus Fisch und Flosse die Oberfläche durchbricht und ich fast hintenüberkippe.

»Wow«, sage ich.

»Ja, oder?« Er lacht.

»Wie ist das, hier zu arbeiten?«

»Echt cool, definitiv besser als in der Instandhaltung oder so. Die Produktion ist schon interessant. Und ich mag die Fische.«

»Wie alt bist du eigentlich?«, frage ich.

»Achtzehn. Ich habe mit fünfzehn meinen Abschluss gemacht. Als Jüngster der Generation 81.«

Ich fasse mir an die Brust. »Viertälteste in meinem Jahrgang. Ich werde bald siebzehn.«

Er hebt die Hand, aber mein Abklatschen ist ziemlich erbärmlich, außerdem geht mir gerade etwas anderes durch den Kopf. »Meine Schwester und ich … sie ist nur zwei Jahre älter, aber weil wir einer anderen Generation angehören, hat sie sich immer aufgespielt, als wäre sie meine Mutter. Als hätte sie wer weiß was für Lebenserfahrung.« Ich schüttele den Kopf und werde ein wenig rot, denn es kommt wahrscheinlich nicht gut an, wenn man seine eigene Schwester runtermacht. Bislang war es mir ziemlich egal, wie ich bei anderen ankomme. Aber mit einem Mal, als hätte mich aus heiterem Himmel eine Lawine überrollt, ist es mir alles andere als egal.

»Ältere Geschwister sind eben so.« Er grinst. »Mein Bruder hat mich früher öfter zusammengestaucht als mein Vater.«

»Dann bist du wohl ziemlich frech?« Ich spüre, wie meine Wangen aufflammen.

»Ein bisschen frech ist gar nicht so verkehrt.« Er zwinkert verschmitzt, und ich könnte auf der Stelle tot umfallen.

»Und … ähm …« Ich schüttele den Kopf, um die Tatsache

zu überspielen, dass mir gerade die Worte fehlen. »Wohnst du in einer der Kojen?«

»Ja, genau.«

»Dann hast du deine Lebenspartnerin noch nicht geheiratet?«

»Nein, noch nicht.« Er lächelt und zuckt beiläufig mit den Schultern.

Ich sehe ihn an und frage mich, warum mir früher nie aufgefallen ist, wie unbeschreiblich gut er aussieht. Im Grunde ist er mir *überhaupt* nicht aufgefallen. Dabei ist er anscheinend der Einzige auf diesem Schiff, dem die dämliche Ventura-Uniform, die wir rund um die Uhr tragen müssen, echt gut steht. Ich hasse diese bescheuerten Kappen, aber er sieht damit total süß aus. Und der triste graue Overall schmiegt sich perfekt an seine breiten, muskulösen Schultern. Es sind definitiv zu viele Druckknöpfe aufgesprungen – warum sonst sollte ich mich fragen, wie es darunter aussieht?

Und die ganze Zeit sieht er mich so eindringlich an, mit einem Lächeln auf den Lippen, als würde ich jeden Moment etwas extrem Interessantes oder Witziges von mir geben, dabei kann ich seine Erwartungen unmöglich erfüllen.

»Was?«, frage ich.

»Erzähl mir irgendwas.« Er stützt sich rückwärts auf seine Hände. »Ich will mehr von dir wissen.«

Ich zucke mit den Schultern. »Da gibt es nicht viel zu erzählen. Ich habe endlich meinen Schulabschluss und kann meiner *wahren* Bestimmung nachkommen oder so ähnlich.«

Er grinst. »Anscheinend ist Pastor Seth immer noch bemüht, die junge Generation zu inspirieren. Aber sieh's mal positiv.

Vielleicht wirst du eines Tages der beste Latrinenoperateur des Westflügels.«

Ich muss schon wieder lachen, während ich versuche, möglichst nicht auf seine Lippen zu starren, was mir kläglich misslingt.

»An den Geruch gewöhnt man sich irgendwann. Du solltest deiner wahren Bestimmung wenigstens eine Chance geben.«

»Musst *du* gerade sagen, Fischjunge«, erwidere ich grinsend.

»Fischjunge? Autsch.« Er fasst sich an den Kragen seines Overalls und schnuppert daran. »So schlimm?«

Ich schüttele den Kopf und kann mich im letzten Moment davon abhalten, ihm zu sagen, dass er total gut riecht. »Am Montag werde ich eingeteilt, da kann ich nur hoffen, dieser lästigen Latrinengeschichte zu entgehen.«

»Im Ernst, du solltest die Sache nicht gleich verteufeln.« Er grinst. »Es gibt echt Schlimmeres. Mich wollte man zuerst in die Abfallentsorgung stecken.«

Ich verziehe das Gesicht. »Krass.«

Er nickt. »So sieht's aus. Mein Leben ist extrem glamourös – und aromatisch.« Er streckt die Hände von sich, Innenflächen nach oben. »Wie man unschwer erkennen kann.«

Wir blicken beide nach oben, durch die höher gelegenen Bullaugen, hinaus auf den Planeten Huxley-3, der immer deutlicher in Erscheinung tritt, zumindest seine sonnenbeschienene Seite. Er ist schon deutlich größer geworden – eine kleine blaue Sichel, die aussieht wie ein abgeknipster Fingernagel.

»Warum brauchen Fische eigentlich Fenster?«, frage ich.

»Sie haben eben gern Sonne.« Er zuckt mit den Schultern. »Wenn es mal eine gibt. So wie im Moment. Ist echt schön.«

»Wirklich schön.« Ich nicke und senke den Blick zu meinen

Füßen, die über der schimmernden Dunkelheit baumeln, durchzuckt von den silbrigen Bewegungen der Fische, während sich das funkelnde Licht der Sterne darin spiegelt. Ein Fisch kommt mit seinen Lippen an die Oberfläche, sodass ich fast das Gefühl habe, er würde mich ansehen. Ich beuge mich vor. »Darf ich ihn mal anfassen?«

Domingo tut so, als wäre er schockiert. »Das geht mir eigentlich zu schnell!«

Ich verdrehe die Augen und verkneife mir ein Grinsen. »Den Fisch, meine ich.«

Ich ziehe meine Turnschuhe aus, und er hilft mir, die Metallstufen einer kurzen Leiter hinunterzuklettern, um mit den Füßen ins Wasser zu steigen, das nur knapp über dem Gefrierpunkt liegt und schwarz ist wie Öl. Aber ich halte furchtlos die Hand hinein und muss nicht lange warten, bis einer der Fische meine Hand streift, voller Leben und Energie, sodass ich eine Gänsehaut bekomme und unwillkürlich aufschreie. Wir müssen beide lachen, und er zieht mich am Arm die Stufen hoch, während er mir vorhält, er würde meinetwegen hier rausfliegen. Und dann macht er Witze darüber, dass er mich nie hätte mitnehmen sollen, weil er von Anfang an wusste, dass ich ihn in Schwierigkeiten bringe, und ich kann die ganze Zeit nicht aufhören zu lachen. Wegen des Fisches, wegen der Situation, wegen ihm. Dabei kann ich es mir nicht mal richtig erklären, denn er ist eigentlich ein Wildfremder, soweit das auf diesem Schiff überhaupt möglich ist. Trotzdem fühlt er sich an wie ein Freund, mehr als irgendwer sonst seit Urzeiten.

Und als er mich nach Hause bringt, mich vor der Tür absetzt und meine Hand schüttelt, die er locker festhält, bis sie von allein herabsinkt, und sich noch einmal umblickt, bevor er um die nächste Ecke biegt, frage ich mich insgeheim, wie ich jemals ohne ihn leben konnte. Und wie ich je wieder ohne ihn leben soll.

So schnell, so heftig, so wahnsinnig bin ich dabei, mich in ihn zu verlieben.

Und genauso aussichtslos.

KAPITEL 5

Pandora schleift mich zu dieser Veranstaltung mit Captain Kat, irgendeine Bekanntmachung oder Versammlung. Garantiert reine Zeitverschwendung, aber Cain muss leider arbeiten, und Dad hat sich ausnahmsweise stur gestellt. Das kommt nicht oft vor, aber wenn es so weit ist, dann macht er keine Umschweife. Er sagt ganz einfach: »Ich stelle mich stur«, und dann macht er mit dem weiter, was er eben gerade macht, sich einen Film ansehen oder sonst was, und genauso ist es heute Abend. Er weigert sich strikt, von Captain Kats Propagandamaschinerie, wie er es nennt, umgarnt zu werden. Genau, Dad ist mal für fünf Minuten ein echter Revolutionär, bis er sich wieder seinem Pod zuwendet, um *Football Manager* zu spielen. Dafür ist Pan so etwas wie Captain Kats größter Fan, und weil mir gerade keine Ausrede einfällt (und aufgrund meiner sagenhaft guten Laune), gehen wir beide zum Versammlungssaal.

Unterwegs bleiben wir mehrfach stehen, weil ständig irgendwelche Leute Pans Babybauch tätscheln wollen, als wäre es das erste Mal, dass irgendwer schwanger ist. Die Leute machen nervige Witze, dass ich als Nächste dran sei, und mir wird allein bei dem Gedanken übel; ich könnte echt kotzen, wenn ich mir vorstelle, irgendwann in Pans Haut zu stecken.

Als wir den Versammlungssaal betreten, ist es dunkel und bitterkalt. Das einzige Licht kommt von der Bühne, vor der mehrere Stuhlreihen aufgebaut sind. Wir setzen uns und warten zitternd, dass der Vortrag endlich beginnt, während um uns herum Kameras aufgebaut werden. Pan winkt jemandem, der in der Kultur arbeitet, anscheinend ein Freund von Cain, mit dunklen Haaren. Er kommt grinsend auf uns zu, während er sich ein Kabel um den Arm wickelt, und … Moment mal, das ist doch … aber zu spät.

»Hi, Pandora«, sagt er mit einem gerollten R, wie es nur ein spanischer Muttersprachler hinbekommt. Sie wechseln ein paar Nettigkeiten und sinnlose Floskeln, bis er irgendwann fragt: »Du hast nicht zufällig meinen Bruder gesehen?« Sein Blick schweift währenddessen über die Zuschauerreihen.

Meine Haut fängt an zu kribbeln. »Nein, schon ewig nicht mehr«, sagt Pan. »Wie geht es Domingo?«

Er grinst. »So wie immer. Geht gern mal seinen eigenen Weg. Gestern Abend hat er die Bandprobe verpasst, weil er mit irgendeinem Mädel in der Medizin Mitleid hatte und sie nach Hause bringen wollte«, sagt er lachend. Ich starre ihn an und kann den Blick nicht schnell genug abwenden, was Pan aus dem Augenwinkel mitbekommt. »Er spielt immer noch den Helden«, fügt er hinzu, und im selben Moment fällt mir auf, dass er die gleichen Zähne hat wie sein Bruder, groß und strahlend weiß, aber einer steht etwas schief.

»Du warst doch gestern Abend in der Med, Seren«, sagt Pan.

Mein Gehirn arbeitet auf Hochtouren. »Ja, aber … mir ist nichts aufgefallen.« Ich halte es für die beste Taktik, die beiden zu ignorieren und so zu tun, als hätte ich am anderen Ende des Saals etwas extrem Interessantes entdeckt, dabei sehe ich nur ein paar Nachzügler, die ziemlich unterkühlt und gelangweilt aussehen. In Wirklichkeit denke ich an Domingo, der mich anscheinend für verrückt hält und Mitleid mit mir hat. Ich frage mich, für wen er wohl sonst noch den Helden spielt und vor allem, warum, und noch ein paar Dinge, die meine Stimmung ziemlich dämpfen.

Sein Bruder wechselt noch ein paar Sätze mit Pan, doch dann scheint er meine stumme Botschaft zu verstehen und geht zurück zu seiner Kamera. Als er weg ist, starrt Pan mich von der Seite her an, und sobald ihr bewusst wird, dass ich nicht vorhabe, ihren Blick zu erwidern, fragt sie: »Und?«

»Was und?«, frage ich.

»Warum benimmst du dich auf einmal so komisch?«

»Tu ich doch gar nicht.«

Sie mustert mich mit zusammengekniffenen Augen: »Du warst gestern mit Domingo Suarez zusammen!«

»War ich überhaupt nicht!«

»Und jetzt streitest du es auch noch ab, was noch viel seltsamer ist.«

Ich schüttle den Kopf. »Glaub doch, was du willst.« Aber ich spüre, wie ich knallrot werde, und das kann ich auch mit Wegsehen nicht überspielen.

Pan zieht ihre Schlüsse und schüttelt den Kopf, als hätte ich gerade die schlechte Meinung bestätigt, die sie ohnehin schon von mir hat. »Was soll Ezra denken, wenn er mitbekommt, dass du dich mit anderen Typen triffst?«

»Keine Ahnung, und es ist mir auch egal.«

»Ich verstehe dich nicht. Echt nicht. Du bekommst einen der besten Lebenspartner überhaupt, aber anstatt dich zu freuen, bringst du dich selbst in Schwierigkeiten.«

In dem Moment ertönt Musik, und alle Anwesenden, die in Kappen und Jacken gehüllt auf ihren Stühlen sitzen, und das sind nicht sonderlich viele, richten sich auf und blicken nach vorn. Captain Kat betritt die Bühne und streckt die Arme von sich, bis ihr ein erbärmlicher Applaus entgegenprasselt, gefolgt von Ezra, der Liebe meines Lebens, arrogant und selbstgefällig, und seinem Bruder Jonah, der aussieht, als würde ihn das alles überfordern.

»Hallo.« Emme sitzt plötzlich neben mir. Sie stupst mich mit der Schulter an und winkt Pan zu. »Was habe ich verpasst?«

»Noch gar nichts.«

Eigentlich gibt es keinen guten Grund, persönlich hier zu erscheinen, schließlich wird die Rede auf jedem Display und aus jedem Lautsprecher übertragen, aber Pan hat eben diesen Drang, bei so etwas live dabei zu sein. Nennen wir es einen Sinn für besondere Anlässe oder so, aber in diesem Fall hat sie ausnahmsweise mal einen guten Riecher.

»Wir befinden uns derzeit in unmittelbarer Nähe zu dem Planeten Huxley-3«, sagt Captain Kat. »Er umkreist den gleichnamigen Zwergstern der Spektralklasse K, besitzt zwei Monde und allem Anschein nach eine Atmosphäre. Aus diesem Grund haben wir von der Kommandozentrale beschlossen, unplanmäßig in seine Umlaufbahn einzulenken und ihn zu studieren.«

An dieser Stelle wird jeder, der sich die Mühe gemacht hat, hierherzukommen, mit einem Mal hellhörig, und alle sehen einander verblüfft an. Pan greift blind nach meiner Hand, aber packt stattdessen meinen Ellbogen.

»Seren«, haucht sie, und ich spüre es auch irgendwie, obwohl ich nicht genau sagen kann, was. So etwas ist noch nie vorgekommen, deshalb hab ich keinerlei Vergleich, nur eine Menge verworrener Gedanken und Fragen, zum Beispiel, wie es sich wohl anfühlt, so nah an einem echten Planeten vorbeizukommen oder was das für mein eigenes Leben bedeutet, das bislang nicht mehr war als ein monotoner Dauerzustand in einem endlosen schwarzen Raum.

»Wir werden den Planeten exakt neunzigmal umkreisen, um diverse Testflüge zu ermöglichen«, doch dann zerstört Captain Kat mit einem Mal unsere Hoffnungen, von denen wir nicht einmal wussten, dass wir sie hatten. »Aus Sicherheitsgründen wird vorerst jeder direkte Kontakt mit der Oberfläche vermieden, aber das Aussichtsdeck ist während der gesamten Zeit rund um die Uhr geöffnet, sodass ich jedem empfehle, diese außergewöhnliche Gelegenheit zu nutzen, um einmal einen echten Planeten aus der Nähe zu sehen.«

Und das kann man jetzt sehen, wie man will, aber trotz dieser aufregenden Neuigkeiten, denke ich immer noch an Domingo.

KAPITEL 6

Ich bin seit heute im Dienst. Bei der Arbeit. Und, na gut, man muss zwei Jahre lang die Drecksarbeit machen, auf die andere keinen Bock haben, und meistens wird man in die Instandhaltung, die Produktion oder den Haushalt gesteckt. Aber ich bin trotzdem heilfroh, weil ich die Erziehung echt leid bin. Ich meine, tagtäglich in diesem winzigen Raum festzusitzen, mit denselben Leuten und denselben Lehrern, die einem immer wieder mit anderen Worten dasselbe erklären: Es gibt keine Alternative; ihr sitzt hier fest, findet euch damit ab; beschwert euch bloß nicht; unsere gesamte Existenz hängt davon ab, dass ihr immer schön weitermacht, für uns alle, für die Erde, für die Menschheit, für die Zukunft und für Gott, wer immer das sein mag.

Und obwohl ich am Aushang erfahre, dass ich als Erstes in die Instandhaltung muss, um Snackautomaten aufzufüllen, und ich dafür ein Haarnetz tragen muss, bin ich an meinem ersten Arbeitstag ziemlich gut drauf. Außerdem komme ich in die erste Schicht, was definitiv ein Bonus ist, weil ich meinen Schlafrhythmus nicht umstellen muss. Als ich einen letzten Blick auf den Aushang werfe, um mich zu vergewissern, wo ich hinmuss, höre ich, wie sich von hinten jemand nähert. Als ich mich umdrehe, ist es Ezra. Er murmelt ein Hallo und stellt sich so dicht hinter mich, um den Aushang über meine Schulter hinweg zu lesen, sodass sein Atem mein Haar streift. Ich wende den Kopf in seine Richting und betrachte aus unmittelbarer Nähe seine Wange, sein Ohr, seinen Haaransatz.

»Mit dem Haargel könntest du etwas sparsamer umgehen«, sage ich.

Er grinst und legt eine Hand auf meine Schulter. »Wer hätte das gedacht – jetzt schon meine treu sorgende Ehefrau!«

Ich schüttele seine Hand ab, als hätte er eine ansteckende Krankheit, dann drehe ich mich um und lasse ihn stehen, in der Hoffnung, dass er mir nicht folgt. Aber natürlich tut er genau das.

»Bestimmt hast du gesehen, dass ich in die Technik komme, direkt in die Flugausbildung. Aber nimm's mir nicht übel. Die erkennen eben ein wahres Naturtalent.«

»Na sicher, Ezra.«

»Anfangs sind das eh nur Handreichungen, ist mir schon klar, aber es geht eben darum, einen Fuß in die Tür zu bekommen, sich einen Namen zu machen. Wo haben sie dich denn eingeteilt?«

»Instandhaltung. Erste Schicht.«

»Natürlich erste Schicht.«

»Wieso *natürlich*?«

»Glaubst du, die stecken eine Sechzehnjährige in die Nachtschicht, bei allem, was hier so abgeht? Echt, Seren.« Bevor ich ihn fragen kann, was er damit meint, legt er seinen Arm um meine Schultern, zieht mich zu sich heran, sodass seine Hüfte gegen meine Rippen prallt, und flüstert mit feuchtem Atem in mein Haar: »Wenn du willst, dass ich dir einen Braten in die

Röhre schiebe, um dich von diesem ganzen Mist zu erlösen, dann brauchst du es nur zu sagen, Baby.«

Ich stoße ihm meinen Ellbogen in die Leiste, nicht mal sonderlich fest, aber es reicht, um ihn abzuschütteln. Während er sich vor Schmerzen krümmt, gehe ich weiter und rufe ihm zu, dass er sich seinen Braten sonst wo hinschieben kann.

Kurz darauf erreiche ich das Instandhaltungsbüro im Nordflügel und drücke auf den Summer, obwohl die Tür offen steht. Ich erblicke eine junge Frau, die mir vage bekannt vorkommt. Sie bestückt gerade einen Handwagen mit Müsliriegeln und Nachos und sieht mich nicht mal richtig an, als sie mit mir spricht. »Juniortechniker Seren Henson? Neu im Service?«

»Stimmt.«

»Dienstoffizier Mariana Moreno. Du bist spät dran.«

»Tut mir leid.«

»Jetzt steh nicht dumm rum. Komm rein und hilf mir mit dem Wagen!«

Fürs Erste folge ich Mariana auf ihrer Runde durch den Nordflügel, damit sie mich einarbeiten kann.

»Also, irgendwie ist die gesamte Besatzung dieses Schiffes total verrückt nach diesem synthetischen Müll, deshalb können wir die Automaten gar nicht schnell genug auffüllen. Wenn man seine Runde beendet hat, kann man vorn wieder anfangen. Es ist die größte Zeitverschwendung, die dieses Universum je erfunden hat, und für die nächsten sechs Monate ist es dein Lebensinhalt.« Wie sich herausstellt, hat Mariana eine Menge solcher Kommentare auf Lager, deshalb ist sie mir auf Anhieb sympathisch. Leider beruht das Gefühl nicht auf Gegenseitigkeit.

Das Coole an den Automaten ist, dass sie praktisch überall stehen, selbst in den Bereichen, wo man normalerweise nur mit

Genehmigung hinkommt und wo ich natürlich noch nie war. Mariana hat so eine Art Generalschlüssel, den sie nur vor den Scanner halten muss, und schon öffnet sich jede Tür. Irgendwann sind wir oben in der Wissenschaft, und es ist total still und riecht komisch. Wir kommen an ein paar offenen Türen vorbei, hinter denen sich die Leute leise unterhalten, auf bunte Computerbildschirme starren und seltsame Dinge sagen wie »Wo ist der Ferroscan? Was ist mit der Deckschicht?«.

Und, mein lieber Mann, die haben echt die genialsten Fenster überhaupt. Richtige Fenster, keine Bullaugen. Die können Huxley-3 den ganzen Tag über nach Herzenslust betrachten. Mariana fordert mich auf, eine Rolle Papierhandtücher zu holen, und ich stehe plötzlich vor einer offenen Labortür – wo gerade niemand ist. Ich gehe einen Schritt hinein und etwas nach links, bis mir das Sonnenlicht ins Gesicht fällt. Es kommt mir vor, als könnte ich die Wärme fast spüren. Und da ist er, Huxley-3, jadegrün und aquamarinblau, mit echten Wolken, *Wolken*, die sich rühren und kräuseln, langsam, aber stetig, wie ein lebendiges Wesen.

Wir gehen sogar runter in die Technik, gerade mal drei Zonen vom Flugdeck entfernt, wo derzeit die Erkundungsflüge starten und landen, und wir hören, wie die Shuttles ablegen und andocken, ein Lärm wie bei einer Explosion, begleitet von den knirschenden Metallgeräuschen der Druckschleusen. Zwischendurch sehen wir Männer mit Fluganzügen und Gurten, Druckausgleichsmasken unter dem Arm, die allein oder zu zweit von ihren Erkundungsflügen zurückkehren. Ich spitze neugierig die Ohren, aber sie unterhalten sich extrem leise oder überhaupt nicht, bis auf einen der Piloten, der plötzlich sagt: »Keine Ahnung, Mann. Aber genauso sah es für mich aus.«

»Hey, Rekrut!«, sagt Mariana schrill in meinem Rücken, sodass ich erschrocken zusammenfahre. »Willst du hier den ganzen Tag rumstehen und dir die Fliegertypen ansehen, oder kannst du zur Abwechslung auch mal was tun?«

Als ich mich umdrehe, wirft sie mir einen Karton Proteinriegel entgegen, den ich natürlich fallen lasse.

»Hör zu«, sagt Mariana, während sie sich die schwarze Schmiere des Automaten von den Fingern wischt. »Ich verlange nicht, dass du deine Arbeit liebst. Es wäre nur schön, wenn du sie nicht total verbockst. Du musst nur so lange durchhalten, bis du die Nase voll hast und deinen süßen kleinen Freund heiratest, um dich von ihm schwängern zu lassen. Dann kannst du für die nächsten paar Jahre in Mutterschaftsurlaub gehen.«

Ich hebe den Karton mit den Proteinriegeln auf und reiße den Deckel ab, um den Automaten aufzufüllen. »Da kannst du lange warten«, erwidere ich.

KAPITEL 7

Ich drehe gerade meine morgendliche Joggingrunde, vorbei am Schwimmbad, als ich ihn wiedersehe. Er lächelt, aber ich renne im ersten Moment an ihm vorbei, weil ich zu viel Schwung habe, um rechtzeitig abzubremsen.

Domingo Suarez.

Ich drehe mich um und ziehe meine Kopfhörer heraus. Dann stehen wir da und sehen uns an, gehen ein paar Schritte aufeinander zu, während ich beiläufig feststelle, dass wir schon wieder am Wasser stehen, als wäre es eine elementare Notwendigkeit unserer gegenseitigen Anziehungskraft, keine Ahnung, aber es ist auch egal, denn er steht direkt vor mir, und ich bin so damit beschäftigt, ihn anzustarren, dass mir kein Wort über die Lippen kommt. Außerdem bin ich total verschwitzt und abstoßend in meiner Fitnessuniform aus grauem Hemd und Shorts, während er einfach umwerfend aussieht, selbst am Ende einer langen Schicht, auf dem Weg nach Hause, die Ärmel seines Overalls lässig um die Taille gebunden, das T-Shirt total verdreckt. Aber er ist einfach so.

Jedenfalls steht er mir plötzlich gegenüber, und ich bin total schwitzig und klebrig, aber komischerweise denke ich mit jeder Sekunde weniger darüber nach, weil er mich auf diese ganz besondere Art ansieht.

»Du schon wieder«, sagt er mit einem schrägen Grinsen, das eines seiner Grübchen hervortreten lässt.

»Das könnte ich genauso zu dir sagen.«

»Könntest du.«

»Tue ich aber nicht, das wäre ja langweilig.«

Er nickt. »Extrem langweilig.«

Er mustert mich für einen Moment, und wir lächeln, bis mir die Ohren rauschen.

»Wie geht's dir?«, fragt er.

»Ist das etwa nicht langweilig?«

Er lacht. »Doch, stimmt.« Er fährt sich mit den Fingern durchs Haar, bevor er mich erneut ansieht. »Der Erwartungsdruck ist zu hoch.«

»Ganz genau.« Ich grinse, immer noch keuchend vom Joggen, unfähig, meinen Atem zu kontrollieren, während das blaue Licht des Wassers über seine Haut tanzt und ich mir insgeheim wünsche, nicht Hunderte von Leuten um mich zu haben.

»Du musst bestimmt weiterjoggen, oder?«, stellt er fest, aber er formuliert es als Frage, und ich weiß nicht, ob ich Ja oder Nein sagen soll oder was er von mir hören will. Wahrscheinlich steht mir das alles ins Gesicht geschrieben, während ich erst ihn, dann die Leute um uns herum, dann wieder ihn ansehe. »Wir … könnten vielleicht einen Spaziergang um den Pool machen.«

»Einen Spaziergang um den Pool?«, wiederholt er, und wir blicken beide aufs Wasser, das sich von den Vibrationen des Schiffes leicht kräuselt, obwohl wir nichts davon spüren. »Ähm … klar … können wir.«

Zuerst gehe ich ziemlich verkrampft neben ihm her, weil mir so viele Dinge durch den Kopf gehen, dass ich gar nicht weiß, wo ich anfangen soll. Außerdem kommt noch hinzu, dass ich jedes vernünftige Wort vergesse, sobald er mich auch nur ansieht, als würde ich plötzlich an Amnesie leiden. Und wenn er lächelt, geht es mir ganz genauso, ob ich will oder nicht.

»Ich habe dich nicht mehr gesehen seit dieser Sache mit Huxley-3.«

»Wahnsinn, oder?«, sage ich etwas zu laut. »Was würde ich nicht dafür geben, als Pilot zu arbeiten!«

Er verzieht das Gesicht. »Und die meisten von denen wissen ihr Glück nicht mal zu schätzen.«

»Ganz genau.« Ich wende mich ihm zu und erwidere seinen Blick. »Das ist echt verrückt, ich will gar nicht darüber nachdenken.« Während ich den Kopf schüttele, wird mir die Intensität seines Blickes bewusst, und ich sehe hastig weg, um meinen Atem halbwegs unter Kontrolle zu bringen. »Und was, wenn es total ungefährlich ist? Meinst du, sie lassen uns mal da runter?«

»Ähm … kann schon sein«, erwidert er traurig. »Aber ich hab da meine Zweifel.«

»Ist doch bestimmt in unserem Leben die einzige Gelegenheit, mal einen echten Planeten zu sehen. Warum sollten sie uns so etwas vorenthalten?«

»Das liegt wohl auf der Hand, oder?« Er lächelt ironisch und wendet sich in meine Richtung. »Weil wir dann herausfinden könnten, was wir auf diesem Schiff verpassen. Die denken doch, solange wir es nicht besser wissen, sind wir hier glücklich und zufrieden mit dem, was wir haben. Das ist doch die allgemeine Theorie.«

Er lässt seine Behauptung für einen Moment nachwirken, und mir wird bewusst, dass ich das schon immer gedacht habe, ohne darüber nachzudenken. Dass ich es immer gewusst habe, ohne es zu wissen. Er sagt diese Dinge, die meine verworrenen Gedanken ordnen, bis sie plötzlich einen Sinn ergeben. Ich blicke auf und versuche, aus ihm schlau zu werden, während ich leicht den Kopf neige. »Was du manchmal sagst, das …«, setze ich an, aber im nächsten Moment wird mir klar, dass ich ihm das unmöglich anvertrauen kann. Eine bittere Enttäuschung erfasst meinen Körper.

»Was denn?« Er grinst. »Was ich manchmal sage …?«

Aber ich gehe weiter und winke ab. Ich halte mich zurück und schüttele den Kopf, also gibt er sich nach ein paar Schritten geschlagen und wechselt das Thema.

»Ich wette, du bist heilfroh, nie wieder zum Schwimmunterricht zu müssen.« Er erlöst mich, indem er den Blick zum Pool wendet.

»Ja, sich von Maria Fernanda anbrüllen zu lassen und mit der Beckenbürste gepikst zu werden, nur weil man nicht richtig mit den Beinen strampelt, werde ich bestimmt nicht vermissen.«

Er lacht. »Ich habe mich immer gefragt, was das eigentlich bringen soll, den Bewohnern eines interstellaren Raumschiffs das Schwimmen beizubringen. Aber bei meinem Job ist es schon irgendwie nützlich.«

»Das schon, aber für den Rest von uns ist es die reinste Zeitverschwendung.«

»Ja, oder? Ich glaube, die wollen uns nur irgendwie beschäftigen. Früher wurde der Pool viel öfter genutzt. In der Freizeit, einfach so zum Spaß.«

»Stimmt, was ist eigentlich daraus geworden?« Ich betrachte das blaue Rechteck mit den montierten Sitzen am Beckenrand, die kein Mensch mehr benutzt.

»Früher war es an Bord wärmer. Seit das Schiff den interstellaren Raum durchquert, ist die Lufttemperatur um 2,4 Grad gesunken.«

»Ich liebe es, wenn du so technisches Zeug redest«, sage ich grinsend, erstaunt über meinen eigenen Mut.

»Zur Kenntnis genommen«, erwidert er. »Jederzeit zu Diensten.« Damit tippt er sich zwinkernd an seine Kappe, während ich lache und ihn mit dem Ellbogen anstoße. Das mache ich ganz unbewusst, ohne darüber nachzudenken, aber die Berührung bringt mich völlig aus dem Konzept. Im ersten Moment sind wir beide durch den Wind und werden knallrot, doch dann räuspert er sich. »In meiner Klasse war Pandora im Schwimmen immer die Beste …«

»Pan? Das kann nicht sein. Du meinst bestimmt eine andere.«

»Nein, sie war echt gut. Warum glaubst du mir nicht?«

Ich seufze. »Vermutlich weil sie neuerdings nur noch von Cain und ihrem Baby schwärmt. Sie hat sich auf Informationstechnologie spezialisiert, nur weil sie da in der ersten Schicht arbeitet und für ihre Kinder da sein kann. Total erbärmlich.«

Er denkt für einen Moment darüber nach und blickt zur Decke. »Ist das wirklich *so* erbärmlich?«

»Aus meiner Sicht ist jeder erbärmlich, der mit seinem Leben auf der Ventura zufrieden ist.« Ich habe keine Ahnung, warum ich das sage, jetzt kann er mich bestimmt nicht mehr leiden, aber so bin ich nun mal. Ich drücke gern auf den Selbstzerstörungsknopf.

Wie befürchtet sagt er erst einmal gar nichts, bis wir beide langsamer werden und zum Stehen kommen. Ich blicke auf unsere Füße, auf seine und meine, Zehen an Zehen, graue Turnschuhe mit einem blauen Streifen an der Seite, nahezu identisch, nur dass meine neben seinen total winzig wirken.

Als ich mich endlich überwinde, zu ihm aufzublicken, stelle ich fest, dass er mich beobachtet, deshalb gehe ich hastig weiter.

Er folgt mir. »Weißt du eigentlich, dass wir uns schon mal unterhalten haben? Ich meine, abgesehen von dem einen Mal neulich.«

»Ähm …« Ich denke angestrengt nach, aber er sieht mir an, dass ich mich nicht erinnere, und schüttelt den Kopf.

»Kein Problem. Hab ich mir schon gedacht. Du warst noch ziemlich jung, als meine Generation ihren Abschluss gemacht hat.«

»Dreizehn.« Ich blinzle zu ihm auf und frage mich, wie sehr er sich in der Zeit verändert hat. Früher ist er mir nie aufgefallen.

Er lacht. »Ich kenne dich noch aus der Mittagspause. Wir sind mit der ganzen Klasse runter in die Kantine gegangen, und ihr aus Erziehung B wart gerade mit dem Essen fertig. Pan hat uns erzählt, dass du ihre Schwester bist, die hübsche Kleine mit den geflochtenen Zöpfen und den großen braunen Augen, die sich alles nur angesehen hat. Total ruhig und ernst verglichen mit den anderen aus deiner Klasse, die alle rumgetobt und rumgesaut haben, während du nur die Augen verdreht hast.«

»Klingt ganz nach mir.« Ich spüre, wie ich rot werde.

»Erinnerst du dich noch an Pans sechzehnten Geburtstag?«

Ich runzle die Stirn. »So halbwegs.«

»Aber nicht daran, dass wir uns unterhalten haben?«

»Worüber denn?«

»Darüber, wie beschissen hier alles ist.«

Ich muss lachen. »Das klingt definitiv nach mir, aber ich glaub dir trotzdem nicht.«

»Warum nicht?«

»Weil ich eine Unterhaltung mit dir nie vergessen hätte.« Natürlich mache ich mal wieder den Mund auf, ohne vorher nachzudenken, ganz offen und ehrlich, und das ist mir so peinlich, dass ich ihn nicht mal ansehen kann. Also gehe ich weiter und wechsle das Thema. »Heutzutage kommen die Jüngeren nur noch zum Pool, um heimlich Alkohol zu trinken, weil die Kameras da nicht hinkommen.«

Er geht dicht hinter mir und lacht. »Du hast wohl mit Cain geredet?«

»Du warst garantiert auch dabei.« Ich sehe ihn wieder an.

»Manchmal.« Er nickt, lächelt. »Cain ist ständig in Schwierigkeiten geraten. Mit ihm konnte man echt Spaß haben.«

Gerade will ich ihm erzählen, was für ein Langweiler Cain geworden ist, als er mir zuvorkommt. »Da wären wir.« Wir haben tatsächlich den gesamten Pool umrundet und stehen wieder auf dem Hauptkorridor, der inzwischen deutlich ruhiger geworden ist, weil die erste Schicht bereits begonnen hat. »Wo musst du hin? Soll ich dich begleiten?«

Ich denke eine Sekunde nach und sehe, wie er sich auf die Lippe beißt. Obwohl mir die Worte extrem schwerfallen, sage ich: »Ich glaube … das lassen wir besser, oder?«

Er lacht und blickt zu Boden. »Es ist doch nicht verboten, befreundet zu sein.« Er zuckt mit den Schultern, und eine Hitzewelle erfasst meinen Körper, weil ich etwas vorausgesetzt habe, wozu er mir keinerlei Anlass gibt. »Natürlich können wir befreundet sein. Tut mir leid, ich dachte nur … aber egal.«

Kopfschüttelnd wende ich mich ab, rede mit mir selbst, wickle die Kopfhörer um meinen Pod und stecke beides in meine Shorts, als er mich erneut einholt. Im nächsten Moment spüre ich seine Finger an meinem Handgelenk. »Seren, bitte denk nicht …«

Aber den Rest bekomme ich nicht mehr mit, weil hinter uns jemand »Dominguito!« über den Westkorridor ruft. Wir entdecken einen wandelnden Blumenstrauß aus rosa- und lilafarbenen Blüten, der sich aus etwa zwanzig Metern Entfernung rasch nähert.

»Hola, abuelita«, ruft Dom. Als ich mich abwende, sagt er zu mir: »Ich hol dich wieder ein.«

Schnellen Schrittes gehe ich weiter, aber ich kann mir nicht verkneifen, über die Schulter hinweg zuzusehen, wie eine zierliche Spanierin mit ein paar weißen Strähnen in ihrem ansonsten dunklen Haar ihm die Blumen überreicht und energisch an seinem Hals zerrt, bis er sich zu ihr herunterbeugt und die Knie anwinkelt, um ihr links und rechts einen Kuss auf die Wange zu drücken, während sie munter drauflosplappert und er nickt und grinst.

Daraufhin versinke ich in Gedanken, sodass ich mich fast erschrecke, als er plötzlich mit den Blumen neben mir steht.

»Sie hat dir Blumen geschenkt?«

Er lacht. »Was soll ich sagen? Ich habe eben ein Händchen für Frauen.« Als ich sein Lachen nicht erwidere, sagt er: »Die sind für den Versammlungssaal, für die *misa* … die Messe, den Gottesdienst, wie immer man es nennen will. Sie hat mich gebeten, die Blumen für sie hinzubringen. Riech mal!«

Er hält sie mir hin, und ich beuge mich vor, doch die ganze Zeit blicke ich zu ihm auf, und er blickt zu mir herab, und ich atme den Duft, den süßen Duft der Blumen, aber er macht mich irgendwie traurig. Die Produktion züchtet sie nur für besondere Anlässe wie einen Lebensbund oder eine Beerdigung, deshalb habe ich sie noch nie aus der Nähe gerochen.

Ich weiß nicht, was ich sagen soll. »Die sind echt …« Mehr

fällt mir nicht dazu ein. Oh Mann, das ist mir total peinlich, aber ich merke, wie meine Augen brennen, als würde ich jeden Moment anfangen zu weinen, und er beobachtet mich die ganze Zeit und runzelt die Stirn, während sein Lächeln immer mehr verblasst, deshalb wende ich mich ab und schüttle den Kopf.

»Ich finde, *du* solltest sie bekommen.«

»Nein«, erwidere ich. »Die sind doch für die Messe. Und was sollen die anderen denken, wenn ich plötzlich mit einem Blumenstrauß nach Hause komme?«

Er nickt knapp, den Blick zu Boden gesenkt, und zum ersten Mal fallen mir seine Muttermale auf, die eine entzückende Linie bilden, fast wie ein Sternbild, ausgehend von seinem Wangenknochen, vorbei an seinem Ohrläppchen und seinem Kiefer, über seinen Hals, bis zum Rand seiner Kleidung, wie ein geheimnisvoller Pfad auf einer Landkarte. Jedes seiner Muttermale ist so dunkel und perfekt, dass mir zum ersten Mal bewusst wird, warum manche Leute sie als Schönheitsflecke bezeichnen.

Am Ende des Korridors ertönen Stimmen. Drei Verwaltungsangestellte sind offenbar spät dran.

»Ich … sollte wohl besser gehen«, sagt Domingo, der seinen Pod herausholt und auf die Uhr sieht.

»Oh, na klar, stimmt.« Und dann, ich weiß selbst nicht, warum, sage ich: »Du kannst mich ja mal anrufen. Auf dem Pod, meine ich. Wenn du magst.«

»Das wäre … ähm …« Er lacht, ohne den Satz zu beenden.

»Nein, schon klar. Ist keine so gute Idee.«

»Seren, im Ernst … du …« Er schenkt mir ein schräges Grinsen. »Du machst es mir echt nicht leicht.«

Und während die Leute von der Verwaltung links und rechts an uns vorbeigehen, unterwegs zu ihren Büros jenseits der Plaza, hebe ich spontan die Hand. »Also, wir sehen uns.« Dann laufe ich los. Ich laufe und drehe mich nur ein einziges Mal um, kurz bevor ich um die Ecke biege, und er steht immer noch da, die Beine leicht gespreizt, den Strauß falsch herum in der Hand, den Blick auf mich gerichtet, als wäre ihm nicht so ganz klar, was da gerade passiert ist.

Erst als ich nach Hause komme und die Taschen meiner Shorts leere, um sie in den Wäschekorb zu werfen, bemerke ich eine wunderschöne lilafarbene Blüte, die welk in meiner glühenden Handfläche ruht.

KAPITEL 8

Ich habe Feierabend und gehe über den Nordkorridor zurück nach Hause, als ich eine Hand an meinem Arm spüre. Ich blicke in ein blasses Paar Augen. Ezra.

»Ich habe versucht, dich anzurufen«, sagt er. »Sind meine Nachrichten nicht angekommen?«

»Nein – ich hatte zu tun.«

»Zu tun?« Er lacht. »Seren, bitte …« Seine Hand gleitet hinauf zu meiner Schulter und drückt sie. »Ich bin's.«

Seine Worte verpassen mir eine Gänsehaut, aber ich habe das Gefühl, dass uns die Leute beobachten, auch wenn sie es sich nicht anmerken lassen. Um eine Szene zu vermeiden, gehe ich weiter und lasse zu, dass er mir bis zur Plaza folgt, wo ich abrupt stehen bleibe und ihn ansehe.

»Was willst du von mir?«

»Ach, Süße.« Er lacht und sieht sich um, als wolle er sichergehen, dass mich niemand gehört hat.

»Das ›Süße‹ kannst du dir sparen.«

Er gibt sich fürs Erste geschlagen und kommt endlich zum Punkt. »Mum will dich und deine Familie heute Abend zum Essen einladen.«

»Meine Familie?« Ich versuche nicht mal, mein Entsetzen

zu verbergen. »Das geht nicht, wir haben schon was vor.« Ich will mich gerade abwenden, aber er packt erneut meinen Arm, diesmal deutlich fester. Widerwillig drehe ich mich um, und er beugt sich zu mir vor, während er die Plaza fest im Auge behält.

»Um sieben, okay?«

Und obwohl ich meinen Arm zurückziehe und mir die Antwort erspare, wissen wir beide, dass ich wie verlangt erscheinen werde. Es lohnt sich einfach nicht, Captain Kat und ihre Ausgeburt des Bösen gegen sich aufzubringen.

Also sitzen wir um acht Minuten nach sieben alle wie leblose Objekte um den Tisch herum, während Captain Kat einen wichtigen Telefonanruf beendet. Dad, Pan und Cain (der wir ein Vollidiot grinst), Grandpa, Ezra, Jonah und ich. Wir schweigen uns an und wagen kaum zu atmen, während wir ihrer Stimme lauschen, die sich aus dem Nachbarzimmer zu uns herüberschleicht wie eine giftige Schlange, gespickt mit wohl gewählten Antworten und wohl platziertem Lachen.

»Entschuldigung, van Hyden, aber ich muss jetzt Schluss machen. Ja, es ist ein besonderer Anlass.« Bei den nächsten Worten senkt sie ihre Stimme zu einem verzückten Flüstern, während wir anderen innerlich schaudern. »Ich habe die Familie der Lebensgefährtin meines Sohnes zu Gast. Ein großer Moment für uns alle. Ich melde mich morgen früh.«

Mit ausgebreiteten Armen betritt sie den Raum und strahlt uns alle an. »Tut mir leid. Furchtbar leid. Ein dringender Anruf, ihr wisst schon. Willkommen, herzlich willkommen, ihr Lieben. Ich freue mich, euch alle hier zu sehen.« Während sie das sagt, geht sie um den Tisch herum und streichelt jedem über die Schulter, bis sie Cain erreicht.

»Du meine Güte, ist das etwa Cain Keller aus der Technik? Im ersten Moment habe ich mich gefragt, welcher junge Mann sich in mein Quartier verirrt, ohne seine Kappe abzunehmen.«

Cain murmelt hastig eine Entschuldigung und nimmt seine Kappe ab, während Pan ihm einen vernichtenden Blick zuwirft.

Captain Kat geht zu ihrem Platz. »Ich frage mich, wo das Catering bleibt«, sagt sie. Im selben Augenblick klingelt es an der Tür.

Ich glaube, in meinem ganzen Leben habe ich nur ein-, zweimal woanders gegessen als in der Kantine. Natürlich hat mein Großvater als oberster Sicherheitschef ebenfalls ein Offiziersquartier, wo er Gäste empfangen darf, aber ich glaube, er hat damit aufgehört, als meine Großmutter gestorben ist, also vor über zehn Jahren. Eigentlich ist es keine große Sache, weil man eh das gleiche Essen serviert bekommt, und wenn man Pech hat, ist es nur noch lauwarm, trotzdem finde ich es seltsam, hier zu sitzen, während die vom Haushalt einen Handwagen hereinschieben und mehrere Schüsseln mit Essen auf den Tisch stellen. In der Zwischenzeit schiebt Captain Kat ihren Pod in die Dockingstation an der Wand, und im nächsten Moment ertönt eine ziemlich schräge Musik. Ich werfe einen Blick auf Ezra, der ebenfalls das Gesicht verzieht, und wir alle fragen uns, wer wohl als Erster den Mund aufmacht.

Mein Vater erbarmt sich. »Jonah, du hast also deine wahre Berufung gefunden?«

Jonah springt vor Schreck fast an die Decke, bevor er eine Antwort zustande bringt. »Ja, habe ich.« Er nickt. »Es ist mir eine Ehre, diese Rolle erfüllen zu dürfen.«

»Stimmt«, sagt Dad. »Das ist eine große Ehre.«

»Ziemlich bequeme Lösung.« Der Kommentar rutscht mir

einfach so heraus, und im nächsten Moment starren mich alle an. »Ich meine, ähm … wir haben nun mal eine ungerade Anzahl in unserer Generation, insofern ist es doch praktisch, dass einer von uns Priester wird.« Ich zucke mit den Achseln und ignoriere die Tatsache, dass Pan vermutlich gerade meinen Mord plant, dabei müsste sie sich gar keine Gedanken machen, denn Captain Kat lässt sich nicht so leicht aus dem Konzept bringen.

»Die Wege des Herrn sind unergründlich.« Sie strahlt so überschwänglich, dass ihre Lippen schmatzend über ihre Zähne gleiten. »Wer möchte etwas von der Hühnersuppe?«

Geraume Zeit später schwafelt Pan mal wieder von ihrem Bauch und ihrem Baby, und selbst mir fällt auf, dass sich jeder andere zu Tode langweilt, also wechsle ich das Thema. »Was ist eigentlich mit Huxley-3?« Die Gelegenheit kann ich mir unmöglich entgehen lassen. Ich meine, Captain Kat ist vielleicht meine zukünftige Schwiegermutter, aber ich habe mich noch nie wirklich mit ihr unterhalten. »Dürfen wir da mal runter, jetzt wo wir im Dienst sind?«

Captain Kat lacht, aber es ist kein echtes Lachen, eher eine billige Kopie, und es ist ziemlich schnell vorbei, weil sie im nächsten Moment zu ihrem Weinglas greift. »Ach, Seren, wie reizend. Natürlich nicht, aber ich wünschte, das Leben wäre so einfach, wie du es dir vorstellst.«

Ich ignoriere die Tatsache, dass sie mich wie eine Idiotin behandelt. Stattdessen atme ich tief ein und aus. Als ich mich wieder beruhigt habe, frage ich: »Okay … und was passiert stattdessen?«

»In gut einer Woche werden wir in den Orbit eintreten und zweiundsechzig Tage unserer Zeitrechnung, sprich neunzig Umkreisungen dazu nutzen, um den Planeten zu studieren und zu vermessen, ihn nach Möglichkeit zu erkunden und gegebenenfalls Kontakt aufzunehmen.«

»Ich mache übrigens morgen einen Erkundungsflug«, sagt Cain, mit vollem Mund grinsend.

»Und wenn es da wirklich Leben gibt? Wenn er bewohnbar ist?«, frage ich.

Wieder dieses falsche Lachen von Captain Kat, aber diesmal wirft sie einen flüchtigen Seitenblick auf Grandpa, als könne sie kaum glauben, dass wir beide verwandt sind. »Seren, die Chancen, dass es dort hoch entwickeltes Leben gibt, stehen eins zu einer Million.«

Erst jetzt blicke ich zu Jonah, der stumm auf seinen Teller starrt und sein Essen nicht mal anrührt, und weiter zu Ezra, der lustlos sein Brötchen zerrupft und leise seufzt. Nur Pan scheint aufmerksam zuzuhören. »Und was haben wir bislang herausgefunden?«, fragt sie.

Grandpa beugt sich vor und wischt sich den Mund an der Serviette ab, während sein Blick zur Decke gleitet, als könne er sich rund zwanzig Orte vorstellen, an denen er in diesem Moment lieber wäre. »Die ersten Shuttlecrews hatten nichts Relevantes zu berichten.«

»Echt typisch.« Ezra grinst abfällig, und Cain fügt lachend hinzu: »War klar, oder?«

Ich starre die beiden entgeistert an.

»Wie kann euch das so egal sein?«, frage ich laut genug, um die beiden von ihrem Kichern abzubringen und Jonah aus seinen himmlischen Betrachtungen zu reißen. Mit einem Mal herrscht absolute Stille, abgesehen von dem abrupten Klirren meines Glases, als ich versehentlich mit dem Messer dagegenstoße. »Das ist das erste Mal, dass hier wirklich etwas passiert, und ihr wollt nichts damit zu tun haben. Ihr wollt, dass es einfach vorbeigeht, so wie alles hier.«

»Ach übrigens, Captain Lomax, das wollte ich schon die ganze Zeit sagen – ich liebe die Inneneinrichtung in Ihrem Quartier!«, fällt Pan mir ins Wort. »Die Tischdecke ist ganz bezaubernd.«

Captain Kat lächelt und blinzelt geziert. »Vielen Dank, Pandora«, sagt sie. »Ein Erbstück meiner Großmutter, Gott hab sie selig, selbstverständlich ein Original von der Erde.«

Nachdem wir die Tischdecke (ein grässliches grünes Ding) ausgiebig bestaunt und bewundert haben, ist die Situation immer noch total verkrampft, deshalb meldet sich Grandpa zu Wort. »Wenn Sie erlauben, Captain Lomax …«

»Kat, bitte nenn mich Kat. Wir sind doch bald eine Familie.«

»Gern, *Kat*« – es klingt wie in Gänsefüßchen – »ich fürchte, wir sind etwas vom Thema abgekommen.«

»Ach, wirklich? Inwiefern? Worüber möchtest du denn reden, Joshua? Hoffentlich nicht über Geschäftliches. Das hier ist ein persönliches und unbeschwertes Treffen. Ein freudiger Anlass, könnte man sagen.«

»Richtig, und aus diesem Grund möchte ich einen Toast aussprechen.«

Sie setzt ihr gekünsteltes Lächeln auf und greift nach dem Weinglas. »Aber natürlich, wie nachlässig von mir. Ohne dich wäre ich aufgeschmissen, Joshua.« Sie wechseln einen Blick, der das Gegenteil besagt, und beide sind sich dessen bewusst.

Trotzdem heben alle ihr Glas, selbst Cain (der seins bereits geleert hat).

»Auf Seren und Ezra«, sagt Grandpa, während er mich mit seinen grauen Augen durchbohrt, »die einem erfüllten Leben voller Liebe und Kinderlachen entgegenblicken.«

Und die anderen wiederholen, »Auf Seren und Ezra!« Nur Ezra und ich sagen kein Wort. Dann treiben alle einen riesigen Aufwand, um möglichst mit jedem anzustoßen, und wir stehen alle auf und stoßen ein paar Sachen um, bis ich mich irgendwann hinsetze, um mir das ganze Theater anzusehen.

»Ich habe es schon mal gesagt, und in diesem Fall wiederhole ich mich gern«, sagt Captain Kat mit ihrem übertriebenen Lächeln, als sie endlich wieder Platz nimmt. »Dieser Bund ist ein Geschenk des Himmels. Ein Bund zwischen unseren Familien.« Sie verschränkt ihre Hände und stützt das Kinn auf, während sie Ezra und mich kopfschüttelnd betrachtet, als könne sie ihr Glück kaum fassen. »Absolut perfekt.«

»Noch so eine bequeme Lösung«, sage ich. Captain Kat reißt entsetzt die Augen auf, und der Raum versinkt erneut in Schweigen, was selbst mir ziemlich peinlich ist.

Grandpa räuspert sich. »Seren, du weißt ganz genau, dass die Lebenspartnerschaften in der Wissenschaft entschieden werden. Die Kommandozentrale hat nicht das geringste Mitspracherecht. Unser Genpool wird sorgfältig überwacht, um das Überleben künftiger Generationen zu sichern.«

Ich erwidere seinen Blick quer über den Tisch. »Das ist mir schon klar. Ich bin ja kein Idiot. Ich verstehe nur nicht, warum das alles in einer Laborschale passiert und die uns trotzdem vorschreiben, mit wem wir unser Leben verbringen müssen.«

Ich spüre, wie mich Ezra von der Seite anstarrt, bis ich in seine Richtung blicke und er mit zusammengekniffenen Augen den Kopf schüttelt. »Du bist echt charmant, weißt du das?«

Dad lässt vor Schreck die Gabel fallen. »Seren, Liebes, was redest du da?«

Captain Kat tätschelt seine Hand und streicht ihre blonden Strähnen hinters Ohr, als wolle sie sich ins Gefecht stürzen.

»Im Grunde ist dies der richtige Zeitpunkt, um solche Bedenken zu zerstreuen, findest du nicht, Jamie?« Ohne seine Antwort abzuwarten, fährt sie fort. »Seren, es ist nicht deine Schuld, dass gewisse Aspekte des Zusammenlebens auf der Ventura in Vergessenheit geraten sind. Im Laufe der letzten Generationen ist der Alltag auf diesem Schiff vielleicht etwas … zu leicht, zu bequem geworden. Und das hat zur Folge, dass manche von uns den wahren Sinn ihrer Existenz … verdrängt haben.« Sie unterbricht sich, lächelt starr, während sie das grässliche Tischtuch glatt streicht. Urplötzlich wird mir bewusst, dass die Hintergrundmusik in Wirklichkeit Walgesang ist, den sie uns in Erziehung manchmal in den Pausen vorgespielt haben.

»Der wahre Sinn unserer Existenz?«, wiederhole ich. »Und der wäre?«

Ihr Lächeln erstirbt. »Wir sind das bedeutendste, das ambitionierteste Forschungsprojekt, das die Menschheit je unternommen hat. Wir sind der Erstkontakt. Sämtliche Crewmitglieder, die damals einen Fuß auf dieses Schiff gesetzt haben, wussten sehr genau, worauf sie sich einlassen und wofür sie das tun. Sie haben geschworen, stets ihre Pflicht zu erfüllen – für ihr Land, für ihren Planeten, für ihre Spezies, für die Wissenschaft, für den Fortschritt, für die menschliche Zukunft … und wir alle, du und ich, sind nur die Fortsetzung jener Verpflichtung. War dir das etwa nicht bewusst?« Sie lacht ihr falsch-freundliches Lachen, während sie ihre blonden Strähnen kokett über die Schulter wirft. »Was bringen sie euch in Erziehung eigentlich bei? Ich glaube, wir brauchen mal wieder ein paar neue Richtlinien, Joshua.« Ihr Kommentar ist als Insiderwitz an meinen Großvater gerichtet, doch der findet ihn anscheinend nicht witzig.

»Aber ich habe mich nicht dafür entschieden«, entgegne ich. »Für nichts von alle dem.«

»Das ist vollkommen irrelevant«, verkündet Captain Kat, ihr Lächeln und ihre Stimme im krassen Gegensatz zu ihrer schonungslosen Botschaft. »Du existierst einzig und allein, um diese Mission zum Erfolg zu führen. Du bist wie wir alle Eigentum der NASA, der ESA und ihres gemeinsamen Sponsors, der Ventura Communications Incorporated, und somit wirst du den Zweck erfüllen, zu dem du erschaffen wurdest. Und um diesen Zweck zu erfüllen, bedarf es keiner persönlichen Entscheidung. Die Originalbesatzung dieses Schiffes bestand aus achthundertachtundachtzig Personen. Vierhundertvierundvierzig Zuchtpaaren. Alle drei Jahre ein neuer Geburtszyklus, eine ungewisse Anzahl von Todesfällen. Inzwischen ist die Population an Bord dieses Schiffes auf zweitausendzweihundertdreiundzwanzig angestiegen. Wir müssen eine siebenhundertjährige Mission überdauern. Um weiterhin gesunde und überlebensfähige Kinder zu zeugen, um die Zukunft nachfolgender Generation zu sichern, müssen wir genau das tun, was unsere Pflicht von uns verlangt. Stabile Lebenspartnerschaften und zuverlässige Familienplanung sind die Grundlagen unserer Zivilisation. Ob du meinen Sohn heiraten willst, um seine Kinder auszutragen und großzuziehen, bis sie ihre eigene Rolle in der Gesellschaft übernehmen können, ist weder für mich noch für ihn noch für *dich* von Belang. Nichts dergleichen ist für die Besatzung dieses Schiffes von Belang, denn das sind ganz einfach Tatsachen.«

Ich spüre meine aufeinandergepressten Lippen, während ich sie anstarre. »Also sollen wir einfach so tun, als wären wir glücklich – oder was?«

»Ein wahres Energiebündel«, wirft mein Vater ein. Er ist so verschwitzt und nervös, dass ich mich frage, wie er die Worte überhaupt herausbringt. »In ihrem Alter hatte ich auch tausend Fragen.« Er schüttelt den Kopf, als würde er einfach nur in Erinnerungen schwelgen, anstatt mich lächerlich zu machen.

Captain Kats aufgesetztes Lachen verebbt zu einem katzenartigen Schnurren, während sie affektiert die Augen verengt, als wolle sie mit ihm flirten. »Ach, Jamie. Du warst schon immer ein Rebell. Ich muss gestehen, ich fand das damals ziemlich attraktiv.«

»Mum!« Ezra wirkt regelrecht angewidert.

»Was denn? Das ging uns allen so. Vor allem Gracie. Die liebe, süße Gracie.« Captain Kat wechselt erneut die Tonlage, um Mitgefühl und Anteilnahme zu heucheln. »Ich wünschte, sie könnte heute hier sein. Stellt euch vor, wie glücklich sie wäre. Wie stolz.«

Obwohl ich meine Mutter nie kennengelernt habe, wage ich stark zu bezweifeln, dass sie das gedacht hätte, und Grandpas hochgezogene Augenbrauen deuten darauf hin, dass er meine Zweifel teilt.

Er räuspert sich, und seine Stimme klingt distanziert. »Grace hatte viele Fragen an unser System. Mein guter Freund, Captain Lee, war ein großer Verfechter von philosophischen und ideologischen Debatten, und Grace war ihm stets eine würdige Kontrahentin.«

Captain Kat stößt ein irrsinniges Lachen aus. »Ach, wirklich? Lee war wirklich ein Exzentriker!«

Grandpa lächelt nicht einmal. »Er war ein großer Mann und inspirierender Anführer.«

Captain Kat will gerade den Mund aufmachen, als Grandpas Pod klingelt und er einen Blick darauf wirft. »Ich fürchte, ihr müsst mich entschuldigen. Tut mir sehr leid, aber ich werde unten gebraucht. Vielen Dank, Captain Lomax, für die außergewöhnliche Gastfreundschaft.« Er nickt höflich, bevor er zur Tür hinausgeht.

Captain Kat blickt ihm wie gebannt hinterher, den Mund leicht geöffnet, als wolle sie etwas erwidern, das ihr nicht über die Lippen kommt. Als sich die Tür hinter ihm schließt, folgt ein weiteres aufgesetztes Lachen, und sie spricht mit ihrem Teller, als wären wir anderen gar nicht da. »Dieser Lee und seine albernen Diskussionsforen und Ideenschmieden! Da redet man sich höchstens die Köpfe heiß, um am Ende feststellen zu müssen, dass es doch nur so funktioniert, wie es seit Jahrzehnten praktiziert wird. Es kann sich nichts ändern. Es *darf* sich nichts ändern. Mit solchen Debatten erreicht man nicht mehr, als die eigene Zivilisation zu zersetzen und unsere Existenz zu gefährden. Joshua mag von mir aus glauben, was er will, aber es gab nie so viel Chaos und Dissens auf diesem Schiff wie unter Captain Lees Führung. Das weißt du selbst am besten, Jamie.«

Mein Vater meidet jegliche Reaktion.

»Tatsache ist, seit wir den Kontakt zur Erde verloren haben, sind wir auf uns selbst gestellt, und das wird sich auch in den nächsten zweihundertzweiundsechzig Jahren nicht ändern. Wir tragen die Verantwortung für unser Überleben, das Überleben unserer Spezies. Und es ist unsere Pflicht, die Pflicht jedes Einzelnen, diese Priorität zu wahren.«

Ich lasse das alles auf mich herabrieseln wie wabernden

Staub. Pflicht. Eigentum. Der Zweck, zu dem wir erschaffen wurden. Genau darauf läuft es am Ende hinaus, obwohl sie uns ständig eintrichtern, wir wären die Auserwählten dieser grandiosen Mission, dieser gottgegebenen Bestimmung, die Begründer einer neuen Ära, einer geeinten Galaxie.

Als hätten sie meine Gedanken irgendwie aufgeschreckt, scheint Captain Kat plötzlich aus ihrer Trance zu erwachen und kehrt ohne Umschweife zu ihrem typischen Palaver zurück, untermalt von ihrem unerträglichen Lächeln. »Wir sind die Mittler dieser Mission, wir sind die Botschaft an das Universum. Unsere Nachkommen werden …«

Aber ich habe genug gehört. Kratzend schiebe ich meinen Stuhl zurück und werfe die Serviette auf den Tisch. »Danke fürs Essen – ich muss los.«

»Seren«, kreischt meine Schwester. »Du kannst doch nicht einfach gehen!«

»Ich muss arbeiten«, lüge ich. »Hatte ich ganz vergessen.«

»Liebling, bitte geh nicht«, sagt Ezra gelangweilt und lässt seinen Stuhl nach hinten kippen, um mir hinter seinem Rücken den Mittelfinger zu zeigen.

Ansonsten sagt keiner etwas, Pan und Cain starren mich nur an, und Dad rutscht mit seinem Stuhl zurück, als wolle er ebenfalls aufstehen. Dann ergreift Captain Kat das Wort.

»Du weißt, es gibt manche, die diesen Ort nicht überleben, Seren. Und meist sind es diejenigen, die sich am stärksten dagegen wehren.«

Aber ich gehe trotzdem.

KAPITEL 9

Ich bin plötzlich hier unten, ohne wirklich zu wissen, wie ich hierhergekommen bin. Produktionssektor 6, wo Dom um diese Zeit arbeitet. Ich sehe ihn, und er sieht mich, und im ersten Moment wirkt er ziemlich entgeistert, und ich frage mich, ob es nicht doch eine schlechte Idee gewesen ist, zumal er sich hastig umsieht, bevor er zu mir herüberkommt.

»Hey«, sagt Dom. »Was machst du denn hier?«

»Na ja … ich, ähm … wollte dich nur mal besuchen.«

Er reagiert total seltsam – erst betrachtet er mich total ernst, dann lächelt er, dann wieder nicht. »Oh Mann, Seren …« Er schüttelt den Kopf. Dann folgt ein kehliges Geräusch, keine Ahnung, als wäre er total frustriert.

»Okay, also … ich geh dann besser, ich hätte gar nicht kommen sollen.«

Da packt er meinen Arm. »Nein, bitte bleib.«

Also bleibe ich.

Er muss noch ein paar Dinge erledigen, bevor er seine Schicht beendet, also gehen wir zusammen zu einer riesigen Doppelflügeltür, die er mit einem großen roten Knopf öffnet. Auf einmal ist es stockdunkel, und es riecht komisch süß, fast wie Erbrochenes, und es ist deutlich wärmer als an jedem anderen

Ort. Um uns herum höre ich ein leises, sanftes Gackern. Dom beantwortet meine unausgesprochene Frage.

»Die Hühner.«

Wir gehen weiter, vorbei an hohen Käfigen mit Hunderttausenden von Hühnern, dicht gedrängt auf beiden Seiten des Ganges, in einem finsteren Halbdunkel. Nur alle hundert Meter hängt eine einzelne Glühbirne, deshalb sehen wir nicht viel, außer hier und da ein Schimmern in den kleinen runden Augen oder auf dem Gefieder. Und es ist einfach nur traurig – unbeschreiblich traurig –, dass diese armen Geschöpfe nur deshalb existieren, um für uns Eier zu legen und Fleisch zu liefern und sich zu paaren, um weitere Hühner zu zeugen, die aus reiner Willkür, eingepfercht in einer dunklen Konservenbüchse, durch den Weltraum fliegen. Ich blicke zu Dom, der neben einem der Käfige stehen geblieben ist. Er öffnet die Tür, greift vorsichtig hinein und nimmt eine der Hennen heraus, um sie mir hinzuhalten. Ich berühre ihr Gefieder, berühre den ersten Vogel meines Lebens, und es ist absolut unbeschreiblich.

»Gestern habe ich mir Huxley-3 angesehen«, sagt er. »Vom Aussichtsdeck oben. Ich dachte, du bist vielleicht auch da.«

Ich lächle. »Wirklich? Warum hast du nicht angerufen?«

»Keine Ahnung.« Er lacht verlegen, schüttelt den Kopf. »Wie gesagt, das sollten wir besser lassen. Uns gegenseitig anrufen, meine ich.« Er sieht mich an, mustert mein Gesicht, während ich vergeblich versuche, mir ein Lächeln zu verkneifen.

»Und warum?«, sage ich. »Wir sind doch Freunde, oder?«

Er scheint darüber nachzudenken, zuckt mit den Schultern und nickt. »Stimmt. Was spricht schon dagegen, eine gute Freundin anzurufen und sie zu fragen, ob sie Lust hat, sich unseren freundlichen Nachbarplaneten anzusehen?«

»Überhaupt nichts.« Ich grinse.

»Dann eben beim nächsten Mal.«

»Und was spricht dagegen, einen guten Freund ab und zu von der Arbeit abzuholen?«

»Rein gar nichts.« Er lächelt mich an, und mir wird bewusst, dass ich in seiner Nähe praktisch alles vergesse, alles außer ihn, obwohl die Situation total verkorkst ist. Anscheinend sieht er mir den Gedanken an, der wie ein finsterer Schatten über mein Gesicht huscht. »War wohl kein guter Tag?«

»Nicht gerade der beste.«

»Erzähl mir davon.«

»Ich bin diesen Laden so was von leid.« Ich seufze.

»Kommt schon mal vor«, erwidert er und nickt mitfühlend. Dabei streichelt er die ganze Zeit die Henne und dreht sie in alle möglichen Richtungen, während wir zusehen, wie sie ihren Kopf immerzu gerade hält, egal was er mit ihr anstellt, und wir müssen beide lachen. »Sei einfach so wie dieses Huhn«, sagt er. »Nimm alles so, wie es kommt.«

Es ist total warm hier in der Hühnerproduktion. Es riecht zwar echt widerlich, aber es ist herrlich warm. Zum ersten Mal in meinem Leben ist mir nicht kalt, und ich möchte mich am liebsten zurücklehnen und diesen Zustand ewig genießen, die Wärme, das leise Gackern, ein Geräusch, bei dem ich einschlafen könnte. Ich streichle das Huhn, spüre seine seidigen Federn und möchte am liebsten darin versinken. Meine Finger berühren Doms, doch nur für einen Sekundenbruchteil, dann ziehe ich sie zurück.

Ich seufze, um zu überspielen, dass mich seine Nähe nervös macht. »Als ich hergekommen bin, war ich total sauer, und jetzt weiß ich nicht mal mehr, warum ich mich so aufgeregt habe.«

Er lacht, und ich spüre – oder bilde mir ein –, wie sein Atem meine Lippen streift. »Das liegt daran, dass es keine Rolle spielt. Du kannst eh nichts daran ändern, also was bringt es, sich aufzuregen?«

Wir gehen zurück in den Produktionsbereich.

»Was ist das?«, frage ich, als ich den orangefarbenen Beutel in seiner Hand bemerke.

»Gar nichts.«

Weil er es mir nicht verraten will, bleibe ich abrupt stehen in der Überzeugung, dass er sich dann umdrehen wird, und als er genau das tut, blicke ich ihm tief in die Augen.

»Ist wirklich nichts«, sagt er, während er die Tüte hinter seinem Rücken in die andere Hand wechselt, doch dann fügt er hinzu: »Okay, das sind die Toten.«

Ich spüre, wie meine Lippen verkrampfen. »Die toten …?«

»Hühner.« Er wirkt fast traurig, als wolle er sich dafür entschuldigen. »Die toten Hühner. Es gibt leider einen gewissen … Ausschuss.«

»Ausschuss?«

Er zuckt mit den Schultern und blickt zu Boden. »Manche … sterben ganz einfach.«

»Weil sie alt sind?«

»Nein.« Er lächelt traurig. »Nicht unbedingt. Wir geben unser Bestes, aber sie haben es nicht leicht.«

Gemeinsam betreten wir den großen finsteren Bereich des Produktionssektors 6. Ich folge ihm zu den Müllcontainern. »Cooles Echo hier, findest du nicht?«, sagt er und hebt vielsagend die Augenbrauen. »Klingt meine Stimme nicht heiß?«

Ich überspiele meinen Adrenalinschub mit einem skeptischen Blick. »Was ist denn an einem Echo heiß?«

»Ach, keine Ahnung.« Wir müssen lachen, und ich stoße ihn mit der Schulter an, was er belustigt erwidert. Ich möchte am liebsten mehr von seiner Körperwärme spüren, als plötzlich eine Stimme erklingt. »Hallo, Seren.«

Ich drehe mich um und erblicke Graham, einen Arbeitskollegen von Dad. Er ist zuerst an uns vorbeigegangen, aber dann bleibt er stehen und runzelt die Stirn. »Bist du auf der Suche nach Jamie?«

Ich bringe vor Schreck kein Wort hervor, aber Dom antwortet an meiner Stelle. »Ist sie, aber ich habe ihr gesagt, dass er heute Abend freihat. Sie wollte gerade nach Hause, stimmt's?« Er sieht mich mit einem aufmunternden Nicken an.

Und obwohl ich so von ihm fasziniert bin, dass ich die Aufforderung fast nicht bemerke, sage ich im letzten Moment: »Ähm, ja, stimmt.« Dann winke ich zum Abschied, und wir gehen weiter, doch Graham bleibt stehen und sieht uns hinterher, sodass ich seinen Blick im Rücken spüre. Als wir die Tür erreichen, sehe ich ein letztes Mal über meine Schulter, und er späht mir im Dämmerlicht hinterher und kratzt sich am Kinn, die Stirn immer noch nachdenklich gerunzelt.

Dom wohnt drüben im Westflügel, also gehen wir zusammen hin, aber mit Sicherheitsabstand, weil wir immer noch an die Sache mit Graham denken und uns fragen, ob es so eine gute Idee ist, uns zusammen sehen zu lassen. Aber als wir seinen Gang erreichen, ist weit und breit niemand in Sicht, also bleibe ich neben ihm stehen und blicke nervös in beide Richtungen, während er den Türcode eintippt und mich in seine Koje führt.

Drinnen schnappt er sich eine Gitarre vom Fußboden, und als die Tür hinter uns zugleitet, dreht er sich zu mir um und grinst.

Erst jetzt sehe ich mich um. Es ist eine ganz normale Koje mit in der Wand eingelassenen Etagenbetten, dazwischen grauen Regalen und indirekter Beleuchtung. An dem Belüftungsgitter in der Decke hängt ein Vogel aus Metall, der langsam mit den Flügeln schlägt. Es gibt insgesamt acht Betten, aber sie sind alle leer.

»Die anderen sind arbeiten«, sagt Dom auf meine unausgesprochene Frage. »Komm, setz dich«, fügt er hinzu, während er ein paar Klamotten vom Bett nimmt.

Ich suche vergeblich nach einer anderen Sitzgelegenheit, also setze ich mich zögerlich hin, immer noch unsicher, ob ich wirklich bleiben soll. Mein Herz schlägt so panisch, dass ich vermutlich jeden Moment die Flucht ergreife oder vor Aufregung platze. Dom setzt sich vor mir auf den Boden und fängt an, seine Gitarre zu stimmen, deshalb sagen wir erst mal gar nichts. Ich lehne mich gegen die Wand und beobachte ihn, höre ihm zu, während er eine Melodie spielt und leise dazu singt, kaum laut genug, um einzelne Worte zu verstehen, aber extrem sinnlich. Als ich mir einbilde, meinen Namen zu hören, unterbricht er sich. »Du hast mir noch gar nicht erzählt, was du heute Abend gemacht hast.«

»Ach … keine Ahnung«, sage ich. »Nichts … nichts Nettes.«

Er singt leise weiter. *»Sie ist ein ewiges Rätsel.«*

Ich muss lachen. »Nein, bin ich nicht. Aber … ich hasse mein Leben. Ich hasse unser Leben. Ich war heute bei Captain Kat.«

Er blickt auf. »Bei *der* Captain Kat?«

Ich zucke mit den Achseln. »Gibt es noch eine andere? Ich finde, eine von der Sorte reicht.«

»Du kennst sie persönlich?«

»Klar, ihr Sohn ist …«

»Dein Lebenspartner?«

Ich blicke zu Boden und verziehe das Gesicht, während Dom laut loslacht. »Du bist ja schwer begeistert.«

»Wärst du etwa begeistert?«

Er lacht. »Na ja, er wirkt manchmal ein bisschen … schleimig, würde ich sagen.«

Ich nicke. »Er ist definitiv ein Schleimer. Unter anderem.«

Dom grinst und schüttelt den Kopf, während er an seiner Gitarre zupft. Wir schweigen einen Moment, dann frage ich: »Woher hast du eigentlich die Gitarre?«

Er lächelt. »Ursprünglich waren siebenundvierzig an Bord. Ich glaube, dreizehn von denen sind nicht mehr zu retten, aber damit bleiben noch vierunddreißig. Ich hatte einfach nur Glück.«

»Aber wie bist du daran gekommen?«

»Mein Urgroßvater, mein Großvater, mein Vater, die waren alle gute Musiker, und sie haben mir das Instrument weitervererbt. Aber wie gesagt, ich hatte eben Glück.« Er zwinkert mir zu.

»Darf ich mal anfassen?«, frage ich, und er schenkt mir dieses durchtriebene Grinsen, sodass ich albern lache und die Augen verdrehe. »Die Gitarre, meine ich.«

Er überreicht sie mir, und ich wundere mich, wie leicht sie ist. Vorsichtig lege ich sie auf meinen Schoß, betrachte die wellenartigen Kratzer auf der bernsteinfarbenen Oberfläche, lasse meine Finger über die geriffelten Saiten gleiten und hebe die Öffnung an mein Gesicht, um die aromatische Luft in ihrem Innern einzuatmen.

»Woraus ist die?«, frage ich. Als ich aufblicke, wird mir bewusst, dass er mich die ganze Zeit beobachtet.

»Aus Holz«, sagt er. »Von Bäumen.«

Ich fahre mit der Handfläche über das Instrument, bevor ich es ihm zurückgebe.

Dann lausche ich erneut seinem Gesang, besser gesagt seinem Summen. Es ist eine Melodie, die ich noch nie gehört habe.

»Was ist das für ein Lied?«, frage ich.

»Weiß ich noch nicht.«

»Du …« Ich setze mich aufrecht hin. »Du weißt es noch nicht?«

»Ist noch nicht fertig.«

Keine Ahnung, warum mir noch nie der Gedanke gekommen ist, dass manche Musiker ihre Lieder selbst schreiben. Das beweist mal wieder, wie verkorkst dieser Laden ist. Es ist nicht erlaubt, deshalb hatte ich angenommen, dass es keiner macht.

Die Kommandozentrale begründet das mit dem Erhalt unseres kulturellen Erbes. Die haben Angst, was mal aus uns werden könnte, wie wir uns verändern könnten, wenn wir zig Millionen Kilometer durch den Weltraum driften und unsere eigene Kultur erfinden. Wir sollen schließlich Abgesandte der Erde bleiben und nicht zu einer neuen Spezies mutieren. Und deshalb ist das einer dieser Momente, die ich nie vergessen werde – wie er da auf dem Boden sitzt und mit den Fingern über die Saiten der Gitarre fährt, den Kopf leicht geneigt, als würde er ihr zuhören, als sei sie diejenige, die eine neue Melodie erfindet, während er nur zufällig danebensitzt. Mit einem Mal bekomme ich eine Gänsehaut.

»Ist dir kalt?« Er zieht seine Jacke aus, um sie mir zu geben, und als ich sie überziehe, stelle ich fest, dass sie zwar genauso aussieht wie meine (was auch sonst), aber natürlich viel zu groß ist. Ich genieße das wunderbare Gefühl, seine Wärme und seinen Geruch in mich aufzusaugen, süß und sauber, duftend wie frisches Brot, wie etwas von mir, nur tausendmal besser. Und als hätte sein Blick echtes Gewicht, spüre ich ihn erneut auf mir. Er betrachtet mich, dann die Gitarre, dann wieder mich, während ich ihn ebenfalls betrachte, und ich verspüre den seltsamen Drang, meine Schuhe abzustreifen, mit dem Fuß seine Schulter zu berühren, langsam über seine Brust nach unten zu gleiten und den Fuß in seinen Schoß zu legen. Zugleich spüre ich, wie sich ein warmes Lächeln über meinem Gesicht ausbreitet, das sich in seinem widerspiegelt.

»Domingo?«

»Hm?«

»Wer ist eigentlich deine Lebenspartnerin?«

Er hört auf zu spielen, doch sein Blick bleibt bei der Gitarre. »Annelise Gutchenmeyer«, antwortet er.

Groß, blond, Medizinerin, Kapitän des Volleyballteams, in dem ich mal gespielt habe, bevor mir bewusst wurde, dass ich Mannschaftssportarten hasse. »Nicht übel.«

Er zuckt mit den Schultern. »Stimmt.«

Schweigen.

»Das Problem ist nur«, er spielt einen einzelnen, traurigen Akkord, »ich kann mir einfach nicht vorstellen, dass das funktioniert. Weißt du, was ich meine? Gefühle lassen sich nun mal nicht steuern.«

Ich nicke und warte darauf, dass er weiterredet, doch er schweigt.

»Und du ...«, sage ich, »hast keine Gefühle für Annelise?«

Er sagt nichts, sondern spielt nur diese wunderschöne, unvorstellbar traurige Melodie, und wir sehen beide wie gebannt auf seine Finger.

Er runzelt die Stirn. »Ich glaube … das habe ich für dich geschrieben.«

»Für mich?«

Er nickt, ohne meinen Blick zu erwidern. Aus irgendeinem Grund senke ich die Stimme, als wäre er ein scheues Tier, das ich nicht erschrecken will. »Spiel es noch mal.«

Er will gerade ansetzen, als sich die Tür öffnet und zwei seiner Mitbewohner hereinplatzen, die so laut reden, dass wir erschrocken aufspringen. Dom stellt mich seinen Freunden vor, und ich füge hastig hinzu: »Ich wollte gerade gehen.« Die Typen starren uns an und denken sich ihren Teil, deshalb winke ich albern in die Runde, und als Dom mich nach Hause bringen will, lehne ich entschlossen ab. In diesem Moment wird mir bewusst, dass wir kurz davor sind, eine unsichtbare Linie zu übertreten.

Erst als ich fast zu Hause bin, stelle ich fest, dass ich immer noch seine Jacke anhabe.

KAPITEL 10

Im Westflügel gibt es einen Verbindungskorridor in der Nähe des Lastenaufzugs, von wo aus man den Produktionssektor überblicken kann, und ich finde immer wieder neue Gründe, um dort langzugehen in der Hoffnung, Dom zu sehen. Manchmal entdecke ich ihn tatsächlich, weit unten in der Dunkelheit, sein glänzendes Haar, das ihm ins Gesicht fällt, sobald er die Kappe abnimmt; sein ungezwungenes Lachen, wenn jemand einen Witz macht; seine seltsame Angewohnheit, sich gegen die drei Meter hohen Stapel von Eierkästen zu lehnen, um etwas auf seinem Pod zu tippen, während ich mich frage, wem er wohl gerade schreibt, wenn nicht mir.

Jedes Mal, wenn ich während der zweiten Schicht an der Kantine West vorbeikomme, wo er vielleicht gerade zu Abend isst, stelle ich mich auf die Zehenspitzen, ziehe mich mit den Fingern hoch, drücke die Nase an die Scheibe und hoffe mit flatterndem Herzen, dass ich ihn vielleicht zu sehen bekomme, bevor sich irgendjemand nähert und mich komisch ansieht, sodass ich hastig weitergehe. Und jedes Mal, wenn in der Produktion ein Automat aufgefüllt werden muss, bekomme ich einen unkontrollierbaren Adrenalinschub, weil ich ihm vielleicht über den Weg laufe oder den Müsliriegel einräume, der möglichrweise seine Lippen berührt. Ich weiß, das ist erbärmlich, total erbärmlich. Es gibt gar keine Worte dafür, wie erbärmlich das ist. Trotzdem fühlt es sich extrem gut an.

Eines Abends komme ich von der Arbeit nach Hause, und Pan sitzt heulend über einem Haufen Socken, wie ein hirnloser Zombie. Sie hat definitiv zu viel Zeit, seit sie in Mutterschutz gegangen ist, und ihre Hormone spielen mal wieder verrückt, aber diesmal dauert der Zustand länger als sonst.

»Was ist denn los, Pan?«, frage ich, hundemüde von meinem langen Arbeitstag.

»Cains Schicht ist seit drei Stunden vorbei, aber er ist immer noch nicht zu Hause.«

»Okay.« Ich seufze. »Aber wenn etwas passiert wäre, hätte die Technik dir schon Bescheid gegeben, oder?«

»Ich weiß, Seren. Aber früher ist er nach der Arbeit immer gleich nach Hause gekommen und jetzt …« Sie putzt sich mit einer der Socken die Nase und deutet auf den übrigen Haufen. »Ich wollte ihn mit gestopften Socken überraschen, aber nicht mal das bekomme ich hin.«

»Also … was jetzt? Glaubst du, er hat eine andere?«

Sie knallt ihre Hand auf den Tisch und durchbohrt mich mit ihrem Blick. »Bislang dachte ich das *nicht*! Was ist eigentlich mit dir los, Seren?«

»Mit *mir*? Du bist doch hier diejenige, die sich die Augen ausheult, weil ihr Mann nicht nach Hause kommt!«

Pan schluchzt und schluchzt, bis sie nur noch ein schnodderiges Häufchen Elend ist, und ich bekomme ein schlechtes Gewissen.

»Ich habe immer versucht, dir zu helfen, Seren«, schnieft sie.

»Immer wenn es dir mies ging, habe ich dich unterstützt, obwohl du es einem fast unmöglich machst. Kannst du nicht wenigstens mal ein *bisschen* Mitgefühl zeigen? Ich will doch nur, dass mir jemand zuhört.«

Ich zucke mit den Schultern. »Okay, tut mir leid. Dann rede mit mir … bitte.«

»Es ist einfach nur so, dass ich Cain im Moment echt brauche, aber ich fühle mich total einsam und habe keine Ahnung, was ich dagegen tun soll.«

Ich weiß nicht, was mich plötzlich überkommt, aber ich empfinde tatsächlich einen Anflug von Mitgefühl, eine schmerzliche Anteilnahme. Vielleicht, weil ich zum ersten Mal in meinem Leben weiß, wie es ist, jemanden zu vermissen. Also gehe ich auf sie zu. »Erzähl ihm von deinen Gefühlen.«

Sie schlägt erneut auf den Tisch und verdreht die Augen. »Du bist echt so was von naiv, Seren. Keine Ahnung, warum ich überhaupt mit dir rede. Was weißt du schon von Beziehungen?«

Ich fühle mich so vor den Kopf gestoßen, dass mir im ersten Moment die Worte fehlen. »Ich weiß … man verbringt gern Zeit miteinander und fühlt sich zusammen glücklicher als allein und … man kann sich auf den anderen verlassen, weil er einen nie im Stich lassen würde.«

»Schwachsinn.« Sie schüttelt den Kopf. »Du hast echt keine Ahnung, wovon du redest.«

Ich verziehe das Gesicht. »Ach, nein?«

»Natürlich nicht. Du hast deinen Lebensbund ja noch nicht mal angetreten!«

Ich schüttele den Kopf. »Du bist echt ein Vollidiot. Ich kann nicht fassen, dass wir verwandt sind.«

Damit stürze ich aus der Küche, vorbei an Dad, der gerade

in den Flur tritt. Pan stürmt mir wutentbrannt hinterher. »Du hast kein Recht, über mich zu urteilen, du dummes kleines Gör!«

»Bitte, ihr beiden«, sagt Dad hilflos.

Ich wirble zu ihr herum. »Du hast keine Ahnung von Liebe, von *echter* Liebe. Du weißt nicht mal, dass es so was gibt. Ich hoffe, ich werde niemals so wie du!«

»Du *wärst* gern so wie ich!«, kreischt sie, während Dad uns nur anstarrt. »Du *wünschst* es dir! Aber du bist viel zu verbittert, weil dich dein Lebenspartner hasst. Kein Wunder! Kein Wunder, dass er dich hasst! Ich hasse dich genauso, und ich bin immerhin deine Schwester!«

Dad sieht mich mit gerunzelter Stirn an. »Ezra hasst dich?«

Ich verdrehe die Augen.

»Nur zu deiner Information, Dad«, sagt Pan. »Sie hassen sich gegenseitig. Zum Glück müssen sie nicht auf herkömmliche Weise Kinder zeugen, sonst ständen die Chancen eher schlecht.« Sie lacht gehässig, wirft ihr Haar über die Schulter und stolziert in ihr Zimmer. Ich bin so sauer, dass ich ihr folge.

»Glaubst du, es interessiert mich, was dieser Vollidiot von mir denkt? Das ist mir so was von egal. Und seine dämlichen Kinder kann er behalten. Im Gegensatz zu dir habe ich nämlich kein Interesse daran, mich schwängern zu lassen, nur weil ich nichts Besseres mit meinem erbärmlichen Leben anzufangen weiß.«

»Seren!« Dad ist an der Schwelle zu Pans Zimmer stehen geblieben und benutzt seine autoritäre Elternstimme. Obwohl Pan im ersten Moment aussieht, als hätte ich sie geschlagen, und ich meiner ungeborenen Nichte gegenüber ein schlechtes Gewissen habe, bin ich dermaßen sauer, dass mir das alles egal ist. »Lass deinen Frust nicht an mir aus, nur weil dein Mann ein Loser ist, der sich lieber in der Plaza betrinkt, als zu dir nach Hause zu kommen.«

»Er macht Überstunden!«

Ich schnaube. »Wer's glaubt.«

Ich will den Raum verlassen, aber Dad hält mich zurück. Seine rechte Hand greift nach meiner Schulter, die andere schwebt unschlüssig in der Luft. »Hey, ihr beiden, was ist hier eigentlich los?«

Ironischerweise bringt uns das zum Schweigen.

»Ich muss noch mal weg«, sage ich.

Pan durchbohrt mich mit einem ihrer tödlichen Blicke. »Um dich mit Domingo Suarez zu treffen?«

Dann baut sie sich mit verschränkten Armen vor mir auf und fordert mich stumm heraus. Vermutlich sieht man mir mein Entsetzen an, deshalb will ich den Raum verlassen, aber Dad lässt mich nicht vorbei, sondern legt seine andere Hand auch noch auf meine Schulter. »Domingo Suarez? Aus Farm und Fischerei? Was hat er damit zu tun?«

In dem Moment geht Pan an uns vorbei und steuert auf mein Zimmer zu.

»Hey!«, brülle ich ihr hinterher, aber Pan kommt bereits zurück.

Mit Doms Jacke.

Sie hält sich das Kleidungsstück vor den Körper, als wolle sie es anprobieren, ein durchtriebenes Lächeln auf den Lippen, dann tippt sie mit dem Finger auf den gestickten Namenszug, bevor ich ihr die Jacke aus den Händen reiße.

»Die habe ich gefunden, als ich ihr Zimmer aufgeräumt habe, Dad«, sagt sie. »Unter dem Kopfkissen!«

Er wendet sich in meine Richtung und wartet auf meine

Reaktion, während ich verzweifelt nach einer Entschuldigung suche und albern lache. »Er … mir war einfach nur kalt. Er hat sie mir geliehen. Mehr nicht.«

Dad runzelt die Stirn. »Wann und wo war das?«

Ich lache erneut. »Ähm …«, setze ich an, doch dann wende ich mich an Pan. »Was machst du eigentlich in meinem Zimmer?«

»Wenn du nicht so schlampig wärst und deine Bettwäsche selbst wechseln würdest, könnte ich mir die Mühe sparen!«

Ich war noch nie so froh, Cain an der Tür zu hören.

»Ich bin's!«, ruft er. »Huhu! Wo steckt ihr denn alle?«

In dem Moment ducke ich mich unter Dads Arm hindurch und verschwinde in meinem Zimmer, aber ich höre, wie Pan mir hinterherbrüllt. »Je eher wir hier ausziehen, umso besser!«

Eine gewaltige Untertreibung.

Ich habe keine Ahnung, wie ich es schaffe, den nächsten Arbeitstag zu überstehen, mit diesem fetten Kloß im Magen, halb Angst, halb Übelkeit. Ich mache gerade Feierabend und schiebe meinen Handwagen zurück ins Instandhaltungsbüro, als Mariana zu mir sagt: »Sicherheitschef Sherbakov will dich in seinem Büro sprechen, Henson.«

Das war echt so was von vorhersehbar, dass ich laut loslache. »Ach, echt?«

Mariana reagiert verwirrt. »Hast du eine Ahnung, was es damit auf sich hat?«

»Ähm … bestimmt nicht viel.« Ich ziehe mir das Haarnetz vom Kopf und lockere meine Frisur, bevor ich meine Kappe aufsetze. »Er ist mein Großvater.«

Das Quartier ist erstaunlich groß für eine einzelne Person, aber Grandpa steht so weit oben in der Hierarchie, dass er schon immer hier wohnt, seit ich denken kann, und früher hat er es sich mit meiner Großmutter geteilt. Grandma Lianne, die ich nur von Fotos und aus Videos kenne, ist an der PEST gestorben, als ich noch ganz klein war. Ich habe keine Ahnung, wofür die Abkürzung steht, aber es ist definitiv nichts Gutes. PEST ist eine Autoimmunkrankheit, die wir quasi auf der Ventura erfunden haben, weil es hier kein ordentliches Essen gibt und erst recht keine frische Luft oder echtes Sonnenlicht. Deshalb wendet sich der Körper manchmal gegen einen und zerstört sich selbst. Für einen Außenstehenden sieht das aus, als würde man einfach immer dünner und dünner werden, egal was man isst, als wolle man sich klammheimlich aus dieser Existenz stehlen. Dann setzen die Blutungen ein, und das war es. Und genauso ist es ihr ergangen, der Mutter meiner Mutter, die ich nie richtig kennengelernt habe.

Ich gehe hinauf zum Kommandodeck, wo sich die Offiziersquartiere befinden. Es ist seltsam still hier oben, denn die meisten Leuchtanzeigen über den Türen sind rot, nur die über Grandpas Tür, ganz am Ende des Korridors, ist grün, weil er zu Hause ist.

Der Türöffner summt, und ich durchquere das Quartier, bis ich ihn hinten in seinem Büro finde. Er blickt mit gerunzelter Stirn auf ein Display und begrüßt mich nicht mal, sondern kommt gleich zum Punkt. »Wer ist Domingo Suarez?«

Nachdem ich mich beim Husten verschlucke, fast ersticke und halb zusammenbreche, huste ich erneut und keuche. »Gott, er … er ist niemand … nur so ein Typ, den ich kenne.«

Er wartet ab, während sich die Stille unangenehm dehnt,

die ich eigentlich füllen sollte. Er seufzt. »Und woher kennst du ihn?«

Ich schüttele den Kopf. »Keine Ahnung, das hier ist ein Raumschiff mit zweitausend Leuten, da kennt man so ziemlich jeden. Wir leben in einem Dorf, Grandpa!«

Er mustert mich eingehend, nimmt seine Kappe ab und wirft sie auf den Tisch, sodass sie noch ein Stück weiterrutscht.

»Ich will dir mal verraten, wie das Leben auf diesem Schiff funktioniert. Man trifft jemanden, man wünscht sich eine Zeit lang, die Dinge wären anders, und dann stellt man fest, dass sie nun mal so sind, wie sie sind, und man findet sich damit ab.« Er seufzt. »Das ist nicht der richtige Moment, um die Realität aus den Augen zu verlieren, Seren.«

»Ach, nein? Und warum nicht?« Ich gehe zu seinem Bullauge und blicke hinaus, um mein schuldbewusstes Lächeln zu verbergen.

Grandpa kommt zu mir rüber, und ich spüre seine Hände auf den Schultern, schwer und erdrückend, komprimiert wie ein kollabierter Stern.

»Du bist meine Enkelin. Und du heiratest den Sohn der Kommandantin. Seren, in mancher Hinsicht könntest du als Aushängeschild dieser Mission gelten.«

»Als Aushängeschild? Oh Mann.«

Nachdenklich betrachtet er mein Spiegelbild in der Scheibe des Bullauges.

»Tut mir leid, aber … ich bin kein Aushängeschild. Schon gar nicht für diese dämliche Mission.«

Er ignoriert meinen Kommentar. »Du, dein Mann, deine Kinder … das wird dir vielleicht nicht gefallen, aber ihr seid das Symbol einer neuen Ära auf der Ventura.«

Ich drehe mich um und sehe ihn an, seine feucht glänzenden Augen, sein aufgeknöpftes Jackett, sein verschwitztes T-Shirt darunter. »Alles in Ordnung?«, frage ich.

»Natürlich.« Er fährt sich mit den Fingerspitzen über seine Glatze. »Aber gerade in der heutigen Zeit müssen wir Stärke beweisen.«

»Warum in der heutigen Zeit?«

Er gibt mir keine Antwort, natürlich nicht. Joshua Sherbakov, Sicherheitschef der Ventura, mein Großvater, war noch nie besonders redselig. Aber ich merke es, merke es an der Art, wie er sich abwendet und seinen Schreibtisch anstarrt, wie er seine Augenbrauen massiert und durch die Finger späht, was ich noch nie bei ihm gesehen habe, ich merke, dass ihn irgendetwas an dieser Sache, irgendetwas an mir selbst ziemlich aus dem Konzept bringt.

»Hör zu, Seren. Du kennst Ezra Lomax ein Leben lang, was auch immer du von ihm halten magst. Er dürfte zumindest keine großen Überraschungen bereithalten, oder?«

Ich stoße einen Seufzer aus, der einem frustrierten Knurren gleicht. »Genau das ist ja gerade das Problem! Verstehst du das nicht?« Ich werfe einen Blick auf die Uhr meines Pods, denn ich brauche dringend eine Entschuldigung, um endlich hier rauszukommen. »Tut mir leid, Grandpa, aber ich muss jetzt los.«

Er sieht mich an, wartet einen Augenblick, dann nickt er zustimmend, wenn auch traurig, was ihm nicht ähnlichsieht. »Nimm dir einfach etwas Zeit, um darüber nachzudenken, in Ordnung, Seren? Du musst dich mit Ezra arrangieren. Du musst tun, wozu du geboren wurdest. Sonst machst du deinen Vater sehr unglücklich – was würde deine Mutter dazu sagen, wenn sie das wüsste, hm? Es gibt so etwas wie Pflichtgefühl, Seren.

Es gibt Dinge, die du für deine Familie, für deine Spezies tun musst. Bitte zwing mich nicht …« Er unterbricht sich, hält sich im letzten Moment zurück, und obwohl ich schon fast an der Tür bin, bleibe ich stehen und drehe mich um.

»Zwing mich nicht wozu?«, frage ich.

Er greift nach seiner Kappe und setzt sie wieder auf – ein eindeutiges Zeichen, dass er mich offiziell entlässt. »Ich weiß, du wirst das Richtige tun, Seren.«

»Ach, wirklich?«, frage ich.

Ich bin mir da nicht so sicher.

KAPITEL 11

Heute Abend beginnt der erste Teil einer ehrgeizigen Kampagne, mit der Dad und Grandpa uns beide, also Ezra und mich, dazu bewegen wollen, einander zu mögen. Ich habe mich gezwungenermaßen darauf eingelassen, obwohl die Sache von vornherein zum Scheitern verurteilt ist.

Es klingelt, dann steht er vor mir.

»Hallo, Liebling«, säuselt er, während er sich in den Raum schiebt.

»Verschwinde aus meinem Zimmer!«, brülle ich angewidert von seinem Anblick. Dann bemerke ich die präzisen Kniffe seiner frisch gebügelten Uniform und sein feucht zurückgekämmtes Haar, das nicht wie sonst mit Gel verstrubbelt ist.

Er bemerkt meinen einschätzenden Blick, ignoriert ihn aber. »Na los, wir haben ein Date«, sagt er und bleibt gelangweilt stehen, während ich meine Sachen zusammenraffe. Nach zehn Sekunden fängt er an zu drängeln, aber im selben Moment bekommt er einen Anruf auf seinem Pod. »Hallo«, sagt er in einem Tonfall, den ich von ihm nicht kenne, während er aus meinem Zimmer geht und die Tür hinter sich schließt.

Ich versuche zu lauschen, während ich das dicke Material der Schiebetür verfluche. Ich höre nicht mehr als seinen sanften

Tonfall, den warmen Klang seiner Stimme, der mir total fremd erscheint, doch im nächsten Moment wird mir bewusst, dass es mich gar nicht interessiert, mit wem er da redet oder auf welche Art und Weise. Also ziehe ich mir die Kapuze über den Kopf und drücke auf den Türöffner. Ezra sieht aus, als hätte ich ihn auf frischer Tat ertappt. »Ich ruf dich zurück«, sagt er hastig und legt auf.

»Wer war das?«, frage ich, mehr um ihn zu ärgern als aus Neugier, aber statt zu antworten legt er mir eine Hand in den Nacken und führt mich in die Küche zu Dad.

»Danke, dass ich Ihre Tochter entführen darf, Mr Henson«, schleimt Ezra, während Dad seine Partie *Football Manager* unterbricht, um erschrocken aufzusehen und zu nicken.

Draußen auf dem Gang geht Ezra drei Meter vor mir her und liest irgendwelche Nachrichten auf seinem Pod, als würde ich gar nicht existieren. Ich folge ihm und werfe ebenfalls einen Blick auf meinen Pod, wo ich eine Videonachricht von Dom entdecke. Natürlich kann ich der Versuchung nicht widerstehen, sie abzuspielen (wenn auch superleise).

»Hey«, sagt er, »du … hast gesagt, ich soll mich mal melden … also tue ich das hiermit.« In der Finsternis des Produktionssektors wirkt er ziemlich verloren. »Du interessierst dich doch für Musik, also dachte ich, vielleicht hast du Lust, zu unserem Konzert zu kommen. Also nicht, weil die Band wahnsinnig gut wäre, das nicht. Wir sind eigentlich grottenschlecht, aber wer weiß, vielleicht hast du ja so einen schlechten Geschmack, dass es dir trotzdem gefällt.« Er lacht. »Ich schicke ich dir eine Nachricht mit den Einzelheiten, dann kannst du es dir überlegen, aber es wäre einfach schön, ein vertrautes Gesicht in der Menge zu entdecken, wenn man sich schon zum Idioten macht.

Übrigens hoffe ich, dass du das Echo hier zu schätzen weißt.« Kurz bevor er auflegt, blickt er direkt in die Kamera und … ich kann nicht mal genau sagen, was da mit mir passiert, aber ich habe das Gefühl, beim Anblick seiner unwiderstehlichen Augen auf der Stelle tot umzufallen. Im nächsten Moment steht Ezra an meiner Seite.

»Gib mir deine Hand«, blafft er.

»Was? Auf gar keinen Fall!«

»Jetzt gib mir deine Hand und halt zur Abwechslung mal die Klappe.«

»Du bist hier nicht der Obermacker, Ezra – ist dir das eigentlich klar?«

»Aber ich bin *dein* Macker, daran solltest du dich mal gewöhnen.«

Ich bleibe abrupt stehen und lache los. »Du hast echt einen Vollschatten, Ezra!«

Er wirbelt herum und holt aus, sodass ich im ersten Moment denke, er will mich schlagen. Ich zucke unwillkürlich zusammen, aber er zeigt nur mit dem Finger auf mich. »Du, Seren Henson«, er sagt meinen Namen, als stünde er in Anführungszeichen, »du hast echt mehr Glück als Verstand, weil du mich, Ezra Lomax, als deinen Lebenspartner bekommen hast. Und trotzdem tust du nichts anderes, als dauernd herumzuzicken. Ich habe es echt satt. Ich habe es so was von satt, das kann ich dir gar nicht sagen.«

Daraufhin muss ich nur noch mehr lachen, was ihn natürlich ärgert, aber das ist mir egal.

Wir gehen hinüber zur Plaza, die so ziemlich der einzige Ort ist, wo man hingehen kann. Es ist praktisch eine gigantische Höhle im Innern des Schiffes mit einer Reihe von Bars und Cafés, umringt von Tischen und Stühlen unter synthetisierten Bäumen in Blumenkübeln. Die Ventura Inc. war ursprünglich ein spanisches Unternehmen, deshalb wurde das Schiff um diesen Platz herum entworfen, als wäre die Ventura ein gemütliches Dorf und die Plaza der Ort, an dem sich alle treffen und gegenseitig austauschen. Auf der einen Seite liegt der Eingang zum Versammlungssaal (wo alle offiziellen Bekanntmachungen, Gottesdienste und Eheschließungen stattfinden). Es gibt noch ein paar andere Räume, die man über die Plaza erreicht, wie beispielsweise das Kino und die Kulturbüros. Außerdem sind die vier Hauptbereiche des Schiffes – Nord, Ost, Süd und West – entsprechend ihrer Lage gegenüber der Plaza nach benannt, wie vier heruntergekommene Vororte.

Wir steigen auf dem Wohndeck in den vertikalen Transporter nach oben, und als wir die Plaza erreichen und uns an einen Tisch setzen, spielen wir weiter mit unseren Pods und beobachten die Leute, die aus irgendwelchen Gründen hier abhängen und so tun, als wäre das Leben ganz prima, obwohl das Leben auf der Ventura echt beschissen ist.

»Was willst du trinken?« Ezra fächelt sich mit der Getränkekarte zu.

»Keine Ahnung«, sage ich. »Einen Kaffee.«

»Kaffee?« Er wiederholt das Wort, als hätte ich nach einem Glas Wasser aus dem Klo verlangt. Ich schenke ihm einen verächtlichen Blick und ignoriere ihn. Eigentlich war es schon immer reine Zeitverschwendung, ihm zuzuhören, aber so nervig wie im Moment fand ich ihn noch nie. Früher war er einfach nur lästig. Jetzt wo ich den Rest meines Lebens mit ihm verbringen soll, geht er mir tierisch auf den Zeiger. Er hat so eine alberne Angewohnheit, an seinen Haaren herumzufummeln (sich mit den Fingern hindurchzufahren und die vorderen Strähnen auf die Seite zu kämmen), und ich kann an nichts anderes mehr denken. Jedes Mal, wenn er sich hindurchfährt, könnte ich laut schreien.

Aber es kommt noch schlimmer.

Plötzlich wird mein Blick auf magische Weise abgelenkt, als würde ich seine Gegenwart spüren. Dom. Er bemerkt mich ebenfalls, und unsere Blicke begegnen sich spontan. Im ersten Moment reagieren wir beide verblüfft oder überrascht oder was auch immer, doch dann sehen wir hastig weg.

Denn es gibt da einen Haken: *Sie* ist bei ihm. Ich kann ihr Gesicht nicht richtig sehen, aber es ist definitiv Annelise. Dichtes blondes Haar, geflochten zu einem langen Zopf, zarte Sommersprossen und ein hübsches Profil. Sie plaudert angeregt, gestikuliert mit den Händen, lacht ausgelassen. Er sieht aus, als würde er gern mitlachen, aber weil er meinen Blick spürt, lächelt er nur und fasst sich nervös an den Schirm seiner Kappe, was ich bei ihm noch nie gesehen habe, aber es deutet darauf hin, dass er sich ziemlich unwohl fühlt.

Die beiden sitzen zwei Bars weiter unterhalb eines riesigen Bildschirms, auf dem gerade eine Naturdokumentation gezeigt wird, während von drinnen grottenschlechte Karaoke zu uns herausdröhnt. Ich versuche, möglichst nicht in seine Richtung zu blicken, und scheitere kläglich. Meine Augen zucken wie von allein zu ihm rüber, weil ich aus dem Augenwinkel bemerke, wie sein Blick immer wieder zu mir abschweift, und wenn er mich ansieht, wirkt sein Ausdruck genauso traurig wie meiner. Glücklicherweise ist Ezra viel zu sehr damit beschäftigt, Monologe zu halten oder auf seinen Pod zu starren, um irgendetwas zu bemerken. Bis zu dem Punkt, als Annelise plötzlich aufsteht, vermutlich um zur Toilette zu gehen, und ich die Gelegenheit nutze, um Dom ausgiebig zu betrachten, weil ich davon ausgehe, dass er dasselbe tut, aber stattdessen zieht er seinen Pod hervor, und ich spüre, wie sich etwas in meinem Hals verkantet, als wäre es eine messerscharfe Klinge. Dann vibriert plötzlich mein Pod, und als ich nachsehe, ist es eine Nachricht von ihm.

Nett, dich zu sehen.

Als ich erneut zu ihm aufsehe, bemerkt Ezra meinen Blick und dreht sich um. Dom reagiert ziemlich schnell und kratzt sich am Kinn, während er die Leute beobachtet, aber Ezra bekommt anscheinend mit, was hier abgeht, denn er sieht mich noch mürrischer an als vorher.

»Hast du überhaupt mitbekommen, was ich gerade erzählt habe?«, fragt er.

»Ähm …« Ehrlich gesagt habe ich nicht den geringsten Schimmer. »Nicht wirklich.«

Er seufzt.

Irgendwie überstehen wir die nächste Stunde, ohne groß miteinander zu reden. Die Karaoke ist eh zu laut, um sich vernünftig zu unterhalten. Ich traue mich erst wieder, nach Dom Ausschau zu halten, als Ezra zur Toilette geht, und weil ich ihn nirgends entdecke, denke ich so lange darüber nach, was ich auf seine Nachricht antworten könnte, dass ich am Ende gar nichts schreibe. Ezra bringt mich irgendwann nach Hause, und ich bin kurz davor, ihm zu entkommen.

Aber gerade als wir vor meinem Quartier stehen und ich den Türcode eintippe, sagt er plötzlich: »Ich komme noch mit rein.«

Meine Lippen öffnen sich, um ihm eine Abfuhr zu erteilen, aber als ich sehe, wie er da an der Wand lehnt, wie ein Schluck Wasser in der Kurve, mit seinen blassblauen Augen, gerate ich ins Zögern, nur für einen winzigen Augenblick, aber zu spät – er hat es gesehen. »Du hättest fast Ja gesagt.« Er grinst und deutet auf mein Gesicht. »Wow, eine Tasse Kaffee, und du frisst mir aus der Hand.«

Ich schüttele nur den Kopf. »Gute Nacht, Ezra.«

Aber er packt mich am Arm und legt die andere Hand in meinen Nacken. »Nicht ohne einen Gutenachtkuss, Seren.« Er kommt mir so nahe, dass ich zwischen ihm und der Wand feststecke

»Mann, Ezra, was *soll* das?«, brülle ich ihn an und stemme meine Hände so hart gegen seinen Oberkörper, dass er einen Schritt zurücktaumelt, aber sein Ausdruck bleibt unverändert: ein halbherziges Lächeln, ein dunkler Schimmer in den Augen.

»Mann, Seren. Ich hab nicht vor, mich dir aufzuzwingen, aber du weißt so gut wie ich, dass wir irgendwann in den sauren Apfel beißen müssen.«

»Den sauren Apfel?«

»Warum machst du dir das Leben so schwer?« Und an dieser Stelle nimmt er mein Gesicht in beide Hände und drückt seine Lippen auf meine, und zwar so fest, dass unsere Nasen gegeneinanderprallen und ich seine Zähne spüre. Keiner von uns schließt die Augen, daher starren wir uns an. Unsere Blicke verschmelzen zu einem großen schwarzen Loch, aber keiner will zuerst wegsehen. Wir atmen durch unsere zerquetschten Nasen, und ich kann nicht mal genau sagen, warum, aber plötzlich öffnen sich meine Lippen, und ich spüre seine widerlich feuchte Zunge. Im selben Augenblick schiebe ich ihn erneut von mir, diesmal mit aller Macht, ein harter brutaler Stoß gegen seine Brust, und er stöhnt erschrocken auf. Aber im nächsten Moment lacht er, während ich durch die Tür stürze und sie von innen verriegle. Eine ganze Weile lehne ich mich dagegen, ohne zu wissen, woran ich denke, aber dann wedelt Cain mir vor den Augen herum, einmal, zweimal, bevor ich ihn bemerke. Er fragt mich, wie mein Abend war.

Ich gebe ihm keine Antwort.

KAPITEL 12

Domingo schickt mir eine Nachricht mit den Einzelheiten zu seinem Konzert, und ich grüble den ganzen Tag darüber nach, ob ich hingehen soll oder nicht, obwohl ich von vornherein weiß, dass ich am Ende sowieso gehen werde. Also stehe ich an dem Abend unangekündigt vor Emmes Tür und überrede sie mitzukommen. Obwohl wir offiziell volljährig sind, wäre ihre Mutter garantiert nicht begeistert, wenn wir allein in eine Bar gehen, also erzählen wir ihr, wir wollen uns nur Huxley-3 ansehen, und weil das im Moment eh jeder macht, ist sie nicht sonderlich überrascht.

Wegen dieser Geschichte mit Huxley-3 sind natürlich alle auf dem Aussichtsdeck, und als wir auf der Plaza ankommen, ist die Bar wie ausgestorben. Also bestellen wir uns erst mal einen Eistee und unterhalten uns, während ich die ganze Zeit zur Bühne starre, die gerade aufgebaut wird, und mich frage, wo Dom wohl gerade steckt.

Nebenbei erzähle ich Emme von Ezras Versuch, mich zu küssen, als würde ich ihr von einem Vorfall berichten, der irgendwem auf der Arbeit passiert ist.

»Mann, du weißt dein Glück echt nicht zu schätzen«, erwidert sie.

»Hast du mir überhaupt zugehört?«, frage ich. »Der Typ hat mich belästigt.«

»Klingt doch sexy.«

»Dann habe ich es nicht richtig erzählt.«

»Ezra ist eben ein leidenschaftlicher Typ.«

»Mal im Ernst, Em. Von uns beiden hast du definitiv das bessere Los gezogen.«

»Spinnst du? Ezra ist doch total heiß. Du hast ja keine Ahnung, wie gut du es hast.«

Ich schenke ihr einen mitleidigen Blick. »Weißt du noch, wie er mich letztes Jahr nach meiner Krankheit behandelt hat? Oder hast du selektive Amnesie?«

»Na ja, okay«, gibt sie zu. »Das war schon unsensibel.«

»Jemanden als geistesgestört zu bezeichnen, ist *mehr* als unsensibel.«

»Ach, Seren, bei dir ist das Glas immer halb leer. Es könnte echt schlimmer sein. Stell dir vor, du hättest Leon bekommen.«

»Leon ist doch okay, Em.«

Sie schüttelt den Kopf. »Der ist so was von seltsam. Ich glaube, er hat panische Angst vor mir. Der traut sich nicht mal in meine Nähe. Von dem Versuch, mich gegen eine Wand zu drängen und zu küssen, ist der Typ eine Million Lichtjahre entfernt.«

Ich muss lachen. »Leon ist schon in Ordnung. Gib ihm nur mal eine Chance, sich dran zu gewöhnen.«

Emme verdreht die Augen und schleudert einen Bierdeckel in meine Richtung. »Warum sind wir überhaupt hier? Was ist das für eine Band?«

»Von so einem Typen, den ich zufällig kenne.«

»Von der Arbeit?«

»Ja. Ähm, nein.«

Sie runzelt die Stirn. »Warum bist du auf einmal so komisch?«

Ich erzähle ihr kein Wort von Dom, erst recht nicht, dass ich sie nur mitgeschleift habe, weil ich mir selbst nicht über den Weg traue, denn sobald er mit mir redet, bin ich total verloren, aber so was von verloren. Im selben Augenblick sehe ich, wie er die Stufen zur Bühne hinaufspringt, zwei auf einmal, um alles noch mal zu überprüfen. Er lächelt einen Techniker an, als er mich über dessen Schulter hinweg entdeckt.

»Hallo«, sagt er und kommt zu uns herüber, um an meine Seite zu treten. »Du bist also gekommen.«

»Das ist Emme«, sage ich und deute quer über den Tisch. Ich sehe zu, wie er ihre Hand schüttelt, während sie sich offensichtlich fragt, was da gerade passiert.

»Nett, dass ihr beide hier seid«, sagt er und dann etwas leiser zu mir: »Also … das war neulich eine komische Situation. Ich wollte eigentlich rüberkommen und Hallo sagen, aber ich dachte, ist vielleicht … na ja …«

Ich lächle und zucke mit den Schultern. »Schon okay. Wir waren eben beide … nicht allein, also …«

Er nickt. »Stimmt. Wir waren nicht allein.« Er lächelt erleichtert. »Ansonsten alles okay?«

»Alles okay.« Ich klinge wie ein hirnloser Papagei, aber er hat seine Hand auf den Nachbarhocker gelegt, knapp neben meinem Bein, sodass ich total abgelenkt bin. Was ich in seiner Nähe empfinde, das grenzt schon an außerkörperliche Wahrnehmung.

»Freut mich«, sagt er mit einem entspannten Lächeln. »Wir reden nachher weiter, okay?«

Zum Abschied gibt er meinem Bein mit der Rückseite seiner Finger einen sanften Klaps, und obwohl es keine große Sache ist, kann ich es kaum ertragen, ihn anzusehen, sein etwas zu langes, tiefschwarzes Haar, seine dunklen Wimpern, seine Lippen. Es ist eine ganz besondere Art von Schönheit, in die man sich einfach nur verlieren möchte. Während ich all das denke und Dom zur Bühne zurückkehrt, starrt Emme mich mit offenem Mund an. »Was war denn *das*, Seren?«

Ich danke irgendeinem unbekannten Gott, dass die Band genau in diesem Moment anfängt zu spielen, denn so bleibt mir die Antwort erspart, zumal die Jungs extrem laut sind. Stattdessen beobachte ich Dom, und die ersten paar Minuten bekomme ich nicht mal mit, was sie eigentlich spielen, weil ich so davon abgelenkt bin, wie er sich über die Gitarre beugt und konzentriert. Die sind verdammt gut, er und die Band: sein Bruder, ein Typ aus seiner Koje und ein ehemaliger Klassenkamerad. Sie spielen einfach drauflos und blicken manchmal zueinander auf. Die meiste Zeit singt sein Bruder, aber nach ein paar Songs ist Dom an der Reihe. Bisher kam es mir immer so vor, als würde er einen Zaubertrick aufführen, wenn er Spanisch spricht, aber verglichen mit seinem Gesang ist das echt gar nichts. Beim Klang seiner Stimme könnte ich sterben, weil ich weiß, so etwas werde ich in meinem ganzen Leben nie wieder hören. Er singt einen bekannten Song, der von einer Frau stammt und normalerweise fröhlich klingt, aber seine Version ist unglaublich traurig, und ich fühle mich wie hypnotisiert, bis er mir in die Augen blickt und lächelt, und auf einmal kommt es mir vor, als würde etwas ganz Besonderes mit mir passieren.

Der Song geht zu Ende, und er beginnt einen neuen, den ich irgendwie kenne, aber irgendwie auch nicht, und erst als der Gesang einsetzt, wird mir klar, dass es der Song ist, den er selbst geschrieben hat. Ich frage mich, ob die anderen Zuhörer das mitbekommen, denn, wie gesagt, es ist auf der Ventura nicht üblich, es ist nicht mal erlaubt – wir dürfen keine eigenen Songs komponieren oder Romane schreiben oder Filme drehen oder was weiß ich. Und jetzt als ich den Song zum ersten Mal höre, so richtig höre, wird mir bewusst, was uns dadurch verloren geht.

Die meisten nehmen natürlich an, dass es sich um irgendeinen obskuren Titel handelt, den sie noch nie gehört haben, und denken nicht weiter darüber nach, aber Emme ist in solchen Dingen echt gut und lässt sich nicht so leicht täuschen. Es dauert einen Augenblick, bis sie plötzlich neben mir steht, um mir etwas zu sagen.

»Seren, lass uns verschwinden. Das ist ein Verstoß gegen das Kulturerhaltungsgesetz.«

»Was?«

»Neues Material – Bannware.« Sie schüttelt den Kopf. »Du weißt, ich will mal in der Wissenschaft arbeiten. Da kann ich mir keinen KEG-Verstoß leisten. Und das solltest du auch nicht. Irgendwann steht dir das mal im Weg.«

Ich lache, bis mir bewusst wird, dass sie es bitterernst meint. »Dann geh doch«, sage ich.

»Seren, ich lass dich hier nicht allein.«

»Mit ein bisschen Musik komme ich schon klar, Em.«

»Wenn es nur die Musik wäre«, sagt sie mit einem Seitenblick auf Dom. »Versprich mir, dass du nicht zu lange bleibst.«

Na klar verspreche ich es ihr, aber ich habe keine Absicht, mich daran zu halten, deshalb tue ich es auch nicht. Stattdessen bleibe ich bis zum Schluss, und als ich gehen will, springt Dom von der Bühne und kommt zu mir herüber, um so dicht vor mir stehen zu bleiben, dass ich ihm nicht mal in die Augen blicken kann.

»Ihr wart total gut«, sage ich.

Er lacht. »Das bezweifle ich, aber danke.«

»Ich, ähm ... muss jetzt zurück. Sonst bekomme ich Hausarrest. Mein Vater denkt, ich wäre auf dem Aussichtsdeck.«

»Ist schon spät. Soll ich dich begleiten, damit du sicher ankommst?« Er sieht mich mit schräg gelegtem Kopf an. Seine Haare sind feucht von Schweiß, seine Wangen leicht gerötet, während sein Körper eine süße Wärme verströmt, in der ich am liebsten versinken würde. Und ich weiß, ich sollte eigentlich Nein sagen, aber ich bringe es einfach nicht fertig, nicht ihm gegenüber, ich versuche es nicht einmal, nicht wenn er sich so süß auf die Unterlippe beißt.

Obwohl er es nicht sollte, und ich weiß, dass er es nicht sollte, und er es genauso weiß, folgt er mir zu meinem Quartier. Und ich lasse es geschehen. Oder vielleicht ermutige ich ihn sogar. Wie immer man es nennen will, wenn man sich mit seiner Seele und seinem Körper und allem, was man ist und woraus man besteht, nach jemandem sehnt, obwohl der Kopf einem sagt, dass es total falsch ist.

Als wir fast angekommen sind und weit und breit kein Mensch zu sehen ist, schließt er zu mir auf und fragt mich, was ich in der letzten Zeit gemacht habe. Ich habe keine Ahnung, was ich sagen soll, weil mir die Sache mit Ezra nicht aus dem Kopf geht. Ich kann es mir selbst nicht richtig erklären, aber es erscheint mir irgendwie falsch, ihm etwas zu verheimlichen.

Am Eingang zu unserem Quartier lehnt er sich gegen den Türrahmen, groß und schlank, die Arme vor der Brust verschränkt, und beobachtet mich, während ich ihn beobachte. Vielleicht liegt es an der Tatsache, dass er sich an dieselbe Wand lehnt wie Ezra gestern Abend. »Willst du noch mit reinkommen?«

Dom antwortet nicht sofort, aber die Art und Weise, wie er

mich ansieht, ernst und direkt, ist kaum zu ertragen, und dann sieht er weg, sieht zu Boden. »Oh Mann.« Er greift sich an die Nasenwurzel. »Das kann ich nicht. Das … geht nicht.«

Hastig wende ich mich dem Tastenfeld zu. »Stimmt – du hast vollkommen recht.«

»Nein, Seren …«

»Schon okay. Ich verstehe das.«

Aber dann nimmt er meine Hand, nur die Fingerspitzen, und als ich mich umdrehe und ihn ansehe, sind wir für einen Augenblick vollkommen still, und ich habe das Gefühl, dass er in mir liest wie in einem Buch, das in einer Sprache geschrieben ist, die nur er versteht. Dann nickt er sanft in Richtung Tastenfeld und atmet tief durch. »Gehen wir nun rein oder nicht?«

Dad ist wie üblich vor dem Display in der Küche eingeschlafen, bestrahlt von dem bläulichen Licht des Planeten Huxley-3, dessen Bilder derzeit permanent ausgestrahlt werden. Wir schleichen uns in mein Zimmer, und Dom schließt hastig die Tür.

»Jamie Henson ist dein Vater?«, zischt er in einem ungläubigen Tonfall, während er sich rückwärts gegen die Tür lehnt. »Ich wusste ja, dass ihr verwandt seid … aber dein Vater? Ich meine, wir arbeiten zusammen!«

»Ich weiß«, sage ich. »Na und?«

Er lacht verhalten und tritt ein paar Schritte auf mich zu. »Und?! Ich schleiche mich während der Nachtschicht ins Zimmer seiner Tochter.«

Die Art und Weise, wie er das sagt, und was das letztendlich bedeutet, erfüllt die Luft um uns herum mit etwas, woran man sich verbrennen könnte. Einfach nur dazustehen, eine Armlänge voneinander entfernt, und ihn anzusehen, ist mit einem Mal das Intimste, was ich je mit einem anderen Menschen erlebt habe.

Vielleicht wende ich mich deshalb ab und gehe zur Wand, um meinen Pod in die Dockingstation zu stecken und nach passender Musik zu suchen.

»Singst du eigentlich auch auf Spanisch?«, frage ich.

»Nein, eher selten. Ich kenne nicht viele spanische Songs, schließlich wird die Sprache kaum noch benutzt.«

»Du hast nicht mal einen Akzent, wenn du redest.«

»Wir reden doch alle gleich auf der Ventura. Wir sind selbst schon fast die Ventura, oder?«

Ich finde den perfekten Song und drücke auf Play. »Von mir aus kannst du dich gern als Ventura bezeichnen. Ich verzichte lieber.«

Er lacht. »Auch gut. Hey, woher kennst du den? Das ist einer meiner Lieblingssongs!«

Ich grinse, und im nächsten Moment spüre ich ihn hinter mir, warm und nah. Seine Hand gleitet über meine Schulter, bis sein Arm über meinem Schlüsselbein ruht und mich sanft an seine Brust zieht.

»Ich …« Ich versuche etwas zu sagen, unterbreche mich, setze erneut an. »Ich fand deinen Song übrigens wunderschön. Unglaublich …« Aber ich habe keine Ahnung, wie ich es beschreiben soll. Dann spüre ich seinen Atem in meinem Haar, und ich kann nicht mehr klar denken geschweige denn reden.

»Seren«, flüstert er. »Ich muss dir was sagen.«

Mir wird so schwindelig von seiner Nähe, dass ich kaum eine Antwort zustande bringe. »Was denn?«

Er sagt nichts, er muss gar nichts sagen. Ich drehe mich einfach nur um, er legt eine Hand an meine Wange und fährt mit dem Daumen über meine Lippen, einmal, betrachtet sie, zweimal, als würde er mir eine Frage stellen, als würde er mich fragen, ob er mich küssen darf. Und ich denke die ganze Zeit, *Ja!*, denke es so laut, dass er es einfach hören muss, dass er es spüren muss, unter meiner pulsierenden Haut. Also lächle ich und warte darauf, dass er mein Lächeln erwidert, doch das tut er nicht. Er sieht mich nur an, unglaublich ernst und wunderschön in der matten Beleuchtung meines Zimmers, als müsse er sich erst vergewissern. Und selbst als er sich davon überzeugt hat, dauert es eine Ewigkeit, bis er sich zu mir herunterlehnt und ich zu ihm hoch, den Rücken durchgebogen, weil er so groß ist und ich so klein. Und es ist absolut unmöglich, irgendetwas mehr zu wollen als ich ihn in diesem Moment.

Dann passiert es: Wir küssen uns. Und ich weiß, ich gehöre ihm. Jetzt und für alle Zeit.

Es ist, als wären wir plötzlich in einer anderen Welt, in der nichts um uns herum existiert. Nur wir beide, in unserem ganz eigenen Vakuum. Es gibt nur noch ihn. Nur noch diesen Kuss, den ich ein Leben lang erwartet habe, nur um endlich zu begreifen, dass ich schon immer wusste, wie süß er schmecken würde. Sein Daumen fährt sanft über meinen Kiefer, und ich weiß, das ist der Grund, weshalb ich geboren wurde.

Dom weicht ein Stück zurück und bringt mich mit seinem Blick fast um, ehe er die Stirn gegen meine lehnt. »Tut mir leid – das hätte ich nicht tun sollen.«

Ich schlucke das pulsierende Gefühl in meinem Hals herunter. »Warum denn nicht?«

»Weil wir das nicht dürfen, Seren. Das weißt du.«

»Warum will ich es dann so sehr?« Meine Hand gleitet über den verschwitzten Stoff seines T-Shirts, ich höre seinen schweren Atem und weiß, der Grund dafür bin ich.

»Oh Mann, hast du überhaupt eine Ahnung, wie schwer du

es mir machst?«, fragt er mit heiserer Stimme, während er den Kopf schüttelt.

Erst jetzt bemerke ich die Gänsehaut an seinen Armen, während er mich dabei beobachtet, wie ich die Hände unter seine T-Shirt-Ärmel schiebe.

»Ich habe immer noch deine Jacke. Willst du sie haben?« Er nickt, aber als ich sie holen will, lässt er mich nicht los (und ich will es auch gar nicht), worüber wir beide lachen müssen. »Dafür habe ich übrigens Ärger bekommen«, sage ich, als ich mich von ihm löse und in den Tiefen meines Schrankes danach suche.

»Ärger?« Seine Stimme wird unbewusst lauter, und er legt hastig eine Hand vor den Mund, um sich zum Flüstern zu ermahnen. »Warum?«

Ich entdecke die Jacke ganz hinten im Schrank und wende mich ihm zu. Zusammengeknüllt drücke ich sie gegen seine Brust, während wir uns erneut in die Augen blicken.

»Meine Schwester hat sie gefunden und Dad davon erzählt«, sage ich. »War aber nicht weiter tragisch.«

Er setzt sich auf den Rand meines Schreibtischs und legt seinen Daumen an die Lippen, als wolle er an den Fingernägeln knabbern, was ich noch nie bei ihm gesehen habe. Obwohl er nur mit dem Knöchel gegen die Zähne drückt, bekomme ich ein schlechtes Gewissen. »Bist du dir sicher?«

Ich zucke mit den Schultern. »Schon … so einigermaßen.«

Er zieht sich die Jacke an, und als sein Gesicht wieder auftaucht, schnaubt er leise, ohne mir in die Augen zu blicken. »Ich habe gleich gewusst, dass ich mir mit dir Ärger einhandle.«

Ich tue so, als wolle ich ihm eine runterhauen, aber er packt meine erhobene Faust und greift auch nach dem anderen Handgelenk. Dann küsst er mich so sanft und zärtlich und ausgiebig, dass ich alles andere vergesse, vor allem die Konsequenzen. Als wir den Kuss beenden, drückt er mich fest an seine Brust, sodass ich seinen Herzschlag und seinen Atem spüre, und mir ist so warm wie noch nie zuvor. Ich blicke zu ihm auf und er zu mir herab, von einem Lächeln zum anderen.

»Hast du so was schon mal gemacht?«, frage ich leise, obwohl ich nicht sicher bin, ob ich die Antwort wirklich hören will.

Sein Lächeln verblasst, und seine Augenbrauen verziehen sich zu einem Ausdruck, den ich von ihm nicht kenne. »So was in der Art, aber mit dem hier nicht zu vergleichen.«

Im selben Moment wird unsere gesamte Welt erschüttert. Ein tiefes Ächzen, als würde das Raumschiff seufzen oder stöhnen. Wir geraten aus dem Gleichgewicht und knallen hart gegen die Wand. Meine gestapelten Klamotten rutschen vom Regal und fallen in einem wirren Haufen zu Boden. Wir lauschen den Geräuschen, vergleichbar mit dem fernen Heulen eines wilden Tiers oder den schweren Schritten einer gigantischen Kreatur.

»Was war das?«, fragt Dom mit großen Augen.

Aber ich muss nicht lange darüber nachdenken, ich weiß es ganz einfach. »Huxley-3. Wir sind anscheinend in die Umlaufbahn eingetreten.«

Er lächelt und nickt. »Stimmt. So wird es sein.«

Die Sprechanlage brummt und versetzt uns beiden einen Schrecken. Wir sehen einander an, aber wir können nicht viel tun, also drücke ich auf den Knopf. »Ja?«

Dad: »Ah, du bist zu Hause – ich habe mir schon Sorgen gemacht. Hast du das gerade gemerkt?«

Ich zögere einen Sekundenbruchteil, dann sage ich: »Ja, habe ich. Wir sind jetzt im Orbit, oder?«

»Ganz genau. Das war die Verlagerung der Schwerkraft. Die Displays zeigen nichts anderes.« Er wirkt richtig begeistert. »Darf ich reinkommen?«

Dom und ich starren einander an, die Augen weit aufgerissen. »Ähm, nein, ich … ich ziehe mich gerade um. Ich will ins Bett. Wir können morgen reden, okay?«

Und obwohl ich die Sprechanlage gedrückt halte, herrscht nichts als Stille, er lauscht, und ich lausche ihm, dann folgt ein Seufzer. »Ja, sicher.« Sein enttäuschter Tonfall macht mich irgendwie traurig. »Grandpa und ich wollten heute Abend mit dir reden. Er kommt morgen noch mal vorbei.«

Diesmal zögere ich keinen Moment. »Alles klar, Dad. Gute Nacht.«

Sobald ich abschalte, will Dom etwas sagen, aber ich lege einen Finger an seine Lippen und schüttle den Kopf. Ich weiß, Dad steht immer noch vor der Tür, das spüre ich irgendwie. Erst etliche Sekunden später hören wir, wie sich die Tür seiner eigenen Kabine schließt. Wir sind endlich wieder allein und wenden uns einander zu, die Finger verschränkt.

»Was glaubst du, was dein Großvater von dir will?«, fragt Dom.

Ich habe eine Vermutung, aber ich zucke mit den Schultern. »Wen interessiert's?«

»Na ja … er ist immerhin Sicherheitschef der Ventura.«

»Na und?«

Er lacht. »Also, ich muss gestehen, das macht mich irgendwie nervös.«

»Muss es nicht«, sage ich achselzuckend.

»Seren«, erwidert er. »Ich will nicht, dass du meinetwegen Ärger bekommst, okay?«

»Ich weiß.« Ich lehne mich an seine Brust, in dem beruhigenden Wissen, dass es stimmt.

Und trotzdem reden wir die ganze Nacht, sehen uns die Übertragungen von Huxley-3 an und küssen uns so ausgiebig, dass es fast wehtut. Kurz vor Beginn der ersten Schicht müssen wir leider einsehen, dass er besser gehen sollte, und sobald er draußen ist, lege ich mich auf mein Bett und rolle mich zusammen, um auf der Stelle einzuschlafen. Und zum ersten Mal in meinem Leben weiß ich, wie es ist, sich in jemanden zu verlieben.

KAPITEL 13

»Schon klar. War doch nur eine Frage der Zeit.« Eine bessere Antwort fällt mir nicht ein, als Dad mir erzählt, dass wir umquartiert werden und unser bisheriges Zuhause verlassen müssen. Er ist jetzt ein »ES« (erwachsener Single) und ich genauso, während Pan und Cain ihr eigenes Familienquartier bekommen, bevor das Baby eintrudelt.

»Du solltest zumindest darüber nachdenken …«, setzt er an, und ich weiß ganz genau, was als Nächstes kommt, deshalb schüttele ich den Kopf, noch bevor er mich ansieht.

»Seren, du solltest ihm zumindest eine Chance geben«, sagt mein Großvater, die Kappe locker unter den Arm geklemmt, um deutlich zu machen, dass er mit seiner Familie redet und nicht mit einem Untergebenen.

»Was soll das überhaupt heißen?«, frage ich, woraufhin ich einen strafenden Blick kassiere.

»Ich will damit sagen, dass es in deiner Situation vernünftig wäre, den Bund zu beschleunigen und möglichst bald zu heiraten. Es hat deiner Mutter, wie vielen anderen Frauen auf diesem Schiff, gewiss nicht geschadet. Seren, es ist keine gute Idee, in deinem Alter lange in einer Koje zu leben.«

»Warum denn nicht?«

Er zupft an seinem Jackettärmel und schreitet in der winzigen Küche auf und ab wie ein eingesperrtes Tier auf der Suche nach einer Fluchtmöglichkeit. »Weil wir nun mal … eine gewisse Kultur pflegen … Und das Singleleben ist nicht gut für die Moral. Hier auf der Ventura geht das Familienleben vor … das weißt du.« Er stützt eine Hand auf den Tisch und legt die andere auf die Rückenlehne von Dads Stuhl. »Das ist ein Ort vieler glücklicher Erinnerungen, Jamie. Es fällt dir bestimmt schwer, hier auszuziehen.«

Dad nickt und massiert sich die Nasenwurzel, sodass ich im ersten Moment befürchte, er könne anfangen zu weinen, aber das tut er nicht, er denkt vielmehr darüber nach, wie er mir die weiteren Neuigkeiten beibringen soll. Anscheinend habe ich den siebten Sinn. »Und du, Dad? Wo ziehst du hin?«

Dad und Grandpa wechseln einen vielsagenden Blick, denn sie können sich schon denken, dass mir die Antwort nicht gefallen wird.

»Also.« Er studiert seine Hände. »Du weißt doch, ich habe vor Kurzem davon gesprochen, einen Umzug zu beantragen.«

»Und hast du es gemacht?«

Er nickt. »Mein Antrag wurde bewilligt. Ich ziehe zu Olivia Wren.«

»Olivia Wren?« Sie ist eine Angestellte aus der Kultur mit zwei kleinen Kindern und einem Lebenspartner, der an der PEST gestorben ist. Mir war schon bewusst, dass Dad gern Zeit mit ihr verbringt, aber ich war wohl zu sehr mit meinen eigenen Problemen beschäftigt, um eins und eins zusammenzuzählen. »Seid ihr jetzt etwa zusammen oder was?«

»Genau.« Er lächelt. »Wir sind zusammen, und ich ziehe in ihr Quartier.«

»Also – dann mal eine dumme Frage – wieso ist das fair? Wieso hast du die Wahl und ich nicht?«

»Weil …« Er lacht, fasst sich an die Nase. »Weil ich meine Rolle im Zuchtprogramm erfüllt habe, Seren. Und Olivia genauso. Außerdem sind wir beide … verwitwet und …«

»Dann waren Mum und wir also … nur eine ›Rolle‹?«

»Seren, red keinen Unsinn.« Grandpa setzt seine Kappe wieder auf und ist im Begriff zu gehen.

Dad wirkt gequält. »Süße, bitte …«

»Nenn mich nicht ›Süße‹.« Ich lasse ihn sitzen und gehe in mein Zimmer, um die Tür von innen zu verriegeln, vielleicht zum allerletzten Mal. Im nächsten Moment drückt er auf den Summer. Ich betätige die Gegensprechanlage. »Verschwinde, Dad«, sage ich und schalte ab. Er klingelt erneut. Ich ignoriere ihn. Er klingelt wieder. Ich versuche, ihn zu ignorieren, und lege mich aufs Bett, aber er ist so hartnäckig, dass ich am Ende doch nachgebe und zur Sprechanlage gehe.

»Was?«

»Lass mich rein, Seren. Ich würde diese Unterhaltung gern beenden.«

»Ich habe dir nichts mehr zu sagen.«

Ich höre, wie er seufzt. »Ich weiß, es ist schwierig, eine andere Frau an meiner Seite zu akzeptieren, weil …«, er seufzt erneut, »… weil deine Mutter eigentlich noch hier sein sollte. Aber das ist sie nicht. Und ich bin gerade mal achtunddreißig, und ich will mich nicht damit abfinden, dass mein Leben vorbei sein soll.«

»Dein Leben war schon vorbei, als du geboren wurdest«, sage ich und lasse den Taster los, obwohl er noch etwas erwidert. Als er merkt, dass ich ihn unterbrochen habe, schlägt er mit der

Hand gegen die Tür. Ich warte darauf, dass er erneut klingelt, aber er lässt es.

Ich lege mich aufs Bett, mit dem Gesicht zur Wand, und obwohl ich heulen könnte, tue ich es nicht. Ich weigere mich ganz einfach; heulen ist zu erbärmlich. Stattdessen sehe ich mir die Fotos von Uroma Bea an, die ich an die Wand über dem Bett geklebt habe, und streiche die vergilbten Eselsohren glatt. Die kleine Bea, fünf Jahre alt, in einem süßen Kleidchen, mit Sommersprossen und sandigen Beinen. Eines der Dinge, woran sie sich auf der Erde am besten erinnern konnte, war der Strand. Sie hat immer erzählt, das sei der Ort, an dem sie sich wirklich zu Hause gefühlt hat.

Ich habe gerade Mittagspause und sitze in der Kantine Nord, die mal wieder gräßlich stinkt. Am 22. gibt es immer diesen Fischeintopf, den kein Mensch mag, aber leider hat man keine andere Wahl, denn alle vier Kantinen haben denselben durchstrukturierten Speiseplan, seit Anbeginn der Mission bis zu ihrem bitteren Ende. Der einzige Vorteil der Kantine Nord gegenüber Ost, wo ich bislang gegessen habe, ist der, dass die Tische weniger mit Essen beschmiert sind. Die Klassenräume der Erziehung und die meisten Familienquartiere liegen im Ostflügel, während in Nord überwiegend ES-Quartiere untergebracht sind, und Erwachsene spielen nun mal nicht mit ihrem Essen.

Jedenfalls sitze ich gerade über meiner ekelhaften Pampe und hoffe, dass sich kein Idiot dazusetzt, als Mariana aus heiterem Himmel vor mir steht. »Komm heute Abend mit mir auf diese Party«, sagt sie, als wäre es ein Befehl.

Ich blinzle sie überrascht an und zucke mit den Achseln. »Okay.«

»Musst du nicht erst deinen Dad fragen?«, meint sie spöttisch. »Ich weiß echt nicht, wie du es da aushältst. Immer noch im Familienquartier.«

»Tue ich doch gar nicht. Jedenfalls nicht mehr lange.«

»Freut mich, anders dreht man hier nämlich durch.«

»Was ist eigentlich mit deinem Lebenspartner?« Mir wird plötzlich bewusst, dass ich sie noch nie danach gefragt habe.

»Auf Eis gelegt.«

»Tot?«

Sie lacht und zieht das Haargummi aus ihrem dunklen Haar, um sich hindurchzufahren. Zum ersten Mal bemerke ich ihre blaue Strähne. »Nein, nicht tot … Wir sind einfach noch nicht so weit. Und nimm's mir bitte nicht übel, aber das ganze System ist doch ein Witz.«

»Glaubst du, du bist die Einzige, die das denkt? Hör auf, Mann.« Während ich einen Löffel Fischsuppe herunterwürge, fängt sie an zu lachen.

Wir machen zusammen Feierabend und nehmen einen der horizontalen Transporter, denn bis zu dem Gemeinschaftsraum im Südflügel, den sich ein paar Kojen teilen, ist es ein ziemlich langer Weg. Da ich immer noch im Familienquartier wohne, kenne ich nicht viele dieser Aufenthaltsräume, aber um ehrlich zu sein, sind sie auch nicht viel anders als unsere Wohnküche, mit festgeschraubten Sitzgruppen und mehreren Displays an den Wänden. Insgesamt ist der Raum natürlich größer, und im Moment herrscht solches Gedränge, dass wir kaum hineinkommen. Die Party ist ziemlich laut, aber Mariana meint, das wäre ganz normal, weil hier in den Kojen hauptsächlich Mediziner wohnen, und die sind, wie jeder weiß, total durchgeknallt. Es gibt mehrere Fässer Bier, und wir trinken das schaumige Zeug aus klebrigen Metallbechern, während wir uns mit zwei Typen unterhalten, die ich vage von irgendwoher kenne.

Plötzlich tippt Mariana einem großen dunkelhaarigen Typen auf die Schulter. »Hola, primo«, sagt sie. »Seren, das ist mein Lieblingscousin, Domingo.« Während ein anderer Typ sie fragt, ob sie mit ihm tanzen will, stehen Dom und ich verblüfft voreinander.

»Was machst du denn hier?«, fragt er.

»Mariana hat mich mitgenommen. Ich kann nicht fassen, dass sie deine Cousine ist – total krass, oder? Und was machst du hier? Wessen Party ist das überhaupt?«

Er reagiert irgendwie seltsam. »Ach, keine Ahnung. Von niemandem.«

Ich runzle die Stirn. »Warum bist du auf einmal so komisch?«

»Bin ich doch gar nicht.« Dann nimmt er unauffällig meine Hand und senkt seine Stimme. »Okay, stimmt schon. Das liegt daran …«

»Seren«, sagt Mariana in meinem Rücken und legt mir eine Hand auf die Schulter. »Hier ist das Geburtstagskind, Annelise.«

Ich drehe mich um und stehe direkt vor ihr. Sie ist eine dieser natürlichen Schönheiten mit zarten Sommersprossen, die es mühelos fertigbringt, selbst leicht verschwitzt in einem normalen Top extrem attraktiv auszusehen, und nicht nur das, sie lächelt freundlich und küsst meine Wange und ist echt süß, außerdem riecht sie gut.

»Herzlichen Glückwunsch«, sage ich heiser.

»Danke!«, erwidert sie. »Wie ich sehe, kümmert sich Dommy schon um dich.«

»Ähm …« Mir ist nicht mal bewusst, von wem sie da redet,

deshalb sage ich gar nichts, aber Dom erwidert: »Das ist Seren, Pandoras Schwester.«

»Ach, stimmt – wir kennen uns vom Volleyball, oder? Also, ich hole mir noch ein Bier. Kommst du mit?«

»Mache ich gleich.« Ich warte, bis sie verschwunden ist. »Dommy?«, frage ich und verziehe das Gesicht, aber er sieht mich nur gequält an.

»Lauf bitte nicht weg, okay? Versprochen?« Er berührt meine Wange, und im ersten Moment denke ich, er will mich küssen. Aber natürlich kann er das nicht, also bleibe ich stehen, und sein geisterhafter Kuss kribbelt mir auf den Lippen wie unausgesprochene Worte.

Ich habe keine Ahnung, wie viel Bier ich an dem Abend trinke. Bestimmt zu viel, aber das merkt man leider erst, wenn es zu spät ist. Ich kann nicht mal behaupten, dass mir das Zeug schmeckt, aber mir wird immer wieder ein voller Becher in die Hand gedrückt, dabei wünsche ich mir, ich wäre ganz woanders. Andererseits will ich gar nicht hier weg, deshalb fällt mir nichts Besseres ein, als mich mit Mariana zu betrinken. Ich lerne sogar ihren Lebenspartner kennen, einen extrem großen Typen mit geflochtenen Dreadlocks. Er heißt Michael und arbeitet in der Technik, irgendwas mit Computern, und er ist eigentlich ganz nett, nur ein bisschen verpeilt, oder vielleicht liegt das an mir, weil ich ihm nicht viel Beachtung schenke, eigentlich niemandem, außer Dom, den ich permanent beobachte. Dom, der einen Song mit seiner Band spielt, bis der Ordnungsbeauftragte ihnen den Strom abdreht; Dom, der brav neben Annelise steht, während sie einen Witz erzählt, bei dem alle lachen, eingeschlossen er selbst; Dom, der Annelises Getränk auffüllt; Dom, der eine andere Musik auflegt, als Annelise ihn darum bittet; Dom, der das Licht ausschaltet, als Annelises Freundin einen Geburtstagskuchen mit Kerzen hereinträgt.

Es ist ihr Zwanzigster, also eine ziemlich große Sache, deshalb singen alle Happy Birthday, und anschließend hält sie eine Rede, in der sie diversen Leuten dankt, und am Ende bedankt sie sich bei ihrem Lebenspartner, Dommy Suarez, der extrem viel Verständnis dafür zeigt, dass ihre Karriere erst einmal Vorrang hat, aber sie freut sich schon wahnsinnig auf ihr gemeinsames Leben, wenn es endlich so weit ist. Und dann streckt sie ihm die Hand entgegen, und er nimmt sie, und sie zieht ihn zu sich heran und gibt ihm einen Kuss.

Man kann sich bestimmt vorstellen, dass ich mich in dem Moment echt beschissen fühle, und ich habe keine Ahnung, ob es am Bier liegt oder an der Situation selbst, aber ich kann plötzlich nicht mehr geradeaus sehen und will nur noch hier raus, bevor ich über meine eigenen Füße falle. Also taumle ich auf den Gang, verfolgt von begeisterten Pfiffen und Jubelrufen, und ich klammere mich an die Wand, als wäre es der Fußboden, während ich mich frage, ob jemand die Schwerkraft abgeschaltet hat. Ich schleppe mich bis zur Tür am Ende des Korridors, und es kommt mir vor, als würde ich mich spiralförmig bewegen, von der Wand zum Boden zur Wand zur Decke zur Wand zum Boden. Und ich greife zum Türöffner, aber ich verfehle den Schalter, verfehle ihn ein zweites Mal, und ich hab keine Ahnung, wie er da hinkommt, aber Dom steht plötzlich hinter mir, dicht hinter mir, und packt meine Handgelenke. »Ich … ich hatte keine Ahnung, dass sie das tun würde.«

Und ich sehe ihn an, will ihm einen Schwall von Worten an den Kopf werfen, aber stattdessen mache ich den Mund auf und sage nur: »Du gehörst nicht zu *ihr*. Du gehörst zu *mir*.«

Es klingt total kindisch und albern und erniedrigend, und es ist ein Wunder, dass er nicht laut loslacht, aber das tut er nicht, nicht mal ansatzweise. Ich wende mich ab und verstecke mein Gesicht in den Händen. »Stimmt es, was sie sagt?«, flüstere ich in meine Handflächen.

»Nein, nicht mehr.«

»Nicht *mehr*?«

Er nimmt meine Hände herunter und zwingt mich, ihn anzusehen. »Du müsstest eigentlich wissen, dass sich alles verändert hat, seit wir uns in der Med das erste Mal begegnet sind. Ich meine … plötzlich hatte ich eine Ahnung, wie das Leben sein kann, ein wahres Leben.«

Seine Worte rauben mir den Atem, aber dann kommt mir ein anderer Gedanke. »Warte mal … warum warst du überhaupt da?«

»Was meinst du?«

»Warum warst du in der Med?«

»Ach …« Er drückt meine Hände, sagt aber nichts.

»Du wolltest sie nach der Arbeit abholen, oder?«

Er blinzelt nur, wendet den Blick ab. »Spielt das eine Rolle? Ich bin mit dir da weggegangen. Und es war die beste Entscheidung meines Lebens.«

Er hat noch nie so mit mir geredet, mich noch nie so angesehen, mit gerunzelter Stirn und geöffneten Lippen, vertraut zu mir vorgebeugt, und mit einem Mal spüre ich den Drang, ihm restlos alles über mich zu erzählen.

»Willst du nicht wissen, warum *ich* da war?«, frage ich.

»Nur wenn du es mir sagen willst.«

»Ich habe psychische Probleme. Ich bin verrückt. Meine Mum war verrückt, und ich bin es genauso. Was sagst du jetzt?«

Er lächelt und nimmt meine Hände. Seine sind warm und feucht, genau wie meine. »Ich mag dich ganz einfach so, wie du bist, auch wenn dich andere für verrückt halten.«

Im selben Moment strömen ein paar Partygäste auf den Gang und bespritzen sich gegenseitig mit Bier. Wir hören gerade noch rechtzeitig, wie Mariana sie anbrüllt, um uns hastig voneinander zu lösen. Dennoch blickt sie im ersten Moment skeptisch zwischen uns beiden hin und her. »Henson, du bist betrunken – ich bringe dich nach Hause.« Sie schlägt mit der Hand auf den Türöffner.

»Ich komme mit«, sagt Dom. »Und bringe euch nach Hause.«

Mariana durchbohrt ihn mit ihrem Blick. »Red keinen Quatsch, primo. Warum solltest du? Das ist Annelises Geburtstag!«

Er lacht. »Ja, stimmt …«

Mariana geht zuerst durch die Tür, deshalb nutzt Dom die Gelegenheit, um meine Hand zu ergreifen und mir ins Haar zu flüstern: »Nichts und niemand kann etwas an meinen Gefühlen ändern, estrellita, okay?« Im nächsten Moment packt Mariana meinen Arm und zieht mich hinter sich her.

Unterwegs frage ich: »Was heißt eigentlich ›estrellita‹?«

»Kleiner Stern«, antwortet sie, »wie in dem Kinderlied, ›Funkle, funkle, kleiner Stern‹«, und dann sieht sie mich forschend an, aber anscheinend ist sie selbst ziemlich betrunken, denn sie fragt nicht weiter nach. Sie will nicht mal wissen, was es mit diesem albernen Lächeln auf sich hat.

KAPITEL 14

Mariana und ich überprüfen gerade die Lagerbestände, und nachdem ich mich tagelang zurückgehalten habe, kann ich es mir nicht länger verkneifen, sie nach Dom zu fragen.

»Sind eure Väter Geschwister?«

»Nein, Domingos Mutter, Tia Lola, ist die Schwester meiner Mutter.«

»Und wie ist sie so?«

»Echt guapa. Sein Aussehen hat Dom definitiv von ihr. Sie hat früher als Schauspielerin im Kulturprogramm gearbeitet. Du kennst sie bestimmt.« Sie lächelt in sich hinein.

»Und sein Vater? Wie ist der so?«

»Tio Fernando hat eine Stimme wie …« Sie runzelt die Stirn. »Warum fragst du das alles?«

Ich zucke mit den Schultern und zähle die verbliebenen Vorräte an Proteinshakes. »Ich interessiere mich eben für deine Familie.«

Sie stellt ihren Karton ab, und ich spüre ihren forschenden Blick. »Für meine Familie? Oder für meinen attraktiven Cousin?«

»Mariana, versteh das bitte nicht falsch. Ich finde ihn interessant, aber nur als Freund. Wir dürfen doch wohl befreundet sein, oder?« Ich begegne ihrem misstrauischen Blick im dämmrigen Licht des Lagerraums.

»Davon würde ich euch eher abraten«, sagt sie.

Aber ich lache nur, denn sie hat keine Ahnung, wie recht sie damit hat.

Was Dom und mich verbindet, ist definitiv mehr als Freundschaft. Jeder Augenblick, den wir zusammen verbringen, beweist mehr als eindeutig, dass wir niemals nur Freunde sein könnten. Jede Unterhaltung entwirrt das Chaos in meinem Kopf und setzt es neu zusammen, sodass die Dinge plötzlich einen Sinn ergeben. Jeder Blick von ihm gibt mir das Gefühl, ihn schon immer gekannt zu haben, als wäre er die fehlende Hälfte meiner eigenen Persönlichkeit. Jede seiner Berührungen geht mir tief unter die Haut, und ich spüre ihn in meinen Gliedern, meinem Atem, meinem donnernden Herzen.

Seit Wochen träume ich praktisch jede Nacht von Huxley-3. Ich bin dort. Ich fliege über seine Oberfläche. Es ist, als würde ich gar nicht richtig existieren, als würde alles durch mich hindurch geschehen und meine Seele durchströmen. Er ist wunderschön, er ist eine unberührte, perfekte Welt. Er ist wie Musik, ein süßer, trauriger Klang, der meine Ohren, mein Herz erfüllt. Er ist ein Anblick von schneebedeckten Bergen, von endlos grünen Wäldern und orangefarbenen Wüsten im Licht der untergehenden Sonne, von unbeschreiblich blauem Meer und weißen Stränden. Und er gehört uns.

Als ich eines Morgens erwache, habe ich das Gefühl, für ein anderes Leben bestimmt zu sein – nicht nur ich – wir beide, Dom und ich. Meine Schicht erscheint mir unerträglich lang, jede Stunde ist wie eine Woche, vor allem, als ein paar betrunkene Typen aus der Technik beschließen, sich einen Spaß mit mir zu erlauben und mich damit aufziehen, dass auf dem Gemeinschaftsdeck immer die Energydrinks in den Automaten ausgehen. Ich bin eigentlich ganz gut gelaunt, aber die beste Laune reicht nicht aus, um diese idiotischen Kommentare zu ertragen, zumal diese Machos mit umgedrehten Kappen und offenen Overalls herumlaufen und mich auch noch blöd anmachen. »Du bist doch die Kleine von Lomax, oder? Die Temperamentvolle.«

Ich zucke mit den Achseln.

»Warum arbeitest du eigentlich in der Instandhaltung?«

»Warum nicht?« Ich trage einen Karton Müsliriegel zum Automaten.

Einer von denen zuckt mit den Schultern. »Kann er dich nicht da rausholen? Seine Beziehungen spielen lassen? Dich schwängern oder so?«

»Ich werde euch jetzt ignorieren«, sage ich, obwohl es sie eh nicht interessiert.

»Ich habe da so ein Gerücht gehört. Echt heiße Story.«

»Lass mich in Ruhe«, sage ich.

»Du könntest doch heute Nacht gut mal *meine* Koje warmhalten.«

»Träum weiter, Loser.«

Endlich ziehen sie von dannen, kichernd wie dumme Jungs, während sie sich gegenseitig anrempeln. Die Situation ist zwar irgendwie befremdlich und bringt mich zum Nachdenken, aber ich lasse mich nicht davon runterziehen, denn zum ersten Mal habe ich das Gefühl, einen echten Ausweg zu sehen.

Nach meiner Schicht gehe ich auf direktem Weg zu Doms Koje, und er erwartet mich mit feuchtem Haar, die Gitarre in der Hand. Als wir zum Bett gehen, kann ich der Versuchung nicht widerstehen, seinen nackten Arm zu berühren, woraufhin er mich an sich zieht und sich vorbeugt, um mich zu küssen.

Dom und ich haben schon unzählige Stunden so verbracht, obwohl es mir immer vorkommt wie Sekunden, wenn er und ich zusammen auf seinem Bett liegen, meist während der zweiten Schicht, wenn niemand in der Koje ist. Manchmal hören wir zusammen Musik und teilen uns seine Kopfhörer. Manchmal fahre ich mit den Fingern über den gestickten Namenszug an der Vorderseite des Overalls, direkt über dem Herzen, während er mich küsst und küsst und küsst, bis wir fast vergessen, dass jederzeit jemand hereinkommen könnte, und erst im letzten Moment fällt es uns wieder ein.

Wenn ich meine Frühschicht beende, hat er meistens ein paar Stunden geschlafen, deshalb ist er anfangs immer total träge, seufzt zufrieden und gähnt ununterbrochen, während er meine Arme streichelt und ich die ganze Zeit auf ihn einrede. Er hat jedes Mal feuchte Haare und riecht nach Shampoo und Zahnpasta, und heute frage ich ihn, warum.

»Weil ich vorher dusche, um wach zu werden.«

»Wie lange hast du geschlafen?«

Er blinzelt auf die Uhr seines Pods. »Drei Stunden.«

»Ist das genug?«

»Na klar«, erwidert er gähnend.

»Ist es nicht, oder?«

»Was soll's. Unsere gemeinsame Zeit ist mir wichtiger.« Er schiebt meine Kappe zurück und gibt mir einen flüchtigen Kuss, aber im Nachhinein scheint er ihn zu genießen wie eine kostbare Süßigkeit. »Erzähl mir, was du mit der Nachricht von heute Morgen meintest.« Lächelnd betrachtet er meine Lippen, während ich antworte.

»Ich träume in letzter Zeit ständig von Huxley-3.«

Er zieht die Augenbrauen hoch. »Huxley-3?«

»Ja ... keine Ahnung ... Wenn ich dir das erzähle, denkst du bestimmt, ich bin total durchgeknallt.«

Er grinst. »Lass es ruhig drauf ankommen.«

»Ich träume fast jede Nacht davon. Es kommt mir vor wie ... ich weiß nicht ... wie eine riesengroße Chance. Größer und wichtiger als wir alle, ich meine, wir alle zusammen.« Ich schüttle den Kopf. »Das klingt total bescheuert, aber manchmal habe ich das Gefühl, das ist die Lösung für all unsere Probleme. Die einmalige Gelegenheit, ein echtes Leben zu führen. Wir beide. Zusammen. Irgendwie.«

Und obwohl er nichts erwidert, verrät mir sein Kuss, dass er es genauso spürt, diese einmalige Chance, die auf uns beide wartet.

Und das ist vermutlich der Grund, warum wir an diesem Nachmittag plötzlich weniger anhaben, als wir eigentlich sollten. Und ich höre seinen Atem, höre meine eigenen kehligen Geräusche, die mir total fremd sind. Meine Hände gleiten über seine Schultern, seine Brust, seine Hüfte, während meine Lippen die salzige Haut über seinem Schlüsselbein kosten und ich ihn fest an mich ziehe. Und es ist mir egal, ob uns jemand erwischt, weil wir ganz einfach zusammengehören. Irgendwann verlagert er das Gewicht, stützt sich auf die Ellbogen und schwebt reglos über mir, wenn auch etwas zittrig, und sein Blick bringt mich fast um, *er* bringt mich um. »Oh Mann, das können wir nicht machen«, sagt er und küsst meine Nase, meine Stirn, meinen Haaransatz, seufzt resigniert und setzt sich auf, in sicherer Entfernung, die Füße auf dem Boden, den Kopf in den Händen, ehe er mich erneut ansieht und traurig lächelt. »Du wirst wohl nie erfahren, wie sehr ich das hier will, aber da draußen wartet eine Menge Ärger auf uns, den wir uns nicht leisten können. Echt nicht.«

»Solange ich mit dir zusammen bin, ist mir alles egal.« Während er auf der Bettkante sitzt, schmiege ich mich von hinten an seinen Körper und lege die Wange auf sein Knie, um zu ihm aufzublicken.

Sein Daumen berührt sanft meine Lippen, und ich sehe, wie seine Entschlusskraft schwindet, schwindet, und dann zurückkehrt, während er sich seitlich auf die Lippe beißt.

»Darf ich dir nachher was zeigen?« Es klingt wie eine Frage, aber er weiß, ich würde nie Nein sagen, schon gar nicht, wenn er mich so ansieht.

Als wir zu Beginn seiner Schicht den Fischereisektor betreten, führt er mich mit der Schlüsselkarte bis in den hintersten Bereich. Wir begegnen keiner Menschenseele auf dem Weg zu Aquarium vier, wo ich noch nie gewesen bin. Die Wasseroberfläche ist außergewöhnlich still, wie ein tiefschwarzer Spiegel, der das Abbild von Huxley-3 reflektiert.

»Wir sind da«, sagt er.

Ich sehe mich um. »Sind wir?«

Er geht über den metallenen Beckenrand, streift seine Schuhe ab, dreht sich zu mir um und geht rückwärts weiter. »Die Zuchtstation«, sagt er nur.

»Die was?«

»Lass uns schwimmen.« Er öffnet die Knöpfe seines Overalls und lässt ihn von den Schultern gleiten, dann verschränkt er die Arme und greift an den Rand seines T-Shirts, um es sich geschmeidig über den Kopf zu ziehen und fallen zu lassen.

Als ich die hübsche Konstellation von Schönheitsflecken betrachte, die sich über die geschmeidigen Muskeln seines Oberkörpers breitet, als stecke Absicht dahinter, bringe ich keinen vernünftigen Gedanken mehr zustande. Deshalb folge ich ganz einfach meinem Instinkt, lasse meinen Overall herabsinken und ziehe mein Unterhemd über den Kopf, ohne den Blickkontakt zu unterbrechen.

»Werden wir nicht von den Fischen gefressen?« Ich versuche den donnernden Herzschlag in meiner Kehle herunterzuschlucken.

»Hier sind keine Fische«, sagt er und kommt einen Schritt auf mich zu, während sein Blick nicht länger als einen Sekundenbruchteil abschweift, obwohl wir beide an nichts anderes denken können, als dass wir hier in Unterwäsche voreinander stehen. Plötzlich nimmt er meine Hand, und mein Herz macht einen Satz, dass ich glaube, einen Herzinfarkt zu bekommen, aber dann zieht er mich zu sich heran und springt mit mir zusammen ins Wasser, ins *eiskalte* Wasser. Wir tauchen immer tiefer, blubbernd, bis wir an die Oberfläche zurückkehren, in einem Schauer aus spritzendem Wasser und prustendem Atem.

»Gott, ist das kalt!«, schreie ich.

Und er lacht amüsiert.

»In dem Becken ist nur Fischlaich.« Er wischt sich das Wasser aus dem Gesicht und sieht sich um, die Arme locker um meine Taille geschlungen. »Ganz unten am Grund, und wartet darauf, geboren zu werden.« Er zieht die Augenbrauen hoch. »Im Moment sind wir ganz unter uns.«

Ich höre ein Geräusch, ein Zischen, das immer mehr anschwillt. »Was ist das?«, frage ich, und plötzlich fängt es an zu regnen, immer kräftiger, bis uns das Wasser ins Gesicht prasselt, sich an unseren Augenbrauen, unseren Nasen, unseren Lippen sammelt.

»Damit das Wasser immer frisch bleibt«, brüllt er über das Getöse hinweg. »Die Fische brauchen frisches Wasser zum Schlüpfen.«

Er drückt sich ab, biegt sich nach hinten durch und macht eine Rolle rückwärts, ehe er an meinem Bauch entlang wieder auftaucht, sodass mir sein Gesicht so nah ist, dass ich die einzelnen Tropfen sehe, die seine Wimpern bündeln und im Licht funkeln. Ich bin hoffnungslos verloren, als er plötzlich den Blick abwendet und durch den Nieselregen blinzelt, hinauf zu dem Fenster über uns. »Sieh mal.« Er schwimmt hinter mich und schiebt seine Schulter unter meinen Kopf, sodass ich mich entspannt zurücklehnen kann, mein Ohr dicht an seinem Mund, mein Körper schwerelos, seine Finger an meinem Rücken und über uns Huxley-3 mit seinem strahlenden Blau-Weiß, das die gesamte Scheibe erfüllt, als wäre es der Himmel.

»Unglaublich, oder?« Sein Atem streift mein Ohrläppchen, seine Finger verweben sich mit meinen, und obwohl ich zittere, ist mir nicht kalt.

Wir beobachten den Planeten, der an uns vorüberzieht, und ich höre Musik, echte Musik in meinem Kopf, während ich die Wolken und die beiden Monde betrachte, Rosa und Violett im sterbenden Abendlicht. Unser gemeinsames Leben erwartet uns irgendwo da unten, wo wir die Erde zwischen unseren Zehen spüren und berühren können.

Und wisst ihr was? Manche Leute behaupten, Liebe ist nicht wie im Kino, solche Momente existieren überhaupt nicht. Aber diese Leute behaupten das nur, weil es ihnen selbst noch nicht passiert ist. Weil es den meisten Leuten nie passiert. Aber es gibt diese magischen Momente, und das hier ist einer von ihnen. Ich drehe mich in seinen Armen um, fahre mit der Hand durch das Wasser, um die Stelle zu berühren, wo sein Herz schlägt, und wir blicken einander in die Augen und sehen alles, wissen alles, er ist mein und ich sein, und ich sage: »Bevor wir uns begegnet sind, habe ich nie etwas *wirklich* gewollt.«

Er lächelt mich verschmitzt an. »Das ist das Beste, was je ein Mensch zu mir gesagt hat.«

KAPITEL 15

Zwei Umlaufbahnen später bekomme ich meine neue Koje zugewiesen. Dad ist gerade bei der Arbeit, also erspare ich mir die Abschiedsszene, aber Pan kommt genau im falschen Moment aus ihrem Zimmer, so dick und rund, dass sie kaum noch durch die Tür passt.

»Du triffst echt beschissene Entscheidungen, weißt du das?« Mit diesen Worten will sie sich anscheinend von mir verabschieden. »Ich hoffe, das wird nicht noch schlimmer, wenn wir dich nicht mehr im Auge haben.«

»Keine Sorge, ich werde eure Erwartungen garantiert nicht enttäuschen.« Damit hieve ich meine Tasche auf die Schulter und gehe zur Tür, wo Cain mich mit ausgebreiteten Armen erwartet. Ich gönne ihm das Vergnügen, mich zu drücken, immerhin ist er derjenige, der mich von den dreien am wenigsten nervt.

»Gibt es schon Neuigkeiten von dem Planeten?«, frage ich an seiner Schulter.

Er küsst meine Stirn und grinst vielsagend.

»Streng geheim«, sagen wir wie aus einem Mund, denn das ist die einzige Antwort, die man von ihm zu dem Thema bekommt. Vollidiot.

»Seren«, sagt er im letzten Moment, bevor ich hinausgehe. »Wo liegt eigentlich deine Koje? Wo können wir dich finden?«

»Das, mein Lieber, ist auch streng geheim«, sage ich, aber ich schenke ihm im Hinausgehen ein Grinsen.

Natürlich wird mir eine Koje im Nordflügel zugewiesen, weil ich in der Instandhaltung arbeite. Mariana bringt es irgendwie fertig, mich bei sich einzuquartieren, und wir sind zu sechst in einer Zehner-Koje, deshalb kann ich mir ein Bett ganz hinten in der Ecke aussuchen. Anfangs finde ich es total cool und aufregend, endlich auf eigenen Beinen zu stehen. Die anderen Mädels sind auch okay, und ich bin davon überzeugt oder rede mir zumindest ein, dass es das Richtige für mich ist. Mariana schlägt vor, mit den anderen zur Plaza zu gehen, um meinen Einstand zu feiern, und ich mache mich gerade fertig, als Dom unverhofft anruft. Da wir beide aufgrund meiner neu gewonnenen Freiheit ziemlich aufgedreht sind und nicht so richtig nachdenken, beschließt er, uns spontan Gesellschaft zu leisten.

Also gehe ich mit den Mädels aus meiner Koje zur Plaza, und wir sitzen alle zusammen und quatschen. Bislang hatte ich immer den Eindruck, auf der Ventura gäbe es nicht allzu viele Singles in meinem Alter, aber allmählich wird mir bewusst, wie falsch ich damit lag. Es gibt eindeutig mehr, als man meinen könnte. Jeder hat eine andere Geschichte auf Lager, meist irgendwas von wegen Karriere, die erst einmal vorgeht, aber aus meiner Sicht sind das alles Ausreden, um sich erst mal mit der Tatsache abzufinden, dass man sein Leben mit jemandem verbringen soll, den man sich selbst niemals ausgesucht hätte. Egal welche Scheinwahrheiten einem aufgetischt werden, am Ende läuft es doch immer auf dasselbe hinaus. Aber es gibt noch eine weitere Erklärung, die traurigerweise damit zu tun hat, dass jemand gestorben ist. Das ist nur einer von vielen Schwachpunkten hier auf der Ventura: Man erschafft Paare statt Individuen. Jeweils ein Junge, ein Mädchen. Wenn einer von beiden stirbt, hat der andere Pech gehabt. Denn der Tod ist nun mal etwas, das selbst die genialen Wissenschaftler der Ventura noch nicht kontrollieren können.

An der Bar sitzen ein paar Typen aus der Technik, und einer von denen kommt zu uns herüber und hält Jen, mit der ich mich gerade unterhalte, von hinten die Augen zu, sodass eine peinliche Pause entsteht, weil sie sich natürlich fragt, wer das sein könnte. Ich sitze einfach nur da und starre ihn an, während mir klar wird, dass das einer der Typen ist, die mich neulich am Automaten belästigt haben. Ein Arbeitskollege von Ezra. Ich bin mir nicht sicher, ob er mich auch erkennt, denn er ist viel zu sehr damit beschäftigt, albern zu zwinkern, während Jen verzweifelt versucht zu erraten, wer er ist, damit diese peinliche Szene endlich ein Ende hat. Seufzend wende ich den Blick ab. Ich hasse Leute, die an so was Spaß haben.

Als Jen endgültig aufgibt und sich auf ihrem Stuhl umdreht, wirkt sie ziemlich enttäuscht. »Ach, du bist das«, sagt sie. »Leute, das ist Arnold Witney. Mein Schwager.«

Er steht einfach nur da und winkt albern in die Runde. »Was geht ab, Ladys? Kleine Krisensitzung?«

»Schon klar, Arnold.« Sie seufzt. »Ich würde ja sagen, setz dich doch dazu, aber wie ich sehe, hast du schon Gesellschaft.«

Zum Glück versteht er ihren dezenten Hinweis und macht sich vom Acker. »Idiot«, sagt Jen und verdreht die Augen.

Als Dom dazukommt, unterhalte ich mich immer noch mit Jen. Also redet er erst mal mit den anderen, die er irgendwie alle kennt, sei es über Mariana oder über Annelise, was eigentlich zu erwarten war, aber es macht mich trotzdem nervös. Aber als ich ihn beobachte, vergesse ich meine Bedenken, weil er total locker und entspannt ist, und weil er nicht mal ahnt, wie cool und süß er aussieht, was den Eindruck nur noch verstärkt. Mariana lacht sich halb kaputt, als er einen Witz erzählt, und im selben Moment begreife ich: Sie liebt ihren Cousin, sie liebt ihn aus tiefstem Herzen, wie man nicht automatisch ein Familienmitglied liebt, aber wenn man sich so nahesteht, dann ist es etwas Besonderes.

Ich bekomme in der nächsten halben Stunde keine Gelegenheit, mit ihm zu reden, also gehe ich irgendwann zur Toilette. Er folgt mir, was ich im ersten Moment gar nicht bemerke, doch als wir die überfüllte Tanzfläche überqueren, spüre ich ihn plötzlich hinter mir. »Lass uns tanzen.«

»Ich kann nicht tanzen«, erwidere ich.

»Ich kann nicht tanzen«, äfft er mich nach, macht es aber sofort wieder gut, indem er mit dem Daumen sanft über meine Unterlippe fährt. Mir wird auf der Stelle schwindelig. Er nimmt meine Hände, sieht mich an, und ich spüre seine Wärme, seinen Geruch, und vergesse fast, dass ich reglos dastehe, albern und steif, die Hände nutzlos vor dem Körper. Ich schüttle den Kopf, will mich umdrehen und weitergehen, aber er zieht mich zu sich heran, flüstert ein paar Worte in mein Haar, irgendetwas auf Spanisch, das ich nicht richtig verstehe, und ich sehe ihn an, recke mich seinem Nacken entgegen, und plötzlich wirbelt er mich herum und zeigt mir, was ich tun soll. Er bewegt sich so schwerelos, als wäre es ganz natürlich wie gehen oder atmen. Und nach einer Weile … also, ich will nicht behaupten, das Tanzen würde mich faszinieren, aber *was* mich daran fasziniert, ist

er. Gott, er fasziniert mich mehr als je zuvor. Ich betrachte sein Gesicht, ernst und feierlich, sodass ich am liebsten über seine Wange, seinen Kiefer, seine Lippen streichen möchte. Er beugt sich zu mir vor und flüstert: »Ich sag doch, du kannst tanzen«, und ich kann nicht in Worte fassen, wie sehr ich ihn in diesem Moment küssen will.

Deshalb wende ich mich ab, wende mich zum Gehen, aber ich halte seine Fingerspitzen fest, damit er mir folgt. Wir erreichen den Gang, der zu den Toiletten führt, und da gerade niemand zu sehen ist, fallen wir übereinander her, während ich rückwärts gegen die Wand sinke und ihn noch näher zu mir heranziehe. Ich spüre seinen Atem, seufze zufrieden, und wir küssen uns, meine Hände an seinem Overall, seine Hände an meinen Oberschenkeln. Im nächsten Moment öffnet sich die Tür zur Herrentoilette, und obwohl wir hastig auseinanderweichen und so tun, als wäre nichts passiert, ist dic Situation mehr als eindeutig, und schlimmer noch, der Typ, der vor uns steht, ist ausgerechnet Arnold Witney.

»Die Gerüchte stimmen also, heiße Braut!«, lallt er sichtlich betrunken und stützt seinen widerlichen Arm auf meine Schulter. »Lomax hat sich ein echtes Luder eingefangen.« Er schüttelt den Kopf und blickt in Richtung Fußboden. »Der Ärmste.«

Dom packt ihn am Kragen seiner Fliegeruniform. »Nimm deine dreckigen Hände von ihr.«

»Hey, que pasa, hombre?« Er lacht und hebt seine blassen Handflächen. »Ich rede doch nur mit ihr, Mann.«

»Lass es einfach.«

»Oder was?«

»Oder wir bekommen ein Riesenproblem.«

Ich beobachte nur noch Dom, seine vor Wut funkelnden Augen, seine halb entblößten Zähne, einen Ausdruck, den ich noch nie bei ihm gesehen habe, den ich nie von ihm erwartet hätte, weil er immer so ruhig und besonnen wirkt, so tief davon überzeugt, dass alles in Ordnung kommt. Ich denke im Stillen, wie komisch es ist, dass man einem Menschen so nahestehen kann und trotzdem von ihm überrascht wird. Er merkt es mir garantiert an, als er kurz zu mir herübersieht. Im selben Moment wandert Arnolds Blick von Dom zu mir und wieder zurück, und er öffnet seinen dämlichen Mund.

»Sie ist nicht deine Perle – kapiert? So läuft das hier nicht – comprende muchacho?«

»Wer hat dich nach deiner Meinung gefragt?«, fährt Dom ihn an.

»Ist dir eigentlich klar, dass es meine Pflicht ist, solche Verstöße zu melden? Sogar deine lächerlichen Fehltritte, obwohl du nur ein kleiner Fisch bist. Und ich bezweifle stark, dass du deinen schlaksigen Arsch selbst anzeigen würdest. Oder ihren süßen Arsch. Bestimmt hast du was Besseres damit vor. Ich könnte mir jedenfalls was Besseres vorstellen.« Und damit dreht er sich um und geht. Aber Dom folgt ihm und stößt ihn hart in den Rücken, sodass er durch den Türbogen auf die Tanzfläche stolpert und im Fallen ein Pärchen und dessen Getränke mit sich reißt. Im nächsten Moment stehen zwei Barkeeper neben uns, von denen einer Doms Arm packt.

»Ihr beiden kommt jetzt erst mal mit, oder ich rufe den Sicherheitsdienst«, sagt er, während Dom meinen Blick sucht.

Die beiden werden zur Tür hinausgeführt, aber während Witney lautstark protestiert und Dom an den Kragen will, hält Dom den Blick fest auf mich gerichtet und sagt etwas, das ich nicht verstehe. Natürlich folge ich ihm, bis mich jemand am Ellbogen packt, und als ich mich umdrehe, sehe ich Mariana, die mit weit aufgerissenen Augen hinter mir auftaucht. »Bitte nicht, amiga. Du machst alles nur noch schlimmer.«

Ich bleibe wie angewurzelt stehen und sehe zu, wie Dom abgeführt wird, und er betrachtet mich, und ich betrachte ihn, und mit einem Mal weicht alle Luft aus meinen Lungen, alles Blut aus meinem Körper, und was bleibt, ist nichts als Angst. Ich will zu ihm gehen, aber Mariana packt erneut meinen Arm. »Wenn du ihm jetzt folgst, werden alle über euch reden.«

Als ich ihr flehendes Gesicht sehe, lasse ich zu, dass sie mich zur Bar führt und uns zwei Drinks bestellt. Dabei blicke ich ununterbrochen über meine Schulter und sehe, wie Arnold Whitney jenseits der Durchgangstüren mit dem Finger auf Dom zeigt, doch der schüttelt nur den Kopf und geht.

Mariana folgt meinem Blick. »Kannst du mir vielleicht mal erklären, was das sollte?«

Ich sehe sie an, sehe zu Boden, schüttle den Kopf.

Sie seufzt. »Seren, ich liebe meinen Cousin. Und du bist mir auch wichtig. Dir ist doch wohl klar, dass die Dinge nie positiv verlaufen, wenn man mit dem Lebenspartner eines anderen herummacht?«

Ich sage gar nichts, sehe nur weg, aber plötzlich macht sich eine schleichende Angst in mir breit, die ich noch nie verspürt habe, die ich nicht mal benennen kann. Um mich selbst abzulenken, hebe ich mein Schnapsglas und stoße mit Mariana an. Ich kippe mir den Alkohol herunter. Meine Kehle brennt, meine Augen tränen, und ich muss fast würgen, aber als ich mich wieder sammle, starrt Mariana mich immer noch an.

»Was ist da zwischen dir und ihm, habt ihr euch …« Sie blickt zur Decke, als stünden die Worte da oben geschrieben. »Ist das was Ernstes oder … was?«

Ich zwinge mich zu einem Lachen, aber es klingt eher wie ein ersticktes Würgen. »Ich habe keine Ahnung, was du meinst. Was Ernstes?«

Aber sie sieht mich nur an. »Seren, wenn du glaubst, du könntest damit irgendwas überspielen, dann bist du echt dümmer, als du aussiehst.«

Da mich noch nie jemand so direkt gefragt hat, lasse ich mir mit der Antwort Zeit, und am Ende muss ich fast heulen. »Mir war noch nie etwas so ernst.«

Mariana kippt ihren eigenen Schnaps herunter, als wäre es Wasser, und bestellt noch eine Runde. Während der Typ hinter der Bar unsere Gläser auffüllt, blickt sie zurück zu mir und kneift die Augen zusammen, was mich total an Dom erinnert.

»Also, was? Hast du dich in ihn verliebt?« Sie sieht, wie ich nicke, und sagt: »Dios mío, was für ein Mist.«

Und obwohl es nicht witzig ist, muss ich auf einmal lachen, ich lache mit tränenfeuchten Augen, und wir kippen beide unseren Schnaps hinunter und fangen an zu husten.

»Was immer du für ihn empfindest, Seren, du musst damit aufhören – ich meine es ernst.«

Mein Lächeln erstirbt, genau wie ihres.

»Du hast ja keine Ahnung«, sagt sie kopfschüttelnd. »Du hast echt keine Ahnung, worauf du dich da einlässt. Nicht mal im Ansatz. Echt nicht.« Ich bemerke die Verbitterung in ihren Augen, mehr noch als sonst. »Sich mit der bestehenden Ordnung anzulegen, bringt nichts als Ärger und Schmerz. Im Ernst. Das willst du dir nicht antun. Wenn ihr erwischt werdet, landet ihr in der Besserungsanstalt, wenn nicht Schlimmeres. Das kannst du mir ruhig glauben. Und wenn nicht mir, dann glaube es wenigstens Dom. Er hat dir bestimmt erzählt, warum er noch nicht in seinen Bund eingetreten ist, oder?«

Ich spüre mein verwirrtes Blinzeln, spüre meine gerunzelte Stirn, bevor ich ihr antworte. »Annelises medizinische Ausbildung hat erst mal Vorrang, außerdem ist er nicht so ganz mit dem Herzen dabei.«

Mariana mustert mich, ihre Augen dunkler denn je. »Das hat er dir erzählt?«

Ich denke nach, denke an seine Worte, während ich ununterbrochen nicke, aber sicher bin ich mir nicht. »Ihr solltet euch mal unterhalten«, fährt sie fort. »Es gibt da etwas, das du über ihn wissen solltest, das er dir längst hätte sagen sollen.«

»Was denn?«

Sie gibt mir keine Antwort, sondern rutscht von ihrem Barhocker, als wolle sie gehen. »Mir ist klar, dass du meinen Rat nicht willst. Ich würde ihn auch nicht wollen. Aber ich war selbst schon mal in der Situation, und ich kann dir sagen, keiner ist dabei glücklich geworden, okay? Und so was kann man nicht einfach hinter sich lassen. Das vergisst man nicht.« Sie wirkt so gequält, dass ich ihren Ellbogen berühre, bis sie ihn zurückzieht.

»Mariana, wovon redest du? Bitte erzähl es mir.«

Und obwohl sie mir lang und tief in die Augen blickt, sagt sie am Ende nur: »Mach nicht denselben Fehler, Seren. Das ist es nicht wert.« Und dann ist sie verschwunden.

KAPITEL 16

So voll habe ich den Versammlungssaal noch nie erlebt. Noch nie. Ich glaube, niemandem war bis zu diesem Zeitpunkt klar, wie viele wir wirklich sind. Auf jeden Sitzplatz kommen gut fünf oder sechs Personen. Die Bekanntmachungen sind nicht verpflichtend, deshalb geht normalerweise kein Mensch hin, aber heute, zur allgemeinen Lagebesprechung im Orbit von Huxley-3, ist so ziemlich jeder hier, der hier sein kann, abgesehen von denen, die arbeiten müssen und nicht freibekommen. Ich sehe Junge und Alte und alles dazwischen, und im ersten Moment stehen alle nur da und sehen sich um, als könnten sie es nicht fassen. Ich entdecke sogar meinen Vater und Olivia und ihre beiden kleinen Jungs. Dad hat einen der beiden auf dem Arm, aber sie sehen mich nicht.

Das beweist eindeutig, wie sehr es die Leute interessiert, wie sehr alle darauf hoffen, dass in ihrem Leben endlich mal etwas passiert, etwas, das wirklich zählt, das wirklich Sinn macht. Wir wurden doch nur erschaffen, um irgendwann zu sterben, und bislang hat jeder so getan, als wäre das vollkommen okay.

Dom habe ich seit der Sache in der Bar nicht mehr gesehen, denn zuerst musste er arbeiten und dann ich, aber er wartet genau da, wo wir uns verabredet haben. Im ersten Moment reden wir beide drauflos, dann verstummen wir, dann reden wir weiter, und schließlich unterbricht er mich.

»Tut mir leid, estrellita. Das hätte nicht passieren dürfen, nichts von all dem.«

Ich schüttle den Kopf. »Das war … Ich habe mir einfach nur Sorgen gemacht. Eigentlich wollte ich dir folgen, aber Mariana hat mich zurückgehalten. Sie …« Ich mustere sein Gesicht, die Art und Weise, wie er sich auf die Lippe beißt, und frage mich unwillkürlich, ob er mir etwas verschweigt. Ich bin kurz davor, ihn zu fragen, als Ezra sich von hinten an mich heranschiebt und an meinem Pferdeschwanz zieht.

»Hey.« Er blickt flüchtig zu Dom und dann zurück zu mir. »Du sollst mit auf die Bühne. Anweisung von Mum. Familienmitglieder und so …«

»Ich … ich komm nicht mit …«, sage ich, aber Dom stößt mich mit dem Ellbogen an.

»Geh besser«, sagt er.

»Ich will bei dir bleiben.« Unauffällig verhake ich meinen Zeigefinger mit seinem.

»Tu besser, was sie von dir verlangen, Seren.«

Wir unterhalten uns flüsternd, aber Ezras Gesichtsausdruck spricht Bände. Er rührt sich nicht, sondern starrt Dom nur an, und Dom starrt zurück.

»Ich kenne dich«, sagt Ezra schließlich mit zusammengebissenen Zähnen.

»Ich dich auch«, erwidert Dom.

Ich bekomme Panik vor dem, was als Nächstes passieren könnte. »Okay, Ezra, lass uns gehen.« Für einen Sekundenbruchteil starrt er nur weiter geradeaus, doch dann packt er meinen Arm und schleift mich mit, während Dom uns hinterhersieht.

»Wird es dir eigentlich nie langweilig, mich vor anderen zu blamieren?«, fragt Ezra, während er sich mit einem aufgesetzten Lächeln durch die Menge schiebt.

»Bis jetzt nicht«, sage ich, während ich sein albernes Grinsen erwidere.

»Ich meine, was sollte das gerade?«

»Das verstehst du nicht.«

»Was soll das denn heißen?«

»Vergiss es.«

Er zieht mich zu sich heran, ohne mir in die Augen zu blicken. Erst jetzt bemerke ich, dass er schwitzt, seine Haut schimmert feucht, und an seinem Haaransatz bildet sich ein Tropfen. Dabei ist es echt nicht warm hier. Es ist nie warm auf diesem Schiff.

»Egal, was da zwischen dir und diesem Typen läuft, du solltest dich besser von ihm verabschieden.«

»Verabschieden?« Ein Schauer der Angst breitet sich über meinen Nacken aus.

»Es gibt schlechte Neuigkeiten, deshalb will Mum den Schock mit einem positiven Ereignis abmildern.«

Danach bekomme ich nicht mehr viel mit, weil alles um mich herum verblasst, die Farben, das Leben, alles schmilzt und verwischt, verfällt und versackt in einem tiefen Loch. Ich halte Ausschau nach Dom, suche ihn in der Menge, doch kann ihn nirgends finden. Ich habe das Gefühl, in eine Million Augenpaare zu blicken, und keines von denen gehört ihm. Mir bleibt nichts außer Ezras Hand, die mich auf die Bühne zerrt, dicht hinter Captain Kat. In einer Welt aus Lärm und Chaos folgen wir ihr, folgen ihr bis zur Mitte der Bühne, wo sie plötzlich stehen bleibt, genau wie wir. Aber wir stehen an der falschen Stelle, also kommen zwei vom Sicherheitsdienst und schieben uns woandershin. Jonah ist auch da.

Dann fängt sie an zu reden, und ich höre nicht mal zu, aus einem ganz einfachen Grund. Ich weiß es. Ich weiß, was sie uns erzählen wird. Dass Huxley-3 nur ein weiterer toter Planet ist. Er ist nur teilweise entwickelt, ohne schützende Atmosphäre und überzogen von gefährlichen Mikroben, ohne Anzeichen von intelligentem Leben. Die Displays in unserem Rücken zeigen Aufnahmen von Erkundungsflügen – schwarzes Gestein, finstere Gewässer, einsame Bergketten mit Lavaströmen und aufsteigendem Dampf. Obwohl die Bilder jede Hoffnung zerstören, kann ich gar nicht anders, als ununterbrochen hinzustarren, sie in mich aufzusaugen. Denn es ist der einzige Planet, den wir jemals aus der Nähe sehen werden, und ich kann kaum glauben, dass es dort kein Leben geben soll.

Unsere Mission lautet Erstkontakt, sprich, wir suchen nach Spuren von hoch entwickeltem Leben. Wenn wir die nicht finden, ziehen wir weiter – das ist unsere Aufgabe. In den letzten vierundachtzig Jahren ist nie etwas Besonderes passiert. Und in den nächsten zweihundertzweiundsechzig Jahren wird garantiert auch nicht viel passieren. Das ist die traurige Erkenntnis – unser Universum ist leer und leblos, erfüllt von großen toten Planeten, und dieser hier ist nur einer von vielen. Was für eine Überraschung. Tatsache ist, ich habe sogar aufgehört, nach Dom zu suchen, denn mir hätte von Anfang an klar sein sollen, was mit meinen Träumen, meinen Hoffnungen passieren würde. Mir hätte klar sein sollen, dass es nie anders kommen könnte. Ich habe das Gefühl, unendlich viel zu verlieren, alles zu verlieren, was mir je etwas bedeutet hat.

»Wie man sieht, befindet sich der Planet noch im Frühstadium seiner Entwicklung, des sogenannten Terraforming, daher herrscht auf der Oberfläche ein extrem aggressives und menschenfeindliches Klima«, sagt Captain Kat, den Blick auf den Bildschirm gerichtet. »Wir werden versuchen, so viele Informationen wie möglich zu sammeln, bevor wir den Orbit von Huxley-3 wieder verlassen und unsere Reise in Richtung Epsilon Eridani fortsetzen, von dem wir weiterhin ein Signal, unser Leitsignal, empfangen. Dennoch dürfen wir die Erkundungsflüge nicht als Zeitverschwendung betrachten. Wir hoffen, der Erkenntnisgewinn wird unser aller Leben auf die eine oder andere Weise bereichern.«

Allgemeines Gemurmel erfüllt den Raum, und ich betrachte, was aus uns geworden ist, was von uns übrig ist: ein paar Tausend Männer, Frauen und Kinder, allesamt in identischen grauen Overalls, zusammengepfercht in diesem Versammlungssaal, einem heruntergekommenen, metallisch grauen Raum mit schlaffen, längst vergessenen Flaggen. Einige der Zuhörer nehmen ihre Kinder auf den Arm, hieven sie auf ihre Hüften, und gehen mit hängenden Schultern in Richtung Ausgang.

Im selben Moment sagt Captain Kat: »Wo wir gerade hier versammelt sind, möchte ich euch eine weitere, überaus glückliche Mitteilung machen.« Obwohl sie uns nicht ansieht, spüre ich, was jetzt kommt. Ich spüre es, weil Ezra neben mir erstarrt und scharf ausatmet. Ich werfe einen Blick auf Jonah, doch der starrt einen Meter vor sich zu Boden. Als könnte ich die Katastrophe noch aufhalten, suche ich erneut nach Dom, suche und suche und suche, doch dann will ich nur noch schreien, weil er nicht da ist, jedenfalls nicht da, wo ich ihn zurückgelassen habe. Stattdessen erblicke ich ein Kind mit herausgestreckter Zunge, einen alten Mann mit schlaffen Gesichtszügen, eine übertrieben lächelnde Frau, aber keinen Dom. Und es passiert, es passiert einfach, und ich kann nichts dagegen tun.

»Wie ihr alle wisst«, sagt Captain Kat, während sie mit ihren scharfen Krallen auf uns zeigt, »haben meine beiden Söhne mit der aufstrebenden Generation dieses Jahrgangs ihren Abschluss gemacht. Und als leidenschaftlicher Verfechter unserer Mission, unseres ehrgeizigen Vorhabens, hat sich Ezra dazu entschlossen, sein künftiges Leben, seine wahre Bestimmung, so bald wie möglich anzutreten. Als erste Familie dieses Jahrgangs möchten wir euch daher herzlich einladen, in nur zwei Wochen Ezra und seine Braut in den Bund der Ehe zu führen.«

»Was?« Ich kann mich nicht länger zurückhalten, doch glücklicherweise bekommt nur Ezra etwas mit. Er bringt mich zum Schweigen, indem er meine Hand zerquetscht und mit einem falschen Lächeln auf mich herabsieht, sodass ich seinen Ausdruck automatisch imitiere. Die Menge applaudiert, zwar nicht gerade begeistert, aber zumindest gleichmäßig, wie prasselnder Regen.

»Hier an diesem Ort wollen wir den Beginn ihres gemeinsamen Lebens feiern – als Symbol unseres fortdauernden Strebens, unserer ambitionierten Zielsetzung, mit den Geschöpfen dieses Universums in Verbindung zu treten. Ich hoffe, ihr alle werdet uns bei diesem freudigen Anlass Gesellschaft leisten. Und ich hoffe, ihr leistet uns Rückhalt und Unterstützung, nicht nur gegenüber diesem wundervollen Lebensbund, sondern gegenüber allen Verbindungen, die unseren Lebenswandel maßgeblich prägen.«

Die ganze Zeit ringe ich nach Luft, stammle *nein, nein, nein*, und Ezra drückt meine Hand, fester und fester, damit ich bloß nicht alles ruiniere, für ihn, für sie, für uns. Aber ich sehe ihn nicht an, denn ich kann für nichts garantieren, bei meiner Atemnot und meinem Röcheln, meiner ausgewachsenen Panikattacke und der Art und Weise, wie alles und jeder, restlos jeder, in einem schwarzen Tunnel, einem tiefen schwarzen Loch verschwindet, an dessen Grund ich einsam ersticke.

KAPITEL 17

Eigentlich müsste ich nachmittags in der Kantine aushelfen, aber ich gehe nicht hin. Stattdessen verkrieche ich mich in meiner Koje, liege einfach nur da und tue so, als würde ich gar nicht existieren. Irgendwann öffne ich die Augen, und Grandpa steht vor mir, seine Kappe in den Händen, den Blick auf mich gerichtet, dann zur Decke, dann wieder auf mich.

Keine Ahnung, was er sagt. Irgendwelchen Kram. Mist. Bla, bla, bla.

Ich kriege erst etwas mit, als er zu mir meint: »Du warst nie sonderlich gut darin, deine Gefühle zu verbergen, Seren.« Und damit setzt er sich auf die Bettkante und seufzt, die Hände zwischen den Knien verschränkt. Nach einer langen Pause fährt er fort. »Tatsache ist, wir können uns nicht erlauben, diese Dinge dem Zufall zu überlassen und zu leben wie die Tiere. Wir sind keine Tiere. Wir sind Teil einer militärischen Operation und müssen als solche funktionieren, ob du es willst oder nicht. Das Zuchtprogramm ist eine Pflicht, die wir zu erfüllen haben wie jede andere auch.« Er seufzt erneut. »Und obwohl ich deine Enttäuschung nachempfinden kann, fühle ich mich verpflichtet, dir zu sagen, dass deine Wahl so oder so höchst unpassend wäre.«

Ich bin mit einem Mal hellwach. »Was soll das heißen?«

»Hat Techniker Suarez dir je erzählt, warum er noch nicht verheiratet ist, obwohl er seinen Dienst vor über einem Jahr beendet hat?«

»Annelise will zuerst ihre medizinische Ausbildung abschließen.«

Er lächelt. »Seren, es gibt keinen Grund, weshalb eine verheiratete Frau ihre Karriere zurückstellen muss, solange sie sich nicht entscheidet, in den aktuellen Zuchtzyklus einzutreten. Der wahre Grund ist ein anderer.«

Ich schlucke einen Kloß herunter. »Und der wäre?«

»Techniker Suarez darf erst dann heiraten, wenn er sein Besserungsprogramm absolviert hat. Vor zwei Jahren war er in einen gewalttätigen Zwischenfall verwickelt. Seine Resozialisierung ist noch nicht abgeschlossen.«

»Einen gewalttätigen Zwischenfall?«

»Er hat dir also nichts davon erzählt?«

Ich nehme ihn instinktiv in Schutz. »Doch, hat er. Natürlich hat er das.«

Grandpa zieht forschend die Augenbrauen hoch. Dann seufzt er schwerfällig durch die Nase. »Weißt du, manchmal betrachte ich dich und sehe Grace.«

Er spricht nicht oft von meiner Mutter, so gut wie nie, also halte ich den Atem an, warte ab, betrachte seinen starren Blick auf die verschränkten Hände. Er stammelt ein wenig, bevor er weiterredet, was ihm überhaupt nicht ähnlichsieht. »Du … du …« Er räuspert sich. »Du bist ihr so ähnlich, in jeglicher Hinsicht, und ich will nicht, dass du so endest wie sie – unfähig, die Dinge zu akzeptieren, alles infrage zu stellen, bis man das eigene Glück nicht mehr erkennen kann.« Er fährt mit seinem Daumen sanft über meine Wange, ein einziges Mal, aber ich schwöre, es ist das erste Mal seit Ewigkeiten, dass er mich berührt.

In diesem Moment klingelt mein Pod. Ein Blick aufs Display verrät mir, dass es Dom ist. Grandpa bemerkt natürlich, wie ich reagiere und nicht rangehe, also weiß er Bescheid. »Du musst diese Sache hinter dir lassen, Seren«, dann nimmt er mir den Pod aus der Hand und drückt den Anruf weg. »Bestimmt muss ich dich nicht daran erinnern, dass ein Verstoß gegen das Zuchtprogramm strafrechtlich verfolgt wird. Und für jemanden, der bereits eine Vorstrafe besitzt, fallen die Sanktionen umso härter aus.«

Er erhebt sich und setzt seine Kappe wieder auf.

»Ich erzähle dir das alles nur, weil ich dich liebe und nicht will, dass du verletzt wirst.«

Im Hinausgehen legt er den Pod auf meinen Schreibtisch.

Dom arbeitet derzeit in der zweiten Schicht, also schicke ich ihm eine Nachricht, dass ich ihn nach der Arbeit auf dem Aussichtsdeck treffe, sobald er gegessen hat. Ich stelle mir den Wecker, um rechtzeitig wach zu werden, aber als mein Pod unter dem Kissen vibriert, bin ich noch gar nicht eingeschlafen. Ich habe die ganze Zeit wach gelegen, Stunde um Stunde, obwohl ich zu Beginn der dritten Schicht längst schlafen müsste. Ich ziehe mich im Dunkeln an und schleiche aus der Koje. Die Gänge sind still und verlassen, abgesehen von ein paar Arbeitern auf dem Weg von oder zu ihrer Schicht. Irgendwann kommen die Läufer der Nachtschicht mit trommelnden Schritten an mir vorüber, und ein paar heben grüßend die Hand. Es ist schon komisch, wie schnell man das Gefühl hat, dass manche Dinge einem früheren Leben angehören.

Das Aussichtsdeck ist leer und totenstill – im krassen Gegensatz zu der Zeit, als alle noch wie gebannt auf Huxley-3 gestarrt haben und Dom noch offen und ehrlich zu mir war. Als ich den Raum betrete, steht er vorn an der Scheibe und blickt hinaus. Das Panorama scheint sich bereits zu verschieben, weitet sich unmerklich zu fernen Galaxien und tiefer Dunkelheit.

Und das Komischste daran ist, dass selbst Dom mir irgendwie fremd erscheint. Seine gewölbten Lippen, die ich bisher wunderschön fand, wirken mit einem Mal verschlagen, was ich noch nie so empfunden habe. Sein Ausdruck ist zu selbstsicher, zu dominant (vielleicht sogar falsch?), als er mir zuzwinkert und seine Hand in meinen Nacken legt.

»Ich sollte dir wohl gratulieren ...« Er grinst, versucht, die Sache herunterzuspielen, doch im selben Moment merkt er, dass sein Witz nicht gut ankommt. Zum Trost will er mich in seine Arme ziehen, doch er scheint zu spüren, dass etwas nicht stimmt, dass ich mich innerlich sträube. Also beugt er sich vor, um mir ins Gesicht zu sehen, obwohl ich den Blick hartnäckig gesenkt halte. Und mir wird bewusst, dass ich nichts sagen kann, dass ich kein Wort hervorbringe, solange ich nicht die Wahrheit kenne.

»Bitte rede mit mir«, sagt er, die Lippen dicht an meiner Schläfe, während er meine Schultern drückt, einmal, noch einmal.

Im ersten Moment bezweifle ich, dass ich überhaupt je wieder reden werde, aber irgendwie bringe ich meine Frage hervor. »Warum hast du es mir nicht gesagt?«

Er zögert einen Sekundenbruchteil, doch gerade lange genug, um sich zurückzulehnen und mich zu mustern. Ich sehe ihm an, dass er es weiß, dass er die Frage versteht, und ich warte mit angehaltenem Atem auf seine Antwort.

»Ich wollte es dir erzählen, estrellita.«

»Nenn mich nicht so.«

Er zuckt ein wenig zusammen, als hätte ich ihn geschlagen. Er greift nach meinen Händen, doch ich ziehe sie zurück, sodass er schließlich aufgibt und seufzend seine Kappe abnimmt.

»Wer hat es dir erzählt?«

»Mein Großvater.«

»Hör zu, ich habe keine Ahnung, was er gesagt hat, aber es ist nicht so, wie es klingt. Du kennst mich, Seren – du kennst mich besser als jeder andere. Ich war gerade mal sechzehn, und dieser Typ … Ich will nicht ins Detail gehen, aber er hat etwas Unverzeihliches getan. Unverzeihlich und widerlich und verletzend und grausam und gemein und extrem feige, und dann … tat es ihm nicht mal leid. Es tat ihm nicht leid, es war ihm scheißegal, und wir waren vorher ziemlich eng befreundet, was die Sache nur noch schlimmer gemacht hat … Ich konnte einfach nicht mehr. Ich konnte ihn nicht mehr in meiner Nähe haben. Ich konnte seine Visage nicht mehr ertragen, seine Art und Weise … Jedenfalls habe ich ihn schlimmer verletzt als beabsichtigt. Die Sache ist einfach aus dem Ruder gelaufen, mehr nicht.«

Er wirkt so aufgewühlt, dass ich ihn am liebsten in den Arm nehmen und ihm sagen möchte, dass es schon in Ordnung ist. Aber diese Seite an ihm ist mir total fremd, und sie macht mir irgendwie Angst, deshalb ziehe ich mich instinktiv zurück. Er bemerkt meine Unsicherheit und tritt auf mich zu. Seine Hände wollen den Zwischenraum überbrücken, doch er lässt sie sinken. »Estrellita, bitte, es ist einfach passiert. Und was passiert ist, lässt sich nicht ungeschehen machen. Man kann es nicht zurücknehmen, egal wie sehr man es sich wünscht. Und glaube mir, das tue ich. Ich wünsche es mir jeden Tag, damals genauso wie heute.

Aber in diesem Moment wünsche ich es mir ganz besonders, weil du mich so ansiehst, als würdest du nie wieder dasselbe für mich empfinden, und das macht mir mehr Angst als irgendetwas sonst.«

Einen schwindelerregenden Moment lang habe ich das Gefühl, er könnte anfangen zu weinen, und das würde ich definitiv nicht ertragen.

Ich nehme einen tiefen Atemzug. »Was ist passiert? Mit diesem Typen?«

»Er … er musste in die Medizinische Abteilung. Dummerweise ist er mit dem Kopf gegen eine Bank gestürzt. Zuerst bestand der Verdacht auf einen Hirnschaden, aber er hat sich wieder erholt. Es geht ihm gut. Das Ganze wäre halb so schlimm, wenn er sich wenigstens gewehrt hätte, aber das hat er nicht. Er wusste ganz genau, wie die Sache enden würde. Er wollte sich die Hände nicht schmutzig machen. Er ist allem Ärger aus dem Weg gegangen, ohne Rücksicht auf Verluste. Er … aber das spielt keine Rolle. Nicht mehr.«

»Warum warst du so wütend? Was hat er getan?«

»Das kann ich …« Er blickt zu Boden und schüttelt den Kopf. »Das ist nicht meine Geschichte. Aber glaub mir, es war echt unterste Schublade. Allerunterste Schublade.«

Und ich glaube ihm, das tue ich wirklich. Auf diesem Schiff passieren furchtbare Dinge, ausgelöst von den finstersten Neigungen unserer Art, was immer das sein mag – *unsere* Art. Aber es ist egal. Ich weiß, was ich zu tun habe, nicht nur meinetwegen, sondern auch seinetwegen. Also halte ich mein zappelndes Herz zurück und spreche es aus. »Ich wollte dir sagen, dass es vorbei ist.«

Er erstarrt, rührt sich nicht, blickt mir nur in die Augen, bis meine Worte wirklich zu ihm durchdringen. »Seren, das meinst du nicht ernst. Das kannst du nicht ernst meinen.« In diesem Moment tritt er auf mich zu, und ich lasse es geschehen. Er legt seine Hände an meine Schultern, meine Arme, meine Handgelenke, meine Hände. »Das meinst du nicht ernst.«

Ich höre, wie mir ein seltsamer Laut entfährt, ein ersticktes Schluchzen, das tief in meiner Kehle festsaß, ohne dass ich es wusste, und ich höre meine eigenen Worte, als kämen sie von ganz weit weg. »Was soll ich denn tun? Du weißt, was die mit Leuten machen, die sich nicht an die Regeln halten. Die stecken dich oder mich oder uns beide in die Besserungsanstalt, wenn nicht Schlimmeres.«

»Nein, das lassen wir nicht zu. Wir sind klüger als die. Wir kriegen das hin. Wie auch immer.«

Aber ich schüttle nur den Kopf und fahre mit dem Daumen über seinen Handrücken. Ich beiße mir auf die Lippe, als wolle ich meine Tränen unterdrücken, die sich bereits an meiner Nasenspitze sammeln und herabtropfen. »Wir hatten nie eine echte Chance, Dom. Wir haben nur gehofft … Grandpa sagt, das passiert jedem. Jeder macht so was. Jeder … wünscht sich, es wäre anders. Aber man kommt irgendwann zur Vernunft. Man sieht notgedrungen ein, dass die Dinge so sind, wie sie sind. Wie sie sein müssen.«

Dom nimmt mein Gesicht in beide Hände, damit ich ihn ansehe, aber ich weigere mich hartnäckig, bis er sich geschlagen gibt und seine Stirn gegen meine lehnt. »Das sind doch nicht deine Worte. Das ist nicht deine Stimme.«

Ich schließe die Augen und lasse die Tränen ungehemmt fließen, mein Kopf an seinem Gesicht, sein Atem auf meinen Lippen.

»Dom, wenn wir nicht tun, was man von uns verlangt, machen sie uns das Leben zur Hölle. Und du weißt, ich bin schwach. Ich bin nicht stark. Ich will nicht so enden wie Mum, krank und abgestumpft, sodass ich nicht mehr weiterleben will.«

»Seren, das ist doch nicht wahr. Deine Mutter war nicht krank. Das glaube ich nicht. Hör nicht auf die.«

Ich schiebe ihn von mir, gehe zum Aussichtsfenster, berühre die Scheibe, kalt wie der Tod. Der fremde Planet scheint in diesem Moment unterzugehen, ein Halbkreis am unteren Rand des Fensters, doch man sieht immer noch die grüne und türkisblaue Oberfläche, die wie in Zeitlupe durcheinanderwirbelt. Anfangs habe ich bei dem Anblick endlose Wälder und Strände gesehen. Ich war mir absolut sicher, das alles zu erkennen, so unwahrscheinlich es klingt. Vielleicht habe ich sogar Menschen gesehen, irgendwo da unten, mich selbst – mich und Dom –, winzig wie Flöhe. Total verrückt.

Aber das war einmal. Jetzt sehe ich nur noch giftige Gase, glühendes Gestein, sterbende oder tote Dinge oder solche, die es bald sein werden. Alles, was ich da unten sehe, ist vertrocknet oder verbrannt.

Dom nimmt meine Hand und drückt sie. »Wir finden einen Weg, um zusammen zu sein. Genau wie wir es geplant haben. Ich weiß, dass wir das schaffen.«

Aber ich schüttle den Kopf, während er mich beobachtet. »Ich wünschte, es wäre so«, sage ich, obwohl es mir körperliche Schmerzen bereitet, obwohl ich die Worte qualvoll herauswürgen muss. Anscheinend habe ich mich geirrt, als ich dachte, ich wüsste schon alles über Schmerz und Trauer.

KAPITEL 18

Ich will nicht mit Ezra ins Kino, denn das war immer mein Lieblingsort. Manchmal war ich sogar allein da, wenn Dad oder Pan oder Em keine Zeit oder Lust hatten. Ich habe es immer total genossen, der Wirklichkeit für eine Weile zu entfliehen, von hier zu verschwinden. Mit Dom bin ich nie da gewesen. Ich schätze, als ich ihn kennengelernt habe, wollte ich der Realität nicht mehr entkommen.

Der einzige Nachteil ist der, dass man sich die Filme nicht aussuchen kann – die spielen einfach, was sie wollen –, und obwohl ich es nicht beweisen kann, habe ich das Gefühl, dass sie einem genau das vorsetzen, was man vom Leben halten soll, als indirekte Propaganda, die nicht mal sonderlich subtil ist. Wenn zum Beispiel an Bord trübe Stimmung herrscht und sich alle wünschen, nie geboren zu sein, dann zeigen sie entweder etwas Aufbauendes oder etwas total Negatives über die Erde, sodass einem das Leben auf der Ventura mit einem Mal ganz okay erscheint. Ich würde wetten, dass sie heute irgendeinen Weihnachtsfilm ausgraben, um die Leute rechtzeitig in Stimmung zu bringen, denn nach einem willkürlichen 365-Tage-Zyklus steht dieses alberne Familienfest mal wieder vor der Tür.

Ezra bestellt gerade Popcorn und beäugt mich misstrauisch,

denn ich habe noch kein Wort gesagt. »Hast du eigentlich einen Lieblingsfilm?«

Wenn ich mich mies fühle, fällt es mir schwer, so zu tun, als wäre alles in bester Ordnung. Es fällt mir schwer, überhaupt ein Wort hervorzubringen, deshalb sage ich im ersten Moment gar nichts, weil einfach nichts herauskommt, aber dann erwidere ich: *»Das Strahlen einer reinen Seele.«*

Er lehnt sich zurück, offenbar erleichtert, dass ich überhaupt etwas gesagt habe. »Den kenne ich gar nicht. Worum geht's denn da?«

Während ich darüber nachdenke, meine Worte abwäge, um nur das Nötigste zu sagen, wendet er sich ab, um das Popcorn entgegenzunehmen und dem Mädchen hinter der Theke albern zuzuzwinkern. Als sie sich auf seinen Flirtversuch einlässt, wünsche ich mir mehr denn je, woanders zu sein, und lasse ihn an der Theke stehen.

»Wo willst du hin? Erzähl mir von dem Film. Deinem Lieblingsfilm.« Er stopft sich eine Handvoll Popcorn in den Mund und grinst, während er mir den winzigen Plastikeimer hinhält, doch ich schüttle abweisend den Kopf.

»Es geht um einen Typen, der mit seiner Freundin Schluss macht, und daraufhin lässt sie ihr Gedächtnis löschen, damit sie sich nicht mehr erinnern muss. Sie erträgt es einfach nicht, jede Sekunde an ihn zu denken, weil es so verdammt wehtut.«

Er hört auf zu kauen, beobachtet mich skeptisch, während ich ihn beobachte, und nickt schließlich. »Okay, und was passiert dann?«

»Sie … sie …« Aber ich kann nicht länger so tun, als wollte ich mich ernsthaft mit ihm unterhalten. »Gehen wir jetzt rein oder nicht?«

Wie sich herausstellt, lag ich falsch mit meiner Vermutung. Statt einer Weihnachtsschnulze zeigen sie einen Film, den ich schon mehrfach gesehen habe und der eine tiefe Sehnsucht in mir auslöst, nach Sonnenuntergängen über einem See, nach Schilfgras und Sommer, Enten und Holzhäusern. Aber diesmal kann ich kaum hinsehen, kann mich kaum auf die Handlung konzentrieren. Anstatt der Realität zu entfliehen, fühle ich mich gefangen in meinem unbequem kratzigen Sitz, in der eisigen Kälte, in der Dunkelheit.

Als der Film vorbei ist, gehe ich zur Toilette. Ich kann die Tränen nicht mehr zurückhalten und weine mich erst mal aus. Als ich mich wieder gefasst habe und zu Ezra zurückkehre, fragt er mich, ob wir zum Aussichtsdeck gehen. Ich sage Ja, denn den Ort zu besuchen, an dem ich Dom das letzte Mal gesehen habe, gibt mir das Gefühl, ihm etwas näher zu sein, und vielleicht fühle ich mich dann ein klein wenig besser.

Heute sind sogar ein paar Besucher auf dem Aussichtsdeck, anders als beim letzten Mal, aber es sind nicht viele. Als noch regelmäßig Erkundungsflüge stattfanden, lag ständig eine Atmosphäre von Lachen und Begeisterung in der Luft. Jetzt kommt es mir eher vor, als wären die Leute nur aus Gewohnheit hier, aber vielleicht bilde ich mir das nur ein. Ezra führt mich gerade zu den Sitzen in der dritten Reihe, als ich ihn entdecke, rechts vor der großen Panoramascheibe. Dom. An exakt derselben Stelle, wo wir uns das letzte Mal gesehen haben, als hätte er den Ort nie verlassen, aber lachend an seiner Seite steht Annelise.

Es ist seltsam, wie sehr ich in Panik gerate – ich kann nicht mehr atmen, nicht mehr reden, will nur noch die Flucht ergreifen. Keuchend wende ich mich an Ezra, packe seinen Overall, bekomme kaum noch Luft, und obwohl ich es nicht will, starre ich die beiden an und sehe, wie Annelise ihre blonden Strähnen hinters Ohr streicht, wie er sie ansieht, genau wie mich ein paar Tage zuvor, und ich will, dass er mich bemerkt, nein, eigentlich nicht, doch, irgendwie schon, und ich will mit ihm reden, nein, will ich nicht, doch, will ich schon, und war er eigentlich schon immer so schön?

Ezra packt meine Handgelenke, und als ich ihn ansehe, bewegen sich seine Lippen, doch erst als ich mich konzentriere, wirklich konzentriere, verstehe ich seine Worte. »Was ist? Was ist los?«

Aber ich kann nur den Kopf schütteln, und mein Atem ist so laut, dass mich alle anstarren, also drehe ich mich um, und, na klar, die beiden haben mich auch bemerkt. »Ich will hier weg«, stammle ich. »Bring mich hier raus.«

Und das tut er, er legt den Arm um meine Taille und bringt mich nach draußen.

Auf dem überfüllten Hauptkorridor bekomme ich immer noch keine Luft, also hält Ezra mich fest, gibt mir Halt, fordert mich auf, ihn anzusehen, »Atme mit mir zusammen«, sagt er, und genau das tue ich, ich konzentriere mich auf sein gleichmäßiges Einatmen, Pause, Ausatmen, Pause, Einatmen, bis sich mein eigener Atem normalisiert und er bestätigend nickt.

»Soll ich dich nach Hause bringen?«

Aber allein die Vorstellung, mit meinen Gedanken allein zu sein, macht mir solche Angst, dass ich an seiner Brust den Kopf schüttle. »Ich will einfach nur weit weg.«

»Okay, da wüsste ich einen Ort.«

Wir gehen über den Hauptkorridor zu den Liftschächten und warten vor einem der vertikalen Transporter, der nach unten zum Flugdeck führt. Ezra hält seine Karte vor den Scanner, um den Lift zu rufen, während er mich von seinem Oberkörper löst, mit dem ich fest verschmolzen bin.

»Wo wollen wir eigentlich hin?«, frage ich, aber er sieht mich nur grinsend an.

Wir fahren so schnell nach unten, dass ich Druck auf den Ohren bekomme. Auf dem westlichen Unterdeck steigen noch zwei weitere Fliegertypen ein, die mit Ezra abklatschen, bevor sie sich in die Ecke stellen, um uns zu beobachten.

Auf dem Flugdeck ist es höllisch kalt. Ezra winkt ein paar Typen, bevor sich eine gigantische Zugangstür öffnet und wir einen schmalen röhrenförmigen Gang betreten, dessen Ende nicht mal zu sehen ist. Die Beleuchtung flackert nach und nach auf, enthüllt eine lange Reihe von Andockstationen, und jetzt weiß ich, wo wir hier sind. Ezra nimmt meine kalte Hand in seine, die erstaunlicherweise noch kälter ist, und öffnet eine der Luken, um mich hindurchzuziehen.

Wir befinden uns in einer winzigen Kapsel, und als Ezra das Licht einschaltet, entdecke ich zwei Reihen mit jeweils zwei Sitzen, umgeben von weißen Wänden, die mit zahlreichen Bedienelementen und Spindtüren übersät sind. Ezra schiebt sich nach vorn und fordert mich auf, ihm zu folgen, also rutsche ich auf den Sitz des Kopiloten, den Blick durch die Frontscheibe gerichtet. Da wir uns auf der von Huxley-3 abgekehrten Steuerbordseite befinden, sehe ich nichts als grenzenlosen Weltraum.

»Willkommen in der Explorer 37.«

»Hast du das Ding schon mal geflogen?«

»Nein, nicht wirklich. Ich komme nur gern hierher.«

Ich nicke und betrachtet ihn von der Seite, während er an einem Display herumfummelt, um Musik aufzulegen.

»Aber du weißt, wie man das Ding fliegt?«

»Ich mache gerade meinen Flugschein«, erwidert er lachend. »Na klar. Shuttles, Nutzfahrzeuge, sogar die Ventura, die haben alle dasselbe Betriebssystem, man muss es sich nur einmal aneignen.« In dem Moment hören wir die ersten Töne eines Songs, den ich kenne und den wir schon mal zusammen gehört haben, aber ich weiß nicht mehr, bei welcher Gelegenheit. Immerhin kennen wir uns ein Leben lang.

»Bist du schon mal geflogen?«, frage ich.

»Bis jetzt lerne ich noch im Simulator. Leider bekomme ich meine Qualifikation nicht mehr rechtzeitig für die Erkundungsflüge. Aber ich bin schon mal mitgeflogen.«

»Du bist echt da unten gewesen?«

Er lacht über meinen erstaunten Tonfall.

»Und wie war's?«

»Na ja ... was willst du von mir hören? Du hast die Bilder doch gesehen, die Berichte gehört.«

»Klar, aber ... erzähl mir davon, erzähl mir, wie es ist, einen echten Planeten zu sehen.«

Er beschäftigt sich erneut mit dem Steuerdisplay und durchblättert die Musikbibliothek, was mich tierisch nervt.

»Er hatte ...« Ezra zuckt mit den Schultern. »Masse.«

»Masse?«, sage ich wie ein Papagei. »Er hatte Masse?«

»Hör zu, ich bin nicht gut im Beschreiben«, sagt er. »Aber wenn du schon mit mir redest, erzähl *du* mir doch mal was. Was hat dich eben so fertiggemacht? Auf dem Aussichtsdeck?«

»Nichts«, sage ich seufzend. »Nichts, über das es sich lohnt zu reden.«

»Nichts, was mit diesem Fischtypen, Suarez, zu tun haben könnte, der mit seiner heißen Braut da war?«

Meine Kopfhaut spannt sich, aber ich bewahre die Fassung. »Sie ist nicht seine Braut.«

Ezra reagiert mit einem humorlosen Lachen. »Okay, von mir aus, aber ich wette, es gefällt ihr genauso wenig wie mir, sich ständig anhören zu müssen, wie ihr zusammen in irgendwelche Bars geht und euch in die Koje des anderen schleicht.«

Ich sehe ihn forschend an, während er so tut, als wäre er immer noch mit dem Display beschäftigt.

»Hast du mit irgendwem darüber geredet?« Ich versuche, meine Angst herunterzuschlucken.

»Natürlich nicht«, entgegnet er. »Ich habe einen Ruf zu verlieren, und ob es mir passt oder nicht, du gehörst leider dazu. Es wäre für alle Beteiligten das Beste, wenn wir diese Sache mit dem Fischtypen einfach vergessen, als wäre das Ganze nie passiert. Schließlich haben wir alle schon mal was gemacht, das wir besser gelassen hätten.«

Irgendetwas liegt in der Luft, und wenn es mich wirklich interessieren würde, könnte ich ihn darauf ansprechen, aber ich lasse es. Stattdessen betrachte ich die tiefe Ruhe jenseits der Windschutzscheibe, die Weiten einer Galaxie, die sich vor uns erstreckt wie ein endloser Weg.

»Hast du schon mal hier gesessen und mit dem Gedanken gespielt, einfach zu starten?«

»Nein.« Er lacht und sieht mich komisch an. »Warum sollte ich das tun? Warum sollte irgendwer so was tun? Wo sollte ich denn hinfliegen? Das wäre doch total bescheuert. Außerdem werden Deserteure abgeschossen. Das wäre das Dämlichste, was man machen kann.« Er mustert mich für einen Augenblick. »Du wirst doch nicht wieder verrückt, oder, Henson?«

In dem Moment ziehe ich es ernsthaft in Erwägung, ihm

eine runterzuhauen, aber ich reiße mich zusammen. »Halt die Klappe, Ezra – du bist ein Vollidiot.«

Gott, ich bin so was von müde, bis in die letzte Faser meines Körpers. Blinzelnd lasse ich den Kopf gegen die Nackenstütze sinken, und um nicht einzuschlafen, frage ich: »Hier bringst du also deine Mädels hin?«

Er denkt flüchtig nach, dann sieht er mich an. »Ich habe keine Ahnung, wovon du redest.«

»Schon klar, Lomax.«

Ezra beugt sich zu mir vor und berührt mein Kinn, als wolle er mich küssen, und obwohl ich beim ersten Mal den Kopf wegdrehe, lasse ich es beim zweiten Mal geschehen, weil ich so unendlich traurig und irgendwie dankbar bin.

Als ich später im Nordflügel im Duschsaal stehe, um mir das Gesicht zu waschen, und beiläufig in den Spiegel blicke, erkenne ich mich im ersten Moment nicht wieder.

KAPITEL 19

Am nächsten Tag habe ich frei, bis auf den Frühstücksdienst. Aber das stört mich nicht besonders, weil ich nur Rührei servieren und Berge von Geschirr in die Spülmaschine räumen muss. Um zehn Uhr ist die Sache erledigt.

Ich gehe zurück zu meiner Koje, um noch etwas zu schlafen, da steht Dom plötzlich vor mir. Er wirkt traurig und wunderschön zugleich. Als er mich entdeckt, richtet er sich auf und nimmt seine Kappe in die Hand. Er will etwas sagen, aber als ich vor ihm stehen bleibe und ihn ansehe, bleibt sein Mund offen stehen, ohne dass etwas herauskommt. Ich gehe weiter, doch er packt von hinten meine Hand.

»Was machst du hier?«, frage ich, ohne mich umzudrehen.

»Ich wollte …« Er bringt den Satz nicht zu Ende, und als ich ihn ansehe, schüttelt er nur den Kopf, während sein Daumen ununterbrochen über meinen Handrücken streicht. »Ich würde alles tun, um mit dir zusammen zu sein, Seren. Vergiss das nicht. Du bist diejenige, die gesagt hat, wir dürfen das nicht.«

»Das Leben geht weiter, Dom.« Ich zitiere unbewusst Captain Kat und bereue es auf der Stelle. Doch er zieht hartnäckig an meinem Arm, bis ich direkt vor ihm stehe. Ich fühle die Hitze seines Arms auf meiner Haut, spüre seinen kühlen Atem an meinem Hals.

»Te extraño, estrellita«, sagt er. »Ich vermisse dich rund um die Uhr, weißt du das?«

»Ja.« Ich lache. »Das sehe ich. Das ist so was von offensichtlich, wenn ich euch beide zusammen sehe.«

»Seren, du warst mit *ihm* da.«

»Ich weiß.«

»Bei dir ist das also okay und bei mir nicht?«

»Ich bin nicht diejenige, die hier steht und behauptet, dich zu vermissen.«

»Ich habe gesehen, dass es dir nicht gut ging, Seren. Und du erwartest von mir, dass ich nicht zu dir komme?«

»Ja, genau das erwarte ich. Mir geht es gut. Ich will nicht, dass du noch mal zu mir kommst, okay?« Meine Stimme klingt dünn und piepsig, und ich versuche vergeblich, diese bescheuerten Tränen zurückzuhalten, ohne dass er etwas bemerkt, aber es klappt nicht. Während ich so dastehe und zittere, fährt er mit der Hand über mein Haar, greift nach meinem Pferdeschwanz, führt ihn an seine Lippen und atmet tief ein – all das spüre ich, ohne dass ich ihn ansehe, weil er es schon oft getan hat –, dann streichelt er meinen Nacken, fährt mit der Hand über meinen Rücken, nach unten und wieder nach oben, berührt meine Schulter.

»Ich will dich die ganze Zeit fragen, ob ihr euch gestern geküsst habt«, sage ich zum Fußboden. »Aber dann wird mir klar, dass ich nie wieder von dir belogen werden will.« Ich will weitergehen, doch er zieht mich zu sich heran und legt seine Arme in meinen Rücken, um mein Zittern zu ersticken oder zu verschlimmern, keine Ahnung was. Und wir stehen in der Ecke, an einen kalten Automaten gelehnt, während die Vibrationen des

Maschinenraums zu uns heraufdringen, vollkommen ungestört, und ich frage mich, warum wir nicht ewig so stehen bleiben können.

»Sag mir wenigstens, dass er dich gut behandelt«, flüstert Dom mit einer gebrochenen Stimme, die mir Schmerzen bereitet und Tränen in die Augen treibt. »Ich will nur, dass er weiß, was für ein Glück er hat.«

In dem Moment wehre ich mich, stoße ihn mit beiden Ellbogen von mir, und er lässt mich los. Er macht es mir leicht, lässt mich gehen und blickt mir nur hinterher, als ich mich erneut umdrehe, ihn ansehe, als wäre es das letzte Mal. Er ist so unbeschreiblich schön, dicht in die Ecke geschmiegt, die Wangen trotz seiner dunklen Hautfarbe leicht gerötet und einen feuchten Glanz in den Augen, der mir beinahe die Fassung raubt.

»Nur damit du es weißt.« Ich habe Mühe, die Worte herauszubringen. »Es ist nicht meine Schuld, dass wir das nicht dürfen. Das ist die Realität. Das ist das Leben. Das ist das System. Also denke oder behaupte nie wieder, es läge an mir, denn so ist es nicht.«

Ich will mich gerade abwenden, als mir noch etwas einfällt. »Kannst du mir etwas versprechen?« Aus dem Augenwinkel heraus sehe ich, wie er nickt, und ich schlucke hart, fasse mir an den Bauch, atme tief ein, frage mich, ob ich das wirklich fertigbringe, und dann ist es raus. »Komm bitte nie wieder zu mir, sprich mich nie wieder an. Wir können nicht miteinander befreundet sein, Dom. Vielleicht niemals. Kannst du … kannst du mir das versprechen?«

»Seren, bitte nicht.« Obwohl er mich anfleht, spüre ich, dass er sich darauf einlässt. Ich spüre es an seinem Tonfall, spüre es an seinem Verhalten, weil er sich an die Nasenwurzel fasst, weil er mich nicht ansieht, weil er mich einfach so gehen lässt. Und dann höre ich nur noch das Geräusch des Hyperdrive, der über die Lüftungsschächte zu uns heraufdröhnt, während ein Typ namens Tamerlan, der samstags meine Tour übernimmt, an uns vorbeikommt, um die Erdnussriegel im Automaten aufzufüllen, und uns beide mustert, erst mich und dann Dom, der in entgegengesetzter Richtung verschwindet.

KAPITEL 20

Ich bin zusammen mit Ezra in einer Bar bei einem Doppeldate mit Emme und Leon. Wir ignorieren uns weitgehend und sitzen einfach nur stumm unter der grün-rot blinkenden Weihnachtsbeleuchtung, während wir so tun, als würden wir uns für die Karaokesänger interessieren. Irgendwann gehen Ezra und Leon an die Bar, um uns Getränke zu holen, und Emme drückt schmerzhaft meine Hand.

»Ich bin ja so aufgeregt!«, sagt sie.

»Weshalb denn?«, frage ich ahnungslos.

Sie wirkt schockiert. »Na, wegen der Hochzeit!«

»Ach, das.«

Anscheinend weiß sie nicht so recht, wie sie mit meinem mangelnden Enthusiasmus umgehen soll, aber sie fährt trotzdem fort. »Ich weiß, du hast Pan, aber falls du noch eine zusätzliche Brautjungfer brauchst, sag Bescheid.«

Ich blinzle sie an, ohne etwas zu sagen. Was soll ich auch sagen? Ich habe das Gefühl, ein ganzes Leben gelebt zu haben, von dem sie nichts weiß, eine ganz neue Person zu sein, die sie nicht kennt, als wäre unsere Freundschaft längst Geschichte. Vielleicht steht mir all das ins Gesicht geschrieben, denn sie weicht urplötzlich vor mir zurück, wendet sich ab, die

Lippen leicht geschürzt, während die beiden Jungs zurückkehren.

Leon erzählt uns von seinem Dienst, der mir verdächtig nach Abfallwirtschaft klingt, und das erinnert mich wiederum an Dom, daher schweifen meine Gedanken vorübergehend ab, und als ich wieder zuhöre, reden sie von der Hochzeit, und weil ich das Thema nicht ertrage, gehe ich dazwischen.

»Wann wollt *ihr* eigentlich heiraten?« Ich drehe den Spieß um und sehe, wie die beiden unruhig werden und sich einen flüchtigen Blick zuwerfen.

»Wir halten uns an die Tradition und warten bis zum Ende unserer Dienstzeit«, sagt Leon. »Ich meine, heute nehmen sich zwar manche mehr Zeit und manche weniger, aber – keine Ahnung – ich bin eben der konventionelle Typ.« Er drückt Emmes Hand, während sie schmalzig grinst und unbeholfen seine Finger tätschelt. »Wir haben es nicht so eilig mit dem Kinderkriegen wie ihr beiden Turteltäubchen!« Er lacht albern, und die anderen stimmen mit ein, während ich innerlich schaudere.

Wie sich herausstellt, hat Leon sich und Emme heimlich auf die Karaokeliste gesetzt, und als ihr Name aufgerufen wird, stellt sie sich total an und tut so, als hätte sie keine Lust, nur um dann diesen kitschigen Weihnachtssong mit ihm zu singen, den alle so toll finden und in dem es um das Geschenk der Liebe geht. Ich sehe zu, wie die beiden nervös von einem Fuß auf den anderen treten, sich tief in die Augen blicken und sämtliche Harmonien verhauen, was sie mit einem Lachen abtun. »Ich kann mir gut vorstellen, dass die beiden zusammen glücklich werden«, sage ich zu Ezra. »Die sind echt hoffnungslos schmalzig.« Ezra verzieht das Gesicht. »Übrigens hasse ich Karaoke«, füge ich hinzu. »Das ist so was von sinnlos. Echt deprimierend.«

Er schüttelt den Kopf. »Du findest doch alles deprimierend, Henson.«

Im selben Moment bekomme ich einen Anruf auf dem Pod, und nachdem ich eine Weile zugehört habe, verabschiede ich mich von Ezra und verschwinde.

Als ich die Medizinische Abteilung erreiche, weiß ich nicht einmal, wo ich hinmuss. Also gehe ich zum Wartezimmer, dem einzigen Raum, den ich kenne, abgesehen von Dr. Maddox' Behandlungszimmer. Ich bin so aufgedreht und panisch, dass die Sprechstundenhilfe glaubt, ich hätte einen meiner Anfälle, denn sie hört mir gar nicht richtig zu. Zufälligerweise betritt Dr. Wong, Emmes Vater, in diesem Moment den orange beleuchteten Gang zu meiner Linken und bemerkt mich durch die runde Scheibe der Doppelflügeltür, als ich gerade beschließe, gar nicht hier sein zu wollen, und mich abwende. Scheinbar kann er meine Gedanken lesen, denn er kommt zur Tür und drückt sie behutsam auf, sodass ich mich unter seinem Arm hinwegducke und den Gang hinuntergehe, wie er es mir mit einem Kopfnicken andeutet.

»Ich kann gut nachvollziehen, dass du Angst hast«, sagt er in meinem Rücken, während ich auf die Tür zusteuere, die er mir gezeigt hat. »Aber deine Schwester hat mit Sicherheit noch viel mehr Angst als du.«

Als ich mich dem Raum nähere, höre ich Pandora – sie brüllt, zischt, schreit –, gefolgt von einem komischen *hrrrr, hrrr, hrrr*, wie ein persönliches Mantra, und plötzlich habe ich das Gefühl, mit dem Öffnen dieser Tür eine Serie von Ereignissen loszutreten, die ich nicht kontrollieren kann. Keine Ahnung, ob mich vor allem dieser Gedanke zurückhält oder eher die überwältigende Angst: Angst vor Schmerzen, Angst vor Blut, Angst vor dem Tod, Angst vor der Erkenntnis, dass wir alle mühelos zerquetscht, zerschmettert, zerstört werden können. Insofern ist es Glück, dass gerade in diesem Augenblick eine Krankenschwester auf den Gang tritt und mich bemerkt.

»Bist du die Schwester? Gut, dann zieh das hier an und komm rein.«

Ein paar Minuten später trage ich eine Gesichtsmaske und einen scheußlichen grünen Schlafanzug und stehe direkt neben Pan, die immer noch brüllt und schwitzt und flucht und mich nicht mal bemerkt, bis sie sich irgendwann beruhigt und ich ihre Hand nehmen kann, die sie dankbar drückt.

»Oh, Gott sei Dank, du bist hier.« Ein Satz, den ich noch nie von ihr gehört habe und nie von ihr erwartet hätte. Sie ringt mit den Tränen, ihre trockenen Lippen über den hübschen Zähnen gespannt. »Die wollen, dass ich mich auf den Herzschlag konzentriere, aber der wird immer langsamer, also habe ich gesagt, ich will das nicht mehr hören, ich kann nur noch daran denken, dass sie stirbt und ... *hrrrr, hrrr, hrrr* ...« In diesem Moment bekommt sie wieder Wehen, und ihr Blick gleitet in die Ferne, aber sie scheint nichts zu sehen, sondern drückt nur meine Hand so fest, dass ich meine, sie würde mir alle Knochen brechen. Aber statt Schmerzen spüre ich nur Erleichterung.

Sobald die Wehen nachlassen, plappert sie weiter, als wäre nichts gewesen. »Weißt du, bei dieser Frau – da ist noch eine Frau im Nachbarbett –, da haben sie das Kind mit einer Zange rausgeholt, und sie hat so laut geschrien, das will ich auf gar keinen Fall ...«

»Also, Pandora«, sagt die Schwester ruhig und geschäftsmäßig. »Der Muttermund ist fast vollständig geöffnet. Nicht mehr lange, dann musst du pressen.«

»Pressen?«, fragt Pan. Ihre Augen sind weit aufgerissen, ihr Nacken feucht vor Schweiß und ihre Lippen so blass, dass sie fast blau aussehen.

»Genau, pressen!« Ich versuche, möglichst aufmunternd zu klingen. »Ist doch wunderbar, oder? Das heißt, bald ist alles vorbei. Du hast es fast geschafft!«

»Fast geschafft?«, wiederholt Pan matt. »Aber was ist mit Cain? Wo ist er?« Das ist der Grund, weshalb ich hier bin, denn keiner hat ihn auf dem Pod erreichen können, und keiner weiß, wo er steckt, deshalb ist Dad hinauf zur Plaza, um ihn zu suchen. Die Wehen gehen weiter, Pan drückt verzweifelt meine Hand. »Ich will das nicht mehr!«, brüllt sie, als der Schmerz nachlässt, und fängt an zu weinen.

Ich sollte irgendetwas Aufbauendes sagen, aber im Stillen denke ich, an ihrer Stelle würde ich das auch nicht wollen.

»Es geht bestimmt irgendwas schief«, jammert sie, nachdem die nächsten Wehen uns beide fast umbringen. »Ich hab solche Angst, dass das Baby verkrüppelt ist.«

Ich muss fast lachen. »Das Baby ist nicht verkrüppelt – wie kommst du denn darauf?«

»Ich hab es dir nicht erzählt.« Sie verzieht das Gesicht, und dicke Tränen kullern über ihre Wangen. »Ich hab es niemandem erzählt außer Cain.«

»Was denn?«

»Es war mir einfach zu peinlich.« Dann geht es wieder los, und Pan bringt die Sache hechelnd hinter sich, den Blick fest auf mich gerichtet. Als es vorbei ist, sagt sie: »Es ist ein natürliches Baby.«

»Natürlich? Soll das heißen …?«

Sie heult weiter, spuckt ein wenig beim Reden. »Als wir uns zur Implantation entschlossen haben, wurde ich noch mal durchgecheckt, ob mein Körper wirklich bereit ist, und da haben sie festgestellt … dass ich schon schwanger war.«

Ich runzle die Stirn. »Aber die haben doch Untersuchungen gemacht, oder? Ich meine, die lassen dich das Kind nur austragen, wenn alles okay ist.«

Sie nickt, erschüttert von einer weiteren Wehe, die sie wie eine gigantische Welle überrollt.

»Dann ist doch alles in Ordnung«, sage ich und drücke ihre Hand, dann muss ich leise lachen. »Warum ist dir das überhaupt peinlich? Das ist doch schön.«

Sie lacht ebenfalls, mit tränenfeuchten Augen. »Sieht dir ähnlich«, sagt sie. »Aber erzähl Dad und Grandpa nichts davon.«

Ein Mann im grünen OP-Kittel betritt den Raum, und ich erkenne Dr. Wong erst, als er sich an mich wendet. »Seren, dein Vater ist hier. Cain ist leider unauffindbar, aber er oder Olivia können dich jetzt ablösen, wenn du willst.«

Ich will gerade aufstehen, als Pan mein Krankenhaushemd packt und mich zu sich herunterzieht. »NEIN!«, kreischt sie. »Nein, Seren. Ich will, dass du hierbleibst. Bitte, lass mich nicht allein.«

Natürlich nicke ich. »Keine Sorge – ich bleibe hier.«

Einige Zeit später, die mir wie ein paar Sekunden und gleichzeitig wie tausend Jahre vorkommt, hebt die Schwester Pans Bein nach oben und fordert mich auf, dasselbe mit ihrem anderen Bein zu tun und es mir auf die Schulter zu legen, damit das Baby leichter herauskommt. Ich befolge die Anweisungen, was soll ich auch sonst tun? Aber ich betrachte die pulsierenden Adern an Pans Stirn und Hals, das Pressen und die Schmerzen erscheinen mir viel zu viel, und das alles dauert so lang, so unglaublich lang, bis endlich der Kopf des Babys da ist. Ich flehe die Schwester an, es soll endlich aufhören, weil Pan so furchtbar erschöpft ist, und dabei denke ich, das kann so nicht richtig sein, das kann gar nicht gut gehen, aber dann, wie durch ein Wunder, ist sie plötzlich da. Sie ist da.

Meine Nichte ist lang und dürr, rosa und violett, überzogen von roten und weißen Schlieren liegt sie an Mamas Brust, und Pan zieht sie zu sich heran, klammert sich an ihr fest, übersät ihr feuchtes dunkles Haar mit Küssen und murmelt ununterbrochen: »Hallo, meine Süße. Hallo.«

Und jetzt weiß ich, warum die Leute diesen Moment als so unglaublich beschreiben, denn plötzlich treffen wir diese winzige Persönlichkeit, die ab sofort ein fester Bestandteil unseres Lebens ist und unsere Familie weiterführt, und trotzdem wissen wir rein gar nichts über sie, diese kleine blutverschmierte Person mit dem dunklen Haarschopf, außer … dass sie nicht schreit. Und im selben Moment hebt die Schwester sie hoch und nimmt sie mit. Wir machen uns auf der Stelle Sorgen.

»Geht es ihr gut?«, fragt Pan, und ich nicke, ohne groß darüber nachzudenken, aber Pan hakt nach. »Geht es ihr gut?« Sie bemerkt meine Unsicherheit. »Geh zu ihr!«

Also stehe ich plötzlich daneben – neben dem Baby – und sehe zu, wie die Schwester ihren winzigen Mund und ihre Nase beatmet, während sie sich schleimig vor dem weißen Handtuch windet und immer noch nicht schreit

»Jetzt rede schon, Seren – sag es mir!«, ruft Pan panisch.

Ich bin völlig verunsichert. »Es geht ihr gut, Pan, es geht ihr gut.« Die Schwester nickt bestätigend, trotzdem glaube ich, es steht immer noch auf der Kippe, aber die Situation wird langsam besser. Diese winzige neugeborene Henson gibt sich *nicht* kampflos geschlagen, und als man sie endlich in ein Handtuch wickelt und mir überreicht, betrachte ich ihre wunderschönen Lippen, ihre langen, zarten Finger und denke, irgendwie kenne ich sie jetzt schon, irgendwie ist sie ein Teil von mir, aus demselben Stoff wie ich, auch wenn ich es nicht so richtig verstehe. Dann bringe ich sie zu ihrer Mutter und lege sie ihr in den Arm. Plötzlich kann ich nachvollziehen, warum man das macht, warum man das machen *will*, obwohl sich die Sache total von der Natur entfernt hat. Das hier ist so umfassend, so bedingungslos, wie Pan die Kleine an sich drückt und »Mein Mädchen, mein süßes Mädchen« murmelt. Sie liebt die Kleine jetzt schon, obwohl sie sich noch gar nicht richtig kennen.

Kurz darauf kommen Dad und Olivia in den Raum und machen lauter alberne Geräusche gegenüber der Kleinen mit ihrem perfekten Mund und ihrem dunklen Haar, das in alle Richtungen absteht. Meine Schwester nennt sie Deborah. Dad wird total emotional, also, was bei ihm als emotional gilt, zumindest kann man ihm seine Gefühle ansehen, und seine Augen werden feucht, aber es ist Olivia, die Deborah auf den Arm nimmt und Pan ins Gesicht blickt und ihr lauter Fragen über die Geburt stellt. Und als die beiden gehen, berührt Olivia mich am Arm und fragt, ob ich wüsste, wo Cain stecken könnte. Ich antworte, dass er bestimmt auf irgendeinem Dienstflug oder so was ist (eher Letzteres).

»Wir müssen uns am Anfang gut um sie kümmern, Seren – wir müssen sie unterstützen. Wir dürfen nicht vergessen, was mit deiner Mum passiert ist, okay?«

Und obwohl ich es irgendwie komisch finde, dass ausgerechnet sie so was sagt, vor allem zu mir, bin ich andererseits froh, dass es endlich mal jemand ausspricht.

Später, als Pan die Kleine gestillt hat und die Beleuchtung im Raum gedimmt ist, weil Deborah in ihrem Plastikbettchen liegt und kleine saugende Bewegungen mit ihrem Mund macht, geht plötzlich die Tür auf. Jemand sagt »Klopf, klopf«, was ich schon immer total bescheuert fand, und als ich mich umdrehe, steht Ezra im Türrahmen.

»Ezra, komm rein.« Pan streckt ihm die Hand entgegen, und er nimmt sie und küsst sie. »Herzlichen Glückwunsch, Mama. Tolle Neuigkeiten.«

Sie schnurrt förmlich vor Stolz. Dann geht er zum Bettchen, betrachtet Deborah, schiebt die Decke zurück, um ihr Gesicht besser zu sehen, und natürlich weckt er sie auf, sodass sie ihre kleinen Fäustchen ballt und ein winselndes Geräusch von sich gibt. Ich denke nur, was für ein Idiot, aber dann hebt er sie hoch, als hätte er das schon tausendmal gemacht, und sie liegt ruhig und zufrieden in seinem Arm, während er mit ihr redet. »Da bist du ja, da bist du.« Er sagt noch mehr dummes Zeug, das nicht viel Sinn ergibt, aber sie liegt die ganze Zeit bequem in seinem Arm und starrt in sein Gesicht, als wäre es ein Bildschirm.

»Das machst du nicht zum ersten Mal«, säuselt Pan in meine Richtung, als hätten die beiden diesen Moment von langer Hand geplant und geprobt. Dann kommt Ezra auf mich zu und legt seinen freien Arm um meine Schultern. Eigentlich blicke ich nur deshalb zu ihm auf, weil er fragt, wie es mir geht, aber er nutzt die Gelegenheit, um mich flüchtig zu küssen. Aus einem unerfindlichen Grund, keine Ahnung, lehne ich mich ihm entgegen, lasse es zu, weil es mir plötzlich so vorkommt, als würden wir tatsächlich zueinanderpassen, als würden sich unsere Körper perfekt ergänzen. Dom war immer viel zu groß für mich, mindestens dreißig Zentimeter, und alles war irgendwie am falschen Ort, sodass wir bei jedem Kuss Genickstarre bekommen haben, weil ich ihn zu mir herunterziehen und er die Knie beugen musste, um auf mein Niveau zu kommen.

Als Cain irgendwann anruft, muss Pan bei dem Gespräch weinen, also ziehen wir uns zurück. Ich will gerade hinausgehen, als sie mich in eine Umarmung zieht, was sie seit Ewigkeit nicht mehr getan hat.

»Ich hab dich lieb«, flüstert sie, was mindestens genauso lange her ist. »Danke.« Ich höre die Tränen in ihrer Stimme, also flüchte ich mich nach draußen, geradewegs in Ezras Arme, der eine Hand in meine Taille schiebt und meinen Nacken küsst. »Gut gemacht, Henson!«

»Ja, das war echt …«, aber ich habe keine Ahnung, wie ich es beschreiben soll, deshalb schüttle ich den Kopf, sprachlos vor Staunen. Und als er mich erneut küsst, erwidere ich den Kuss, und denke, wenigstens *das* mag ich an ihm. Ich mag seine Körpersprache. Ich mag seine Haut, geschmeidig wie Gummi. Ich mag seine kühlen Haare in meiner Handfläche. Es ist nicht so, als fände ich ihn nicht attraktiv. Das schon. Und das ist eine Menge wert, oder?

In dem Moment geht eine Ärztin an uns vorbei. »Entschuldigung«, sagt sie, während sie uns neugierig mustert, was mich angesichts der Situation nicht verwundert. Erst als sie das Ende des Ganges erreicht und sich erneut umdreht, merke ich, dass es Annelise ist. Sie hat ein spitzes Lächeln auf ihrem Gesicht, doch im nächsten Moment ist sie verschwunden.

KAPITEL 21

»Du kommst doch morgen?«, frage ich Mariana am Tag vor meiner Hochzeit, während ich das üble Gefühl in meiner Magengrube herunterschlucke.

Sie unterbricht sich beim Reinigen eines verdreckten Automaten oben auf dem Kommandodeck, nicht weit vom Entschlüsselungsbüro entfernt, und mustert mich eingehend. »Willst du mich dabeihaben?«

»Na klar. Du bist meine Freundin.«

Sie zieht die Augenbrauen hoch. »Okay, dann komme ich.« Sie wendet sich wieder dem Automaten zu. »Freust du dich?«

Ich gebe keine Antwort, stattdessen studiere ich die kratzige Seite eines Schwammes, den ich eigentlich benutzen sollte. »Du tust das Richtige, amiga«, sagt sie. »Spiel nach deren Regeln. Alles andere bringt dir mehr Ärger, als du dir leisten kannst.«

Wieder herrscht Stille, lediglich unterbrochen von dem penetranten Epsilon-Signal, das unter einer nahen Tür hindurchdringt, und ich denke an die Techniker, die ihr Leben lang versuchen, dieses Signal zu entschlüsseln, um vielleicht eines Tages herauszufinden, was es uns sagen will.

»Wie geht es ihm?«, frage ich.

Sie unterbricht ihre Arbeit, seufzt, legt den Schwamm beiseite und sieht mich an. »Was willst du von mir hören?«

Ich schüttle den Kopf, weil ich es selbst nicht weiß. »Dass es ihm gut geht«, sage ich zum Fußboden.

Sie nimmt ihre Kappe ab und wischt sich den Schweiß von der Stirn. »Es geht ihm gut.«

»Ich muss jetzt los.« Meine Stimme droht zu brechen. »Du weißt doch, ich mach heute eher Schluss.«

»Ach, ja – warum eigentlich?«

»Zur … zur Eizellenentnahme.«

Wortlos sehen wir einander an.

»Soll ich mitkommen?«, fragt sie.

Ich schüttle den Kopf, zwinge mich zu einem Lächeln. »Aber danke.«

Als ich vor dem Befruchtungslabor, eine Etage über der Medizin, im Wartezimmer sitze, sehe ich mir dieses Anschauungsvideo an, das in Endlosschleife läuft. Neben mir sitzt ein Pärchen, das ich vom Sehen her kenne. Das Video zeigt eine strahlende Frau mit zwei strahlenden Kindern, im Hintergrund läuft Musik, und eine körperlose Stimme erklärt, wie sie die Eizellen auswählen und sicher aufbewahren, bis der richtige Zeitpunkt gekommen ist, sodass alle Schmerzen, Risiken und Unwägbarkeiten einer spontanen Empfängnis entfallen. Und dann gibt es noch diese kitschige Szene mit einem Pärchen, das in seinem Quartier übereinander herfällt, und ich schätze, die wollen einem damit sagen, dass man seinem Partner umso näherkommt, weil das Risiko einer natürlichen Schwangerschaft relativ gering ist. Hundertprozentig sicher ist es allerdings nicht, denn sie müssen immer ein paar Eizellen zurücklassen, insofern liegt der Verhütungseffekt nur bei fünfundachtzig Prozent. Es gibt also auch natürliche Babys, aber die werden ganz genau durchgecheckt und im Zweifelsfall entfernt. Außerdem ist es ein guter Trick, um die Leute davon abzuhalten, mit dem falschen Partner zu schlafen.

Ich denke automatisch an Ezra, und mir wird bewusst, dass ich ihn inzwischen nicht mehr hasse. Nur wenn ich mir vorstelle, mich ernsthaft mit ihm zu unterhalten und den Rest meines Lebens mit ihm zu verbringen, habe ich das Gefühl, der Sauerstoffgehalt im Raum fällt dramatisch ab.

DING. Mein Name erscheint in großen roten Buchstaben auf dem Display. Wie etwas, das mir nur im Traum passiert.

Drinnen im Untersuchungszimmer, in einem offenen Krankenhaushemd, kalt, kälter als je zuvor, die Beine in eisigen Metallschalen, geblendet von einem grellen Licht, fange ich auf einmal an zu weinen, zu schluchzen, während mich die Schwester verständnislos ansieht, zwei tote Augen über einer anonymen Maske.

»Wollen Sie denn nicht heiraten?«

Sie streicht ununterbrochen über mein Fußgelenk, als wolle sie ein Loch hineinscheuern. Im nächsten Augenblick tritt der Arzt ins Behandlungszimmer. »Also, Miss Henson, dann wollen wir mal die Grundlage einer glücklichen Ehe schaffen.«

Ich weine einfach weiter.

Den Abend verbringe ich in Pans neuem Familienquartier, und als ich ankomme, erwartet sie mich bereits mit zwei Gläsern Sekt, den wir nur zu besonderen Anlässen trinken, doch bei meinem Anblick lässt sie enttäuscht die Schultern hängen. »Warum so traurig? Das gehört eben zum Heiraten dazu. Lass uns feiern!«

»Wo ist Cain?«

»Bei den anderen Fliegertypen, um mit Ezra einen draufzumachen! Sein letzter Abend in Freiheit, du weißt schon.«

»Na klar.« Sage ich. »Was auch sonst.«

»Er hat versprochen, dass es nicht so spät wird – keine Sorge!«

»Habe ich nicht.«

»Von wegen!« Sie lacht total idiotisch, angetrunken von einem winzigen Schluck Alkohol, nachdem sie neun Monate lang nichts getrunken hat. »Mal ganz unter uns, Seren. Was lief da zwischen dir und Domingo Suarez?«

»Unter uns?« Ich hebe skeptisch die Augenbrauen. »Soll das heißen, du rennst nicht gleich zu Grandpa?«

»Das würde ich nie machen!«

»Wenn du meinst.«

»Seren, das war Dad.« Sie setzt sich neben mir auf die Bank und senkt die Stimme. »Er hat sich Sorgen gemacht. Also, was war da zwischen euch?«

Im ersten Moment sehe ich sie nur an und frage mich, ob das eine ernst gemeinte Frage ist, die ich ehrlich beantworten kann, aber das ist sie nicht, nicht wirklich. »Gar nichts. Was meinst du?«

Wir wissen natürlich beide, dass ich lüge. »Freut mich zu hören, denn er ist es nicht wert.«

»Wer sagt das?«

»Ich. Ich und die meisten anderen, die dir etwas bedeuten.«

»Und warum?«

»Weil …« Die Frage bringt sie aus dem Konzept, was mich nicht weiter wundert, denn wäre ich ernsthaft daran interessiert, die Sache zu vertuschen, dann dürfte ich diese Frage überhaupt nicht stellen, aber ich kann einfach nicht anders. Sie streicht sich die Haare hinters Ohr und sieht mich mit großen Augen an.

»Weil er den Ärger echt anzieht, schon immer. Kurz nach unserem Abschluss war er in irgendeine Sache verwickelt, ich weiß nicht mehr, was, aber definitiv nichts Gutes. Es hatte irgendwas mit seiner komischen Cousine zu tun. Eine Zeit lang hat er sich ständig mit dem Sicherheitsdienst angelegt. Mit so jemandem hat man besser nichts zu tun, Seren, nicht mal als Freund.«

»Hör zu, Pan, wenn ich deinen Rat will, frage ich, okay?«

Sie lacht. »Ich bin nicht blind, Seren. Dass er gut aussieht, ist mir klar, aber ansonsten hat der Typ nicht viel zu bieten.«

Ohne es zu wollen, raste ich aus. »Was bildest du dir eigentlich ein, so über ihn zu reden? Du kennst ihn doch überhaupt nicht!«

Pan wirkt ziemlich schockiert, aber sie zwingt sich zu einem Lachen. »Wenn du mir damit weismachen willst, dass da nichts war, hast du echt ein Problem.«

Natürlich hat sie recht, insofern brauche ich gar nichts zu sagen. Stattdessen meide ich ihren Blick, der sich gnadenlos in mich bohrt, während sich die Stille unangenehm dehnt.

»Bitte sag, dass du nicht mit ihm geschlafen hast.« Sie spielt mit einer kleinen Pfütze am Fuß ihres Glases.

»Nein, natürlich nicht.«

»Ganz sicher?«

»Ich sag doch, nein!« Leider warte ich etwas zu lang, ehe ich hinzufüge: »Ich kenne ihn doch kaum, schon vergessen?«

Pan lacht nur. Eine Stunde später schläft sie zusammen mit Deborah auf ihrem Bett ein, und ich sitze zitternd in ihrer Küche, obwohl ich meine Jacke trage und einen ihrer riesigen Schwangerschaftsumhänge. Auf ihrem Display suche ich den Kanal mit der Außenansicht und betrachte den einzelnen Stern in der Mitte des Bildschirms, von dem ich weiß, es ist Epsilon

Eridani, der immer noch zweihundertzweiundsechzig Jahre von uns entfernt liegt. Ich fühle mich jetzt schon wie Staub, nichts als Staub. Das geht mir bei Sekt immer so: Andere werden davon aufgeheitert, und ich fühle mich wie Staub.

Gerade wische ich mir eine Träne von der Wange, als es an der Tür klingelt. Ich nehme an, es ist Cain, der mal wieder seinen Code vergessen hat, deshalb drücke ich auf den Türöffner und werfe ihm an den Kopf, was für ein Idiot er ist, als ich plötzlich sehe, wer vor mir steht.

Dom.

»Ich weiß, du hast mich gebeten, nicht mehr zu kommen, aber …« Er zuckt entschuldigend mit den Schultern und lehnt sich gegen den Türrahmen, die Stirn gegen den Handrücken gestützt. »Ich konnte einfach nicht anders.« Und dann sieht er mich an, ich sehe ihn an, und er sieht, wie ich anfange zu weinen. Er schüttelt den Kopf. »Tut mir leid. Ich hätte nicht kommen sollen. Das war selbstsüchtig von mir.« Er wendet sich zum Gehen.

»Bitte geh nicht.« Meine Stimme ist nicht mehr als ein schauriges Schluchzen, das über den Flur hallt. Er macht auf dem Absatz kehrt und fängt mich auf, als meine Knie nachgeben.

Nachdem sich die Tür geschlossen hat, stehen wir einfach nur da, betrachten einander, lauschen den Worten, die wir nicht aussprechen. Mir wird bewusst, dass ich seine Hand halte, und ich hebe sie hoch, seine große Hand in meiner kleinen, stark und männlich, blass unter den kurzen Fingernägeln. Ich führe sie an meinen Mund, und sie gleitet wie von selbst über meine Wange, meinen Kiefer, meinen Nacken, bis in mein Haar. Er zieht mich an seine Brust, berührt meinen Haaransatz mit den Lippen und seufzt.

»Bist du gekommen, um mir die Hochzeit auszureden?« Meine Stimme klingt immer noch stockend.

»Nein«, sagt er, und ich höre die Anspannung in seiner Stimme, tief in seinem Brustkorb. »Ich bin gekommen, um dir zu sagen, dass ich dich immer noch liebe, auch wenn du ihn heiratest. Dass ich dich immer noch vermisse. Dass ich mir für den Rest meines Lebens wünschen werde, du wärst immer noch mein.«

Ich blicke zu ihm auf. »Ich bin dein, jetzt und für immer.«

Und dann küsst er mich, lang und ausgiebig, und ich ziehe ihn an meine Brust, als könnte ich mit ihm verschmelzen. »Tut mir leid«, sage ich zwischen den Küssen.

Er hebt mich hoch, trägt mich zur Bank, schüttelt den Kopf. »Das muss dir nicht leidtun.«

»Ich kann ohne dich nicht leben.«

»Ich auch nicht.«

»Ich weiß nicht, warum ich dachte, ich könnte es.«

Er lächelt und rutscht neben mir auf die Bank, um meine Beine über seinen Schoß zu breiten. »Ich auch nicht.«

»Hör auf, mir nachzuplappern.« Ich lache, streiche seine dunklen Locken hinters Ohr, fahre mit dem Daumen über seine Wimpern, überglücklich, ihn bei mir zu haben.

»Ich plappere dir nicht nach, ich … empfinde einfach nur das Gleiche. Du sagst genau das, was ich denke. So wie immer.«

Einige Zeit später versuche ich, den Kuss für einen Moment zu unterbrechen. »Du kannst dir nicht vorstellen, wie oft ich dir etwas erzählen will. Du bist der Einzige, mit dem ich reden will. Tag für Tag. Jeden Tag. Ich habe eine lange Liste von Dingen, die ich dir unbedingt erzählen muss.«

Er lacht. »Was? Eine echte Liste?«

»Ja, auf meinem Pod – ist das bescheuert?« Ich verziehe das Gesicht, und er beugt sich vor, um mich zu küssen, ein genießerisches Seufzen auf den Lippen.

»Nein«, antwortet er. »Das ist total süß. Zeig mir die Liste. Ich will sie sehen.«

»Nein, erzähl du mir etwas. Erzähl mir, was du die ganze Zeit gemacht hast«, sage ich, den Nacken an seinen Arm gelehnt, der hinter mir auf der Sitzbank ruht.

Er schüttelt den Kopf. »Gar nichts. Nichts, außer dich zu vermissen, estrellita. Ich habe die Neuigkeiten von deiner Nichte gehört.«

Ich lächle ihn an, aber ich spüre, wie mir der Ausdruck unweigerlich entgleitet. Es ist alles so wie immer, nur leider nicht ganz. »Woher wusstest du, dass ich hier bin?«

»Mariana hat es mir erzählt.«

Ich nicke, und plötzlich fängt mein Herz an zu rasen. Ich versuche, das Gefühl herunterzuschlucken und ruhig weiterzuatmen. »Dom, was machen wir denn jetzt?«

In dem Moment klingelt es erneut. Wir sehen uns mit großen Augen an, bevor ich zur Tür gehe und die Sprechanlage betätige. »Wer ist da?«, frage ich und höre Cains Stimme.

»Mann, Seren, jetzt lass mich rein.« Er klingt ziemlich betrunken.

Also drücke ich auf den Türöffner, während Dom aufsteht und zu mir rüberkommt, und im nächsten Moment stürzt Cain vornüber in den Raum.

»Alles okay«, lallt er mit dem Gesicht am Boden.

»Du solltest besser gehen«, sage ich zu Dom.

»Auf gar keinen Fall.« Er schüttelt den Kopf. »Ich lasse dich mit dem nicht allein.«

Also mühen wir uns zusammen ab, um ihn auf die Küchenbank zu hieven, bevor ich aus dem Wasserspender ein Glas Wasser besorge und versuche, ihn zum Trinken zu überreden. Aber er verdreht die ganze Zeit nur genervt die Augen und redet viel zu laut. Es hilft auch nichts, dass ich ihm sage, dass er mit seinem Geschrei Deborah aufweckt.

Nach einer Weile legt er den Arm um Doms Nacken. »Suarez, was machst du hier, Mann? Du hast schon eine Verwarnung. Du bist echt verrückt! Das wusste ich schon immer! Mann, dieser Typ«, fährt er fort, während er Dom in den Schwitzkasten nimmt, »dieser Typ und ich sind aus derselben Generation, weißt du das? Wir sind hermanos! Generation 81, Mann! Lo mejor, hab ich recht? Ich liebe diesen Typen. Und deshalb überrascht es mich *kein* bisschen, dass *du* ihn auch liebst, Schwesterherz. Echt nicht. Ich wünschte, die Dinge wären anders, irgendwie anders. Oder jeder könnte einen Volltreffer landen, so wie ich mit Pan. Schön wär's, oder? Weißt du was, hermano, sie war für mich immer die Einzige. Die einzige Frau, die ich je wollte. Meine absolute Traumfrau! Und ich hab sie bekommen! Wer zieht schon das große Los, so wie ich? Die Frau meiner Träume, Mann!« Und in dem Moment sackt er über dem Tisch zusammen und legt den Kopf auf die Arme.

Ich betrachte ihn und denke, wenn wir schon Klartext reden, dann will ich auch ein paar Takte sagen. »Hör mal, Cain, wenn du sie wirklich liebst, warum bist du dann so ein beschissener Ehemann?« Dom lacht auf, aber ich rede unbeirrt weiter. »Ist doch wahr! Du bist echt mies! Du hast die Geburt deiner eigenen Tochter verpasst, weil du stockbesoffen in einem Gemeinschaftsraum lagst.«

Cain rollt den Kopf auf die Seite. »Ihr kapiert das nicht,

Leute – ihr habt keine Ahnung, wie schwer es ist, dauernd zu lügen. Zu lügen und zu lügen und zu lügen. Und alles nur, weil man ein Geheimnis für sich behalten soll und nicht mal weiß, warum. Ich kann ihr nicht mehr in die Augen sehen, meiner Traumfrau, die ich seit Ewigkeiten liebe und noch nie angelogen habe, noch nie anlügen wollte, und einfach so … LÜGEN.« Er setzt sich hin und verzieht das Gesicht, als hätte er etwas Schlechtes gegessen. Dann schüttelt er den Kopf. »Das kann ich nicht.«

Die ganze Zeit sitzen Dom und ich neben ihm, aber anstatt ihn anzusehen, sehen wir einander an. Und obwohl ich mich vor der Antwort fürchte, frage ich: »Warum hast du denn gelogen?«

Und Cain sagt: »Er ist … wunderschön.«

Und ich frage: »Wer?«

Und er sagt: »Huxley-3.«

Erst einmal herrscht Stille, und ich sehe weiter nur Dom an. »Schon klar, Cain«, sage ich schließlich, denn, mal ehrlich, das kann doch nicht sein. Ich dachte eher an eine Affäre, ein Alkoholproblem, was weiß ich, aber das … das ist echt eine Nummer zu groß.

»Nein, ich meine es ernst«, sagt Cain. »Ich bin das Lügen so was von satt. Es ist echt wahr. Huxley ist alles, wovon wir geträumt haben, und noch viel mehr. Weiße Strände, türkisblaues Meer, absolut unglaublich! Sogar Wälder, da gibt es Wälder, Bäume, alles. Das ist der Hammer. Das ist genau das, was wir nur aus Erzählungen kennen, was wir uns immer erträumt haben.«

»Aber … die haben behauptet …«, stammele ich.

»Ich weiß. Ich weiß, was die behaupten. Genau dasselbe, was wir behaupten sollen. Ihr kennt doch die alte Leier: Erstkontakt mit Epsilon Eridani, bla, bla, bla, der ganze Mist. Nichts darf uns von unserer Mission abbringen, wir müssen uns an den

Zeitplan halten. Es war … keine Ahnung … die haben gesagt, es wäre zu riskant, den Leuten von diesem wunderbaren Ort zu erzählen … dann würden alle dahinwollen, logisch, und manche könnten krank werden und sterben und all das.«

»Sterben?«

»Klar, die gehen davon aus, dass es da unten Mikroben gibt und chemische Verbindungen und alles Mögliche, was die Wissenschaft noch nicht gesehen hat, und das könnte einen umbringen.«

»Mikroben können einen umbringen?«

»Na logisch.« Er leckt sich über die Lippen, lässt den Blick schweifen, senkt die Stimme, viel konzentrierter als in den letzten Wochen, trotz des Alkohols. »Aber Tatsache ist, die haben keine Ahnung, nicht wirklich. Was wenn es anders wäre? Die können nur Vermutungen anstellen, aber in der Zwischenzeit rasen wir durch die Finsternis, während hinter uns … hinter uns …« Er deutet in seinen Rücken und knallt mit dem Arm gegen die Wand. »Mann, ich hab's doch gesehen. Ich bin selbst über diesen Strand geflogen.« Seine Stimme bricht, als würde er jeden Moment anfangen zu heulen, und sein Gesicht sieht aus, als hätte er körperliche Schmerzen. »Das hättet ihr sehen sollen. Strand, weiß wie Salz, kristallblaues Wasser … das war … Ich wollte unbedingt da runter … auch wenn es mich umbringt. Ich wollte einfach nur dahin, um zu sterben. Das wäre echt … Mann, ich habe das Gefühl, das wäre es echt wert.« Und damit sinkt er erneut in sich zusammen, legt den Kopf auf die Tischplatte und fällt in einen Tiefschlaf.

Ich starre zu Dom. »Das müssen wir den anderen erzählen.«

Er schüttelt den Kopf und lächelt traurig. »Das können wir nicht.«

»Warum nicht?«

Er deutet mit einem Nicken auf Cain. »Die wüssten, dass er es uns erzählt hat.«

»Aber das … das ist doch *wichtig*. Die anderen müssen … sie müssen es erfahren.«

Dom seufzt. »Wirklich?«

Mir sackt die Kinnlade herunter. »Ja, klar! Dom, das ist unsere Chance auf ein echtes Leben. Unsere einzige Chance, und die haben uns belogen. Die haben uns eine Wahnsinnserfahrung vorenthalten, nur damit wir nicht *mehr* verlangen. Mehr als diese Dunkelheit, diese Kälte. Wir können sie noch aufhalten! Wir können sie zur Rückkehr zwingen.«

Dom kommt zu mir herüber und zieht mich in seine Arme, lässt sein Kinn auf meinen Scheitel sinken. »Und dann?«

»Dann … dann müssen sie uns wenigstens einen Besuch erlauben.«

Ich spüre, wie er den Kopf schüttelt. »Die würden allen erzählen, dass sie ihr Leben riskieren, und die meisten würden es nicht darauf anlegen.« Er küsst mein Haar, mein Ohr, meinen Nacken. »Die meisten sind doch zufrieden mit ihrem Leben auf der Ventura. Ich weiß, das kannst du nicht nachvollziehen, weil du eben anders bist. Du bist nicht wie diese Leute.«

Ich weiche ein Stück zurück und sehe ihn an. Ich sehe ihn an, bis sich etwas in mir verändert.

»Es würde nicht reichen«, sage ich.

»Was?« Er legt den Kopf schräg.

»Ein Besuch würde nicht reichen. Selbst wenn wir das Risiko eingingen, wäre es nur umso schlimmer zu wissen, was wir da unten verpassen, oder?«

Er seufzt, wirkt unsagbar traurig, sodass es mich innerlich

zerreißt. »Wahrscheinlich hast du recht.« Wir sehen einander an, verschränken die Finger. Er beugt sich zu mir vor, und als er mich küsst, ziehe ich ihn zu mir herab, fester und fester, meine Tränen quellen über und tropfen herab, als ich die Augen verschließe vor allem, was wir nicht kontrollieren können, was wir nicht sagen können, was wir nicht tun können, was wir für immer aufgeben müssen, doch unmöglich vergessen können, vor allem, was wir empfunden haben, sodass wir nie mit weniger zufrieden sein werden.

KAPITEL 22

Am Morgen meiner Hochzeit schlafe ich eine Stunde lang auf der Küchenbank, mein Gesicht an Doms Hals vergraben. Als ich wach werde, sieht er mich an und flüstert: »Guten Morgen.« Ich erinnere mich, dass ich geträumt habe, geträumt vom Fliegen, ich fliege über spiegelglattes Wasser, das den Himmel über mir reflektiert. Im Traum bin ich starr vor Angst und atemlos vor Begeisterung.

Ich weiß, dass er jeden Moment gehen will, denn er streicht mir sanft übers Haar, küsst mich und legt seine Nasenspitze an meine, um mir tief in die Augen zu blicken. Dann fragt er, ob ich weiß, was ich zu tun habe, und ich spare mir die Antwort, weil wir es beide wissen. Trotzdem kann ich seine Hand nicht loslassen, ich kann einfach nicht, selbst als er bereits an der Tür steht, die freie Hand am Türöffner. Ich halte seine Hand, betrachte sie und denke, wie schön sie ist. Es ist die schönste Hand, die ich je gesehen habe. Ich will sie spüren, für immer und ewig, und meine Augen werden feucht, also dränge ich ihn zu gehen, schiebe ihn regelrecht zur Tür hinaus. Wenn ich jetzt die Fassung verliere, wird meine Angst nur noch größer. Es steht so viel auf dem Spiel, mehr als je zuvor in meinem Leben. Ich bin dabei, ihn ein zweites Mal zu verlieren, und ich weiß nicht, ob ich das ertrage.

Die von der Kultur schicken eine junge Frau, die mich frisiert. Sie flechtet mir die Haare und legt den Zopf wie ein Tau um meinen Kopf, aber ich zittere die ganze Zeit, zittere am ganzen Körper, sodass Pan zu mir meint, ich wäre noch nervöser als sie damals. Mein Kleid wird ebenfalls geliefert. Es ist weiß und schwer und sieht aus wie jedes Brautkleid, aber als ich es anziehe, fängt Pan an zu heulen, und dann kommt auch noch Dad mit seiner Galauniform in den Raum. Er steckt mir eine von zwei Orchideen ins Haar, die er aus der Produktion mitgebracht hat, die andere überreicht er mir, damit ich sie ihm an die Jacke stecke, und er benimmt sich, als wäre es der beste – oder schlimmste – Tag seines Lebens. Jedenfalls hat er Tränen in den Augen, was mir die Sache nur noch schwerer macht.

Wir gehen zusammen zum Versammlungssaal, gefolgt von einem Kameramann der Kultur und Pan in ihrem blauen Trauzeuginnenkleid, während Cain mit Deborah den Abschluss bildet. Und es ist echt okay, ich kann das, ich kann da hingehen, kann einen Fuß vor den anderen setzen. Das denke ich zumindest, bis ich den Saal erreiche und Dom entdecke, der neben Mariana in der letzten Reihe steht. Er sieht sich nur flüchtig um, aber der winzige Moment unseres Augenkontakts lässt mich zögern, lässt mich erstarren, lässt mich in meiner Verzweiflung sagen: »Ich brauche noch einen Moment«, denn ich habe ihn zwar hergebeten, habe ihm gesagt, ich könnte das nicht ohne ihn, aber die Vorstellung, da vorn zu stehen und aller Welt zu erklären, dass ich einen anderen liebe, erscheint mir mit einem Mal unerträglich. Aber hier stehe ich, und drinnen spielt schon die Musik, und mein Magen verkrampft sich, und mir wird kotzübel. Auf einmal steht Mariana neben mir und packt meinen Arm mit ihrer kalten Hand, winzig und stark zugleich.

»Geht's dir gut?«

»Nein.«

Sie sieht mich an und weiß Bescheid. »Lass mich kurz mit ihr reden, okay?«, sagt sie zu Pan, und nur weil Deborah in diesem Moment anfängt zu schreien, lässt sie uns kommentarlos in Ruhe.

Zehn Meter vom Versammlungssaal entfernt lehnt mich Mariana sanft gegen die Wand und blickt mir tief in die Augen, als könne sie darin lesen. »Was ist los?«

Ich schüttle den Kopf. »Ich kann das nicht.«

Mariana sieht mich an, als hätte sie gewusst, was ich sage, noch bevor ich es selbst wusste, trotzdem packt sie meine Arme, sieht sich flüchtig um und verlagert das Gewicht. »Was denkst du dir eigentlich?« Sie seufzt. »Du bist nicht die Einzige, die sich so fühlt, und das weißt du. Aber du weißt auch, dass es nichts bringt, sich dagegen zu wehren, weil du dir nur Ärger einhandelst. Dir und den Menschen, die du liebst. Amiga, ich kenne deine Situation, ich habe auch mal jemanden geliebt und dafür bezahlt. Und ich will nicht, dass es dir genauso ergeht. Dir oder meinem Cousin. Bitte tu, was du tun musst, Seren. Für uns alle. Wir sitzen hier fest, ob es uns gefällt oder nicht. Wir können nicht davonlaufen.«

»Du tust so, als wäre es die richtige Entscheidung. Dabei glaubst du selbst nicht dran. Du hast doch auch nicht geheiratet. Warum willst du mich drängen?« Ich mustere ihr Gesicht, die violette Haut unter ihren dunklen Augen, die Art und Weise, wie sie sich auf die Lippe beißt, um über ihre Antwort nachzudenken.

»Weil ich meine Entscheidung seither jeden Tag bereue. Hätte ich damals anders gehandelt, würde ich vielleicht nicht ständig diese Traurigkeit mit mir herumschleppen.«

Ich schüttle den Kopf. »Dein Leben ist doch gar nicht so schlecht. Es ist besser, allein zu sein, als sein Leben mit jemandem zu verbringen, den man gar nicht will.«

In diesem Moment treffen noch ein paar Nachzügler ein, und sie wirken alle glücklich und entspannt, bis sie mich entdecken und im Hineingehen einen besorgten Blick über ihre Schulter werfen.

»Wenn es bei dir funktioniert …«, ich drücke ihre Hände, »warum dann nicht bei mir?«

Sie schüttelt den Kopf. »Glaubst du wirklich, das funktioniert? Wo ist er dann? Der Mann, den ich liebe – wo ist er? Das kann ich dir sagen – er hat getan, was er tun musste. Er ist verheiratet, hat Kinder und lebt sein eigenes Leben. Und ich …« Sie schüttelt den Kopf.

Erst jetzt bemerke ich die flackernde Neonröhre über unseren Köpfen, und ich denke unwillkürlich an Pete, einen Kollegen aus der Instandhaltung, der seit dreißig Jahren nichts anderes tut, als den ganzen Tag Leuchtstoffröhren auszuwechseln. Tagein, tagaus läuft er über die Gänge der Ventura und tauscht Leuchtstoffröhren, die genauso schnell kaputtgehen, wie die Produktion sie nachliefert, und mir fehlen die Worte, um diese Sinnlosigkeit zu beschreiben.

Marianas kalte Hand greift nach meinem Unterarm, und sie zwingt mich, zu ihr aufzublicken. »Hör zu, Seren. Geh einfach da rein und tu das, was du tun musst. Bitte. Du bist mir wichtig. Und Domingo genauso. Deshalb flehe ich dich an, tu bitte, was sie von dir verlangen. Den Rest kannst du hinterher klären.«

Und ich kann es nicht richtig beschreiben, aber ihr Blick sorgt dafür, dass ich plötzlich wieder Luft bekomme. Ich richte mich auf, stelle mich gerade hin, und nach einer weiteren Minute habe ich die Kraft, zu Pan zurückzukehren. Sie hat Deborah auf dem Arm und sieht mich fragend an, doch als ich bestätigend nicke, übergibt sie die Kleine an Cain, und wir gehen hinein.

Begleitet von der Musik schreite ich zum Altar, wo Jonah mich in seinem Talar erwartet, denn Captain Kat hat es natürlich so hingebogen, dass er die Trauung übernimmt. Obwohl er lächelt, sehe ich die Panik in seinen Augen, als hätte er Zweifel, ob ich das durchziehe. Dann blicke ich hinüber zu Ezra, und er sieht mich nicht mal an. Ich sehe nichts als seinen Hinterkopf, bis ich praktisch neben ihm stehe und er mir einen schleimigen Seitenblick zuwirft. Es macht zwar keinen großen Sinn, aber in dem Moment *weiß* ich, was ich tun werde, egal was die anderen denken, egal was Dom und ich besprochen haben, egal was für einen Höllensturm ich damit lostrete. Ich weigere mich, mir für den Rest meines Lebens zu wünschen, ich wäre woanders. Ich weigere mich, mir für den Rest meines Lebens vorzuhalten, wie sehr ich ihn vermisse.

»Ich mach das nicht«, sage ich laut.

Ezra dreht sich abrupt zu mir um. »Was?«

Es dauert eine Ewigkeit, bis die Leute begreifen, was hier gerade vor sich geht. In der Zwischenzeit habe ich mich Dom zugewandt, habe ihn in der Menge entdeckt, und trotz seiner erstarrten Miene und seinem fragenden Ausdruck ist seine Gegenwart so beruhigend, dass ich mich erneut Ezra zuwende. »Ich kann nicht hier stehen und lügen. Dir ist das vielleicht egal, aber mir nicht.«

»Was soll das … was?« Er wirkt ziemlich verwirrt, und im ersten Moment tut er mir fast leid.

Die von der Kultur zeichnen das alles mit ihrer Kamera auf, Captain Kat sitzt vorn in der ersten Reihe, mit verrutschtem Lächeln, ihr Blick zur Seite gewandt. Die meisten Zuschauer starren mit offenem Mund geradeaus, wie totgeschlagene Fische, und als ich über Ezras Schulter hinweg Emmes aufgerissene Augen sehe, mache ich fast einen Rückzieher.

Captain Kat ist inzwischen aufgestanden, ihre Augen geisterhaft blass, ihr Mund unfähig, die passenden Worte zu formen, doch nur so lange, bis sie sich umdreht und sich an die Gemeinde wendet. »Unglücklicherweise hat die Braut meines Sohnes furchtbares Lampenfieber, deswegen müssen wir die Trauung leider verschieben. Bitte verzeiht ihr diesen kleinen Anflug von Nervosität. Wie wir alle wissen, ist der Eintritt in den Lebensbund ein überwältigender Moment.«

Und obwohl wir heute Morgen besprochen haben, dass wir uns den Umständen anpassen müssen, dass wir tun müssen, was die von uns verlangen, um Zeit zu gewinnen und einen anderen Weg zu finden, um trotzdem zusammen zu sein, tue ich genau das, wovor Dom mich gewarnt hat, weil es uns nur Schmerzen und Ärger bringen würde, und ich merke schon jetzt, dass er damit recht hat.

Mit einem Mal befinde ich mich in diesem winzigen Nebenraum, wo der Pastor jeden Sonntag den Gottesdienst vorbereitet. Es ist ein ganz gewöhnliches graues Büro, von dem Kruzifix und den Talaren an der Garderobe einmal abgesehen. Jonah hat mich hierhergebracht, als ihm anscheinend bewusst wurde, dass er etwas tun muss, um die Situation zu retten. Als wir den Raum betreten, hyperventiliere ich so stark, dass ich nicht mehr geradeaus sehen kann, und Jonah hat seine Hand auf meinen Arm gelegt und tätschelt mich, er tätschelt mich, obwohl er so wütend ist, dass er mir nicht mal in die Augen sehen kann.

»Ich hatte keine andere Wahl«, bringe ich keuchend hervor.

Er blickt flüchtig zu mir auf. »Klar, Seren, wenn du das glaubst.« Damit tritt er einen Schritt zurück und späht durch den Vorhang hinaus auf die unruhige Menge.

»Und was glaubst *du*?«, frage ich, während die Übelkeit in mir hochsteigt.

Jonah seufzt, und plötzlich finde ich es ziemlich unheimlich, vor Ezras Doppelgänger zu stehen, der lauter Dinge sagt und tut, die Ezra nie einfallen würden. »Ich glaube, wenn man sich nur lange genug einredet, man wäre glücklich, ist man es auch. Aber der Rat kommt anscheinend zu spät, oder?«

Während ich ihn ansehe, passiert irgendetwas mit meinem Gehör, sodass ich nur noch das Dröhnen der Triebwerke höre und alle anderen Geräusche verstummen. Plötzlich habe ich die Befürchtung, dass ich jeden Moment umkippe oder mich übergebe, doch Dom tritt gerade noch rechtzeitig hinter den lilafarbenen Vorhang und schenkt Jonah nur einen flüchtigen Seitenblick, bevor er zu mir herüberkommt.

»Warum hast du das gemacht?« Er nimmt mein Gesicht in beide Hände, fährt mit den Daumen über mein Kinn, rüttelt mich ein wenig, die Stirn gerunzelt, die Lippen verkrampft, eine Mischung aus Schmerz und Wut. »Wir waren uns doch einig, dass du das durchziehst. Warum hast du das gemacht, Seren?«

Ich hake meine Hände in seine Armbeugen und brülle ihn an. »Weil ich kein Leben ohne dich führen will. Das kann ich nicht!«

Er zieht mich an sich, und ich spüre einen qualvollen Seufzer in seiner Brust. Er nimmt mein Gesicht in beide Hände, fest und verbindlich, und küsst mich, küsst meine Tränen, drängt seine eigenen zurück und scheitert kläglich.

Ich weiß, sie sind hier, sie sind gekommen, und wir können rein gar nichts dagegen tun. Es war vollkommen klar, dass es irgendwann so kommen würde.

Als Captain Kat hinter den Vorhang tritt, weicht sie im ersten Moment zurück, sichtlich angewidert von uns beiden, doch dann kommt sie auf uns zu und steht drohend über uns. Hinter ihr folgt Ezra, und als er uns zusammen sieht, lehnt er sich gegen die Wand und schlägt die Hände vors Gesicht.

»Ich will dieses Spiel nicht spielen, nicht nach euren Regeln«, sage ich. »Ich will niemanden heiraten, nur weil ihr es von mir erwartet. Schon gar nicht, wenn ich einen anderen liebe.«

»Liebe?« Captain Kat blickt von mir zu Dom. »Seren, ist dir eigentlich bewusst, dass du gerade einen Gesetzesverstoß gestehst?«

»So sagt wenigstens einer hier die Wahrheit!«, brülle ich sie an, doch als Dom mich am Arm zieht, wird mir eiskalt. Ich betrachte ihre hochgezogenen Augenbrauen, und anstatt sie zur Rede zu stellen, wende ich mich an Ezra. »Ich kann dich nicht heiraten.« Ich bemerke seine geschürzten Lippen, als wären die Worte in seinem Mund zu schrecklich, um sie laut auszusprechen. Ich gehe auf ihn zu und will seine Hand nehmen, doch er zieht sie zurück. »Wenn ich mich nicht verliebt hätte«, sage ich, »dann hätte es vielleicht funktioniert. Ich will gar nicht behaupten, dass ich nicht nachvollziehen kann, warum Leute das tun, das kann ich schon. Aber wenn man erst mal weiß, wie sich wahre Liebe anfühlt, dann ist nichts mehr so, wie es war, dann gibt es kein Zurück.«

»Du brauchst dir das nicht anzuhören, Ezra«, sagt Captain Kat, doch der stürmt bereits hinaus, und sie kann nichts anderes tun, als mich mit ihrem Blick zu durchbohren und ihm mit großen Schritten zu folgen, vorbei an meinem Großvater, dem sie im Hinausgehen einen vielsagenden Blick schenkt.

»Seren«, sagt Grandpa, als wäre mein Name ein Befehl an die Dunkelheit, ein finsteres Zauberwort, das nicht leichtfertig ausgesprochen werden darf, ein geheimes Losungswort, das die Kräfte der Hölle entfesselt. Ich spüre seine Hand an meiner Schulter und schüttle sie auf der Stelle ab.

»Lass mich los!«

»Seren, du musst zu Dr. Maddox. Wir machen uns große Sorgen. Es geht dir nicht gut.«

»Sie wird nirgendwo hingehen«, sagt Dom, der mich fest an seine Brust zieht, wo ich nur seinen Herzschlag höre, wo ich für immer bleiben möchte.

»Suarez, lassen Sie meine Enkelin los, sonst sehe mich gezwungen, andere Schritte einzuleiten. Sie haben kein Recht, über sie zu bestimmen, weder jetzt noch in Zukunft.«

»Ich will gar nicht über sie bestimmen!«, sagt Dom. »Sie braucht weder mich noch sonst jemanden, der Entscheidungen für sie trifft. Sie ist klüger und fähiger als wir alle zusammen. Ich bin der Einzige, der *nicht* über sie bestimmen will!«

»Nichtsdestotrotz verstoßen Sie gegen die Vorschriften der Ventura Communications Incorporated und der Euro-American Space Agency. Sie haben den verwundbaren Geisteszustand einer jungen Frau ausgenutzt …«

»Den verwundbaren Geisteszustand? Sie ist die Einzige, die hier bei klarem Verstand ist!«

»… und das Zuchtprogramm dieser Mission gefährdet. Angesichts Ihrer Vorstrafen ist es äußerst wahrscheinlich, dass Sie hierfür die Arbeitszulassung entzogen bekommen und in der Besserungsanstalt einsitzen werden.«

In dem Moment reißt mir der Geduldsfaden, reißt wie ein dickes Tau, das mir urplötzlich entgleitet. Ich wende mich an meinen Großvater und sehe, wie er mich mit kalten grauen Augen mustert.

»Was gibt dir das Recht, andere zu zerstören? Was macht dich zu Gott?«, frage ich, ruhiger als erwartet, doch erfüllt von einer glühenden Wut.

Er runzelt die Stirn. »Seren, ich maße mir nicht an, Gott zu spielen, aber als Sicherheitschef der Ventura habe ich die Pflicht, bei Regelverstößen sofortige Verhaftungen vorzunehmen, insbesondere wenn die betreffende Person andere Besatzungsmitglieder gefährdet. Und als dein Großvater bin ich mitverantwortlich für dein seelisches Wohlbefinden. Es geht dir nicht gut, und du musst behandelt werden. Bitte kommen Sie herein, Dr. Maddox.«

Dr. Mad tritt aus dem Schatten meines Großvaters, in offizieller Dienstkleidung, die Augenbrauen zusammengezogen, sein seltsames Bärtchen noch schärfer und eckiger rasiert als sonst, als bestünde sein Gesicht aus einzelnen Pixeln. »Komm bitte mit, Seren. Ich bringe dich in Sicherheit.«

»Ich bin hier in Sicherheit!«, brülle ich, die Arme eng mit Doms verhakt, als wolle ich mich an ein Boot fesseln, das von einer gigantischen Welle mitgerissen wird. »Lasst mich in Ruhe! Dom ist der Einzige, bei dem ich mich sicher fühle.«

Mein Großvater tritt zur Seite, um fünf Leute vom Sicherheitsdienst vorbeizulassen, die irgendwie noch beängstigender aussehen als sonst, in ihren schwarzen Uniformen mit glänzenden Metallteilen, die funkeln wie Splitter von Eis. Mit einem Mal stürzt alles über mir zusammen, wie schon so oft, und ich sehe meinen Vater im Türrahmen, den Blick abgewandt, den Blick zu Boden gerichtet.

»Dad!«, flehe ich ihn an. Er runzelt die Stirn, sieht flüchtig zu mir auf, sieht wieder weg.

Die Sicherheitstypen packen Dom am Arm, und ich will mich dagegen wehren.

»Bitte nicht, estrellita – ist schon okay.«

Ich schlinge die Arme um seinen Nacken, ziehe ihn zu mir herunter, küsse ihn, während er von den Männern weggezogen wird. »Wir schaffen das irgendwie«, flüstert er mir zu. »Mach dir keine Sorgen, okay? Ich liebe dich. Tu einfach, was die sagen, bitte.«

Am Ende stehe ich einfach nur da, mein Blick verschmolzen mit seinem, alles andere verschwommen, und dann ist er weg. Ich presse meine Faust gegen die Lippen, als könnte ich mein Schluchzen unterdrücken, und dort, wo eben noch Dom gestanden hat, steht plötzlich mein Großvater. Er sieht aus, als wolle er etwas sagen, aber ich komme ihm zuvor. »Wage es nicht, mit mir zu reden«, schreie ich. »Ich will nie wieder mit dir reden. Nie wieder.«

Es stellt sich die Frage, warum ich das alles tue. Warum ich alles noch schlimmer mache. Aber ich weiß es selbst nicht. Vielleicht bin ich heute Morgen aufgewacht und musste feststellen, dass mein Leben gar nicht mir gehört, dass es immer den anderen gehört hat und immer gehören wird, und ich kann rein gar nichts dagegen tun. Außer mich selbst zu zerstören.

KAPITEL 23

Lieber Dom,

die wollen dich nicht zu mir lassen, also kann ich nur warten. Jede Minute, die wir nicht zusammen sind, warte ich darauf, dich wiederzusehen. So geht es mir, seit wir uns das erste Mal begegnet sind. Aber hier drinnen ist es noch viel schlimmer, weil sie dich von mir fernhalten. Alles ist viel schlimmer.

Ich habe dir schon mal gesagt, ich bin nicht stark. Das weiß ich aus Erfahrung, und ich habe gelernt, damit zu leben, es zu akzeptieren. Aber ich raste total aus, wenn die mir sagen, dass sie mich hierbehalten wollen und dich nicht zu mir lassen. Man kann sich die Situation nicht vorstellen, bis man sie selbst erlebt, und dann wird einem erst bewusst, dass jemand, der wie ein Tier eingesperrt wird, sich auch wie ein Tier benimmt.

Ich habe fast schon vergessen, wie man spricht, und es dauert garantiert nicht lange, dann habe ich auch vergessen, wer ich bin, und verwandle mich in einen anderen Menschen. Jemanden, den ich nicht mal mehr kenne. Jemanden, der nie schläft, der so angespannt ist wie tausend winzige Metallfedern. Dabei merkt man erst mal, dass regelmäßiger Schlaf genauso wichtig ist wie die Luft zum Atmen. Ich bin so sauer, weil die mich hier festhalten, mich von dir fernhalten, aber ich fühle mich auch schuldig, weil ich es selbst zu verantworten habe. Ich bin an allem schuld, richtig? Und anstatt zu schlafen, muss ich die ganze Zeit daran denken. Meine Gedanken drehen sich gnadenlos im Kreis, immer und immer wieder, bis ich so aufgedreht bin, dass ich keine Luft mehr bekomme, und mir wird heiß und kalt, und ich weiß nicht mal mehr, was es heißt, müde zu sein.

Du weißt sicher, dass die Besserungsanstalt zwei Bereiche hat, einen für Frauen und einen für Männer, und jeder Bereich ist noch mal unterteilt in Verrückte und Kriminelle. Die nennen das natürlich anders. Die nennen das Geistige Gesundheit und Persönlichkeitskorrektur. Aber wir wissen alle, was damit gemeint ist.

Ich teile mir die Koje mit einer Frau namens Beth, deren Lebenspartner gestorben ist, bevor sie ihm ein gesundes Kind austragen konnte (sie hatte drei Totgeburten). Aber wir wissen ja, wie das läuft – die Show muss weitergehen! So ein alberner Todesfall darf deren geliebtes Zuchtprogramm nicht gefährden. Und die Ironie des Ganzen ist, dass ihr letztes Kind tatsächlich überlebt hat, aber sie ist so fertig, dass sie den Kleinen nicht lieben kann, ihn nicht mal halten kann. Alle fragen sich, warum sie solche Depressionen hat, aber das liegt doch auf der Hand – ihr Leben ist einfach nur furchtbar.

Die eine Wand des Aufenthaltsraums besteht aus einer verspiegelten Scheibe, und dahinter sitzt ständig ein Pfleger, meist dieser Ronaldo, ein Typ mit seitlich rasiertem Kopf und tätowierten Armen. Der passt anscheinend auf, dass wir uns nicht an einer Wand das Gehirn zu Brei schlagen oder so was in der Art, deshalb versuchen wir es gar nicht erst. Stattdessen lauschen wir den typischen Krankenhausgeräuschen: dem Piepen und den Schreien, den Unterhaltungen der Pfleger bei

Schichtwechsel, die mir vorkommen wie aus einer anderen Welt.

Alle acht Stunden erscheint dieser Ronaldo oder ein anderer Pfleger, um unsere Vitalwerte zu kontrollieren, Fieber und Blutdruck zu messen und Medikamente zu verabreichen, die unseren Verstand ausschalten und uns in einem umnebelten Zustand dahinvegetieren lassen. Und zu allem Überfluss kommt er jeden Morgen zur ersten Schicht und verlangt, dass ich meine Turnschuhe anziehe und mit ihm joggen gehe. Natürlich mache ich das, damit ich wenigstens ab und zu mal hier rauskomme, auch wenn er die ganze Zeit dabei ist und neben mir herläuft, sein verschwitzter Ellbogen dicht an meinem, sein Atem hörbar stockend. Und die ganzen Leute, die ich vom Laufen her kenne, machen plötzlich einen riesigen Bogen um mich, als hätte ich eine ansteckende Krankheit. Jedenfalls ist es plötzlich ein Luxus, endlich mal wieder aufs Haupt- oder Aussichtsdeck zu kommen, deshalb mach ich das alles mit, und irgendwie ist mir das Laufen noch nie so leichtgefallen. In meiner Situation kommt einem das Weglaufen oder Flüchten natürlicher vor als irgendetwas sonst, und es ist der einzige Moment des Tages, in dem sich mein Verstand nicht gegen mich wendet, sich nicht selbst zerfleischt.

Die haben mir von Anfang an erklärt, dass du mich nicht besuchen darfst, deshalb denke ich die ganze Zeit an dich und mache mir Sorgen. Dabei frage ich mich, wie du mit den Vorwürfen klarkommst, schließlich hast du gar nichts verbrochen, außer dein Leben zu leben und dich zu verlieben.

Sie beobachten mich. Sie beobachten mich rund um die Uhr. Beim Duschen hat Ronaldo immer einen Fuß in der Tür. Wenn ich nachts aufwache, egal zu welcher Uhrzeit, und mich an die Bettdecke klammere, weil ich mir im Halbschlaf einbilde, es wäre dein Körper, höre ich jedes Mal, wie sich der Kamerawinkel verändert, und ich weiß, sie beobachten mich auf ihrem Bildschirm im Schwesternzimmer.

Eines Morgens besucht mich Pan, um mir im Aufenthaltsraum Gesellschaft zu leisten, während ich Deborah auf den Schoß nehme. Pan will mit mir reden, aber sie macht keine vernünftigen Vorschläge, worüber, also sage ich gar nichts. Stattdessen betrachte ich Deborah so eingehend und intensiv, dass es wahrscheinlich komisch aussieht, aber ich frage mich die ganze Zeit, was wohl mal aus ihr wird, ob sie auch eines Tages durchdreht.

Dad kommt irgendwann vorbei und sitzt einfach nur da, setzt sich neben mich und sagt, wie dünn ich geworden bin, aber das ist auch schon alles, mal davon abgesehen, dass Sarah, die Pflegerin, die an dem Tag Dienst hat, hinterher zu mir meint, was für ein netter Kerl er ist, dabei denke ich unwillkürlich, das könnten sie irgendwann mal in seiner Trauerrede sagen. Und ehrlich gesagt finde ich, man sollte in seinem Leben schon etwas mehr vorweisen können, als einfach nur nett zu sein.

Mein Großvater war noch nicht hier. Er ist eben jemand, der sich nicht blicken lässt, wo er nicht erwünscht ist.

Wenn Mariana auch nicht kommt, heißt das wahrscheinlich, dass sie die Schuld bei mir sucht und genauso wütend ist wie ich selbst.

Außerdem bin ich nicht mal sicher, ob ich überhaupt will, dass jemand zu mir kommt und mich so sieht, mit fahler Haut, dunklen Ringen unter den Augen und einem Gesicht, das mich an eine Leichenmaske erinnert, bleich und leblos, starr und wächsern.

Ich esse so gut wie nichts, und obwohl gerade mal zwei Wochen um sind, habe ich das Gefühl zu verschwinden und immer weniger Platz einzunehmen. Manchmal frage ich mich, ob ich hier sterben werde, weggesperrt im Innern dieses Schiffes, in den einsamen Weiten des Universums, zwischen unzähligen Sternen. Wenn sie mich so lange von dir fernhalten, können sie mir genauso gut den Sauerstoff abdrehen, ist denen das nicht bewusst?

Ich glaube, das habe ich dir nie erzählt, aber deine Haut, dein Körper ist das Einzige, was in mir dieses Gefühl weckt, dein Duft der einzige Geruch, der mich wirklich beruhigt, dein Herzschlag das einzige Geräusch, das mir ein Gefühl von Zuhause vermittelt. Du wurdest zwar eigentlich nicht für mich geschaffen, doch jede Zelle deines Körpers verströmt eine persönliche Botschaft nur für mich. Und das beweist doch, was wir schon lange wussten – dass man gewisse Dinge nicht im Labor erzeugen kann.

Deshalb überlege ich mir die ganze Zeit, wie ich der Situation entfliehen kann. Aber keine Sorge, diesmal ist es anders. Seit ich dich kenne, will ich dem Leben nicht mehr entfliehen, so wie meine Mutter. Ich will nur dieser Station entfliehen, um endlich zu dir zu kommen, um dich wiederzusehen, mein Liebling.

Bitte warte auf mich.

In Liebe,
Seren

KAPITEL 24

Es ist wie ein Albtraum. Als wäre ich heute Morgen nicht aufgewacht, sondern würde immer noch diese verschwitzten morgendlichen Grausamkeiten träumen, die mich gnadenlos verfolgen wie zornige Geister. Und genauso fühle ich mich, als Ronaldo hereinkommt, um mir zu sagen, dass die Besuchszeit angefangen hat, aber mein Besuch will anscheinend aufs Zimmer kommen, denn er verlässt den Raum und nimmt Beth gleich mit, um sie in den Aufenthaltsraum zu bringen. Es ist so ziemlich das erste Mal, dass ich in diesem Raum allein bin, was mir irgendwie komisch vorkommt. Ich habe mich gerade angezogen und festgestellt, wie dürr meine Beine und Hüften geworden sind, als sie auch schon einmarschieren wie eine feindliche Armee, gehüllt in eine Aura von eisiger Luft, und mir solche Angst machen, dass ich mich instinktiv zusammenkauere, die Hände schützend über den Kopf geschlagen, ehe mir bewusst wird, wer da eigentlich ist.

Captain Kat, Ezra und Grandpa.

Die drei nehmen unaufgefordert Platz. Grandpa setzt sich neben mich aufs Bett, die anderen auf die Stahlbank gegenüber, und im ersten Moment sieht mich keiner an. Captain Kat betrachtet die Wände, Grandpa studiert den Fußboden, und Ezra lässt den Kopf hängen und starrt auf seine verschränkten Hände zwischen den Knien.

»Wie geht es dir, Seren?«, fragt Captain Kat, die mich immer noch nicht ansieht. Natürlich gebe ich ihr keine Antwort, sondern verziehe nur das Gesicht und versuche, möglichst nicht zu zittern.

Großvater seufzt. »Seren, wir sind hier, um eine Lösung zu finden. Eine Lösung, mit der alle leben können.«

»Das stimmt doch nicht.« Ich schüttle den Kopf. »Ich kenne euch besser.«

Captain Kat seufzt musikalisch. »Seren, bitte! Warum machst du es dir eigentlich so schwer? Du und Ezra, ihr seid füreinander bestimmt. Deine Krankheit braucht eurem Glück nicht im Wege zu stehen.«

Ich sehe meinen Großvater an. »Hört mir überhaupt jemand zu? Jemals?«

Er wiegt seine Kappe in den Händen und seufzt. »Wir müssen uns an die Regeln unserer Gesellschaft halten, um eine angemessene Lösung zu finden.«

Ich stehe auf, ich kann einfach nicht anders. »Hör auf, so zu reden. Ich habe keine Lust, mir diesen Mist anzuhören.«

Captain Kat steht ebenfalls auf und überragt mich mühelos. »Ich schlage vor, du setzt dich wieder hin und hörst den Menschen zu, die eindeutig mehr Ahnung haben als du, und zwar in jeglicher Hinsicht.«

»Nur nicht in der Hinsicht, die wirklich zählt.« Ich starre sie so hart an, dass meine Augen anfangen zu brennen.

Ezra lehnt sich rückwärts gegen die Wand und massiert seine Nasenwurzel. »Ich sag doch, das bringt nichts.«

»Ezra, du bist an der Sache nicht ganz unschuldig«, sagt Captain Kat. »Ihr hattet nicht mehr zu tun, als halbwegs miteinander auszukommen, eure Pflichten zu akzeptieren und euch loyal zu verhalten.«

»Ich bin aber nicht derjenige, der mit diesem Fischtypen geschlafen hat.«

Sie setzt sich wieder und lacht ein humorloses Lachen. »Werde bitte erwachsen, Ezra. Das hier hat nichts mit diesem Suarez zu tun. Er ist vollkommen irrelevant. Bald wird er keine Rolle mehr spielen.«

»Was soll das heißen?«, frage ich. »Was wollen Sie damit sagen?«

Captain Kat durchbohrt mich mit ihrem Blick. »Glaubst du wirklich, dass jemand, der diese Mission mutwillig gefährdet und sämtliche Regeln missachtet, ungeschoren davonkommt? Wir können es uns nicht erlauben, Individuen zu tolerieren, die alles daran setzen, unsere bestehende Ordnung, unsere Errungenschaften zu zerstören.«

»Dom hat nie versucht, etwas zu zerstören. Was … was haben Sie mit ihm gemacht?« Ich spüre, wie ich in Panik gerate, schrecklich und unaufhaltsam, als würde ich aus großer Höhe herabstürzen. Ich fange an zu zittern, bis meine Zähne aufeinanderklappern. Nur weil Grandpa mich im letzten Augenblick zurückhält und meine Handgelenke packt, gehe ich ihr nicht an die Kehle. »Ich will wissen, wo er ist!«

»Benimm dich nicht wie ein Kleinkind«, sagt Captain Kat. »Ich weiß, du bist krank, aber im Moment machst du dich einfach nur lächerlich.«

»WO IST ER?«

»Was spielt das für eine Rolle? Er ist niemand.«

»Captain Lomax, bitte …«, sagt Grandpa.

»Bitte was?«, zischt sie zur Antwort.

Ich wende mich an meinen Großvater und packe den Stoff seiner schwarzen Uniform, um ihn zu zwingen, mir in die Augen zu blicken, doch vergeblich.

»Bitte, Grandpa. Bitte sag, dass es ihm gut geht. Bitte lass nicht zu, dass ihm etwas passiert. Bitte, bitte.«

»Techniker Suarez wurde auf Kaution freigelassen. Mit eingeschränkter Bewegungsfreiheit.«

»Was heißt das?«

»Er trägt eine elektronische Fußfessel, die ein Signal sendet, sobald er versucht, den Westflügel zu verlassen. Sein Prozess wird beginnen, sobald wir die Umlaufbahn von Huxley-3 verlassen haben. In Verbindung mit seinen Vorstrafen wird der ZP-Verstoß wahrscheinlich mit einer Haftstrafe sanktioniert werden.«

»Aber was …? Er hat doch gar nichts gemacht! Das ist alles meine Schuld – ganz allein meine. Er kann nichts dafür.«

»Du bist krank. Du bist sechzehn und krank. Du kannst nicht zur Rechenschaft gezogen werden.« Grandpa blickt zu Boden, anstatt mich anzusehen.

Captain Kat seufzt. »Können wir jetzt weitermachen?«

»Aber natürlich. Wir müssen uns um die praktischen Aspekte kümmern.« Grandpa reibt sich über die Wange, als wäre er zu Tode erschöpft. »Wir sind gekommen, um uns einen Plan zu überlegen. Einen Plan, der für alle Beteiligten funktioniert. Seren, du wirst so lange hierbleiben, bis du dich erholt hast und die Dinge so akzeptieren kannst, wie sie sind.«

»Ihr könnt mich hier nicht festhalten. Mir fehlt doch überhaupt nichts!«

Jeder sieht irgendwo anders hin, nur nicht zu mir, genau wie am Anfang, als sie hereingekommen sind.

»Seren«, sagt Grandpa, während er meine Hand tätschelt, sodass ich innerlich zusammenzucke. »Seren, wir können dich nicht entlassen. Nicht solange wir nicht sicher sind … dass alles geklärt ist.«

»Geklärt?«

»Du bleibst hier … wo du in Sicherheit bist … so lange, bis du deine Fehler einsiehst … bis du bereit bist, zu heiraten und deine Rolle, deine Pflichten in dieser Gesellschaft wahrzunehmen.«

Ich sehe ihn an und weiche entsetzt zurück. Ich spüre mein wutverzerrtes Gesicht, während ich Captain Kat und Ezra ansehe. »Ich habe keine andere Wahl, oder?« Da Ezra mich immer noch nicht ansieht, brülle ich: »ODER?«

Schließlich blickt er doch zu mir auf, leichenblass und mit leeren Augen. »Glaubst du etwa, ich?«

Darauf gibt es nicht viel zu sagen, also bleiben wir alle stumm sitzen und atmen die Stille, die sich endlos dehnt.

»Glaubst du, für mich oder irgendwen sonst war es leicht?«, fragt Captain Kat, den Blick in die Ferne gerichtet, wie ich es von ihr nicht kenne. »Man erfährt von seinem Bund und muss das Beste daraus machen. Ich war anfangs auch nicht glücklich mit Marshall.«

Ezra verlagert das Gewicht.

»Tut mir leid, Liebling«, sagt sie, »aber so ist es.« Sie zuckt mit den Schultern. »So ist es nun mal. Es war lange Zeit schwierig. Aber ich glaube an unsere Besatzung, an unsere Kultur, an unser Leben auf der Ventura. Und als ich Marshall verloren habe, da …« Sie blickt flüchtig zu Boden, dann wieder in den Raum und schüttelt ihr Haar. »Nach elf gemeinsamen Jahren musste ich feststellen, dass er mir tatsächlich fehlt. Er fehlt mir mehr, als ich es je erwartet hätte, und das ist noch heute so.«

Ich habe keine Ahnung, was sie da gerade abzieht, aber im ersten Moment kommt sie mir fast vor wie ein Mensch, ein echter Mensch. Doch dann wird mir bewusst, dass das genauso zu ihrer Show gehört, zu ihrer Rolle, die sie ein Leben lang geübt hat.

»Ich kann das nicht«, sage ich so unvermittelt, dass mich alle ansehen. »Ich kann nicht so sein wie ihr. Tut mir leid. Ich … ich kann das einfach nicht.«

Sie beobachtet mich, wie ich sie beobachte. »Manchmal erinnerst du mich unheimlich an Gracie.« Ihr Blick ist so eindringlich, dass ich beinahe wegsehe, nur um wieder Luft zu bekommen. Dann steht sie plötzlich auf, um verächtlich auf mich herabzublicken. »Aber nicht im positiven Sinne.« Ihre nächsten Worte klingen kühl und geschäftsmäßig, als würde sie eine Liste abhaken, während sie den winzigen Raum durchschreitet. »Du hast zwei Möglichkeiten, Seren. Du kannst dir das Leben leicht machen und mit uns kooperieren. Oder du kannst dich weiterhin querstellen und jedes bisschen Freiheit verspielen, bis du keine eigenen Entscheidungen mehr triffst. Du hast einen Einfluss auf die Ereignisse, aber nicht auf deren Ausgang. Du wirst Ezra so oder so heiraten und seine Kinder austragen. Das kannst du aus freien Stücken tun oder auch nicht. Aber diese Tatsache steht unweigerlich fest, seit deiner Geburt. Komm, Liebling – wir gehen.«

Ezra bleibt vornübergebeugt sitzen, die Finger tief in seinem Haar vergraben. Sie wirft einen letzten Blick über ihre Schulter, ehe sie die Tür öffnet und hinausstolziert. Erst jetzt blickt Ezra auf, blickt mich mit rot geäderten Augen an, und obwohl er kein

Wort sagt, gehen tausend Dinge zwischen uns vor, aber nichts davon ist positiv. Als er ebenfalls geht und sich die Tür langsam hinter ihm schließt, spüre ich, wie es in mir hochkommt. Grandpa hat anscheinend den siebten Sinn, denn er greift geistesgegenwärtig nach dem Mülleimer in der Ecke und stellt ihn vor mir auf den Boden, gerade noch rechtzeitig, bevor ich mich in einem heißen, sauren Schwall übergebe, bis ich nur noch gelbe Schlieren aushuste.

Ich habe die Beine angezogen und liege zitternd auf dem Bett, das Gesicht zur Wand gekehrt, als ich höre, wie Grandpa seufzt und aufsteht, um ebenfalls hinauszugehen.

»Seren, die Dinge sind nun mal, wie sie sind. Sie können gar nicht anders sein. Mit deinem Widerwillen schadest du nur dir selbst.«

»Wenn du meinst, mit solchen Klischees irgendwas erreichen zu können, hast du dich geschnitten«, stammle ich immer noch hustend, mit tränenden Augen und schmerzlich verkrampftem Magen.

»Seren, kannst du … willst du mir nicht wenigstens zuhören und meinen Rat doch noch annehmen? Als dein liebender Großvater, nicht als Sicherheitschef der Ventura?«

Ich gebe keine Antwort, aber er spricht trotzdem weiter. »Das Leben erscheint einem manchmal unfair, aber die Dinge sind aus gutem Grund so, wie sie sind. Ich bin einundsechzig Jahre alt. Ich lebe schon lange an diesem Ort, und den größten Teil meiner Zeit habe ich damit verbracht, unser aller Sicherheit zu garantieren, unseren Lebensstandard zu bewahren und all jene Dinge zu schützen, die uns etwas bedeuten. Ich bin nicht immer … glücklich mit den Entscheidungen, die ich zu treffen oder umzusetzen habe, aber das hält mich nicht davon ab, sie zu tun. Unsere Art des Zusammenlebens in geplanten Familienverbänden ist das Herzstück dieser Mission. Seine Bedeutung kann gar nicht überschätzt werden. Aber trotz allem sind wir …«, er seufzt, ehe er fortfährt, »… immer noch menschlich. Und deshalb haben wir natürlich … Instinkte, die sich nur schwer ignorieren lassen. Du bist leider nicht die Erste und bestimmt auch nicht die Letzte, der es so ergeht. Aber glaube mir, solange ich zurückdenken kann, ist noch nie etwas Positives dabei herumgekommen, wenn man diesem Instinkt nachgibt. Ich meine, sieh dir doch mal an, in welcher Situation ihr beiden jetzt steckt – war es das wirklich wert?«

Ich würde ihn am liebsten anschreien. Schreien und schreien und nie wieder aufhören. Ich würde ihm am liebsten sagen, er und seine bescheuerten Regeln und seine verkorkste Gesellschaft, die alles mit Füßen tritt, was wahrhaft und echt ist, sind der einzige Grund, weshalb wir in dieser Situation stecken. Wir haben keine Wahl, keine Freiheit, und was er als Pflicht bezeichnet, nenne ich Sklaverei. Und ich würde ihm am liebsten sagen, dass es das allemal wert war.

Aber das tue ich nicht. Ich sehe ihn nicht mal an. Ich weiß, er steht eine Zeit lang hinter mir und blickt ratlos auf mich herab, bevor er den Raum verlässt. Er steht so lange da, dass ich mich fast umdrehe und ihn ansehe, aber ich lasse es. Aus Prinzip.

KAPITEL 25

Ein paar Tage später bringt mich Ronaldo in den Aufenthaltsraum, wo Beth von Dr. Mad gezwungen wird, die Weihnachtsdekoration zu reparieren (ist angeblich therapeutisch wertvoll), und er redet so laut mit ihr, dass sie jedes Mal zusammenzuckt.

»Sie ist depressiv, Dr. Maddox, nicht schwerhörig.«

»Ach, Seren.« Er seufzt. »Wie ich sehe, bist du schon wieder ganz die Alte.«

»Sie meinen, schnippisch und sarkastisch?«

Er sieht mich mit schräg gelegtem Kopf an. »Dein Sinn für Humor hat mir schon immer gefallen«, sagt er, aber das ist gelogen, deshalb verziehe ich das Gesicht. »Stationspfleger Benitez hat dir die heutigen Aktivitäten sicherlich erläutert?«

»Aktivitäten?« Ich werfe einen Blick auf Ronaldo, der mich zerknirscht ansieht.

»Kein Grund zur Sorge«, sagt Dr. Mad. »Nur keinen Grund zur Sorge. Ich werde dir helfen, deine Ängste zu kontrollieren und das Prozedere mühelos zu bewältigen. Setz dich bitte zu mir, damit wir in Ruhe reden können.« Er nimmt auf einer der Metallbänke Platz und klopft scheppernd neben sich.

»Was für ein Prozedere?«, frage ich, ohne mich zu setzen.

Schepper, schepper.

»Was für ein Prozedere?« Ich werde instinktiv lauter.

Dr. Mad seufzt und kratzt sich die scharfen Kanten seines Barts. Er wirkt in seiner Uniform absolut lächerlich. Wenn ich mir ansehe, was die Psychiater damals auf der Erde getragen haben, muss ich sagen, da hätte er echt besser hingepasst.

Er legt die Fingerspitzen aneinander und schenkt mir diesen enttäuschten Blick. Das macht er regelmäßig. »Ich habe gehört, du musstest in letzter Zeit oft ruhiggestellt werden?« Er mustert mich in Erwartung einer Antwort, und als er keine bekommt, nickt er bestätigend. »Ich will nicht hoffen, dass wir erneut darauf zurückgreifen müssen. Ich zähle vielmehr auf deine Kooperation.«

Mein Gott, ich muss mich echt zusammenreißen, um ihm nicht an die Gurgel zu gehen. »Dann verraten Sie mir endlich, worum es geht!«

»Du wirst im Sicherheitsbüro erwartet. Um eine eidesstattliche Aussage abzugeben, eine Stellungnahme bezüglich des ZP-Verstoßes.«

Diesmal setze ich mich hin. Lasse mich fallen. Aber zwei Meter von ihm entfernt, nicht auf dieselbe Bank.

Dr. Mad betrachtet mich für einen Augenblick. »Ich werde dir als Fürsprecher zur Seite stehen.«

»Ich brauche keinen Fürsprecher, was immer das sein mag.«

Er schüttelt langsam den Kopf. »Natürlich kannst du meine Unterstützung ablehnen, Seren. Aber wenn die der Ansicht sind, dass du den Termin auch ohne mich wahrnehmen kannst, heißt das zugleich, dass du voll straffähig bist. Und damit könntest du dir selbst eine Haftstrafe in der Persönlichkeitskorrektur einhandeln.« Er deutet auf den anderen Teil der Besserungsanstalt, jenseits der Wände des Aufenthaltsraums, nahe genug, um ab und zu Geräusche zu hören. Überwiegend dumpfe Schläge, manchmal Schreie. »Und dieses Szenario würde ich dir gern ersparen«, fügt er hinzu.

»Und wer übernimmt den Fall?« Ich kann den Blick nicht von meinen Füßen lösen.

»Sicherheitschef Sherbakov jedenfalls nicht, falls du darauf hinauswillst. Er hat sich aus persönlichen Gründen von dem Fall zurückgezogen.«

Ich nicke langsam, immer langsamer, bis ich ganz damit aufhöre und ihn ansehe. »Und wann müssen wir da hin?«

Während der ersten Schicht sind die Gänge ziemlich verlassen, und die Leere weckt in mir eine Orientierungslosigkeit, als hätte ich den normalen Zeitstrahl verlassen und wäre in eine Parallelwelt eingetreten. Es kommt mir vor, als würden die wenigen Menschen, die uns dennoch begegnen, hastig hinter einer Ecke verschwinden, aber Dr. Maddox meint, ich würde mir das alles nur einbilden, und vermutlich hat er damit recht, aber trotzdem.

»Moment mal«, sage ich, als wir mit dem vertikalen Transporter nach oben fahren. »Um welchen Fall geht es hier eigentlich? Um meinen oder um …?« Ich wage es nicht, Doms Namen auszusprechen.

»Warum?« Dr. Mad zieht fragend die Augenbrauen hoch. »Würde das deine Antworten beeinflussen?«

Ich zögere. »Na ja …« Dann zucke ich mit den Schultern.

Dr. Maddox ist ziemlich klein, und als er mir seine Hand auf die Schulter legt, blicke ich ihm direkt ins Gesicht. »Seren, du musst unbedingt die Wahrheit sagen. Wenn man dich beim Lügen erwischt, bekommst du gewaltige Schwierigkeiten, die du dir nicht erlauben kannst. Du musst in erster Linie an dich selbst denken, egal was das für andere bedeutet. Bitte sag, dass du dir dessen bewusst bist.«

Ich gebe keine Antwort, aber mein Puls hämmert schmerzhaft in meinen Schläfen.

Als wir aus dem Transporter steigen, stehen wir direkt vor dem Eingang der Sicherheitswache. Weil ich in der Vergangenheit öfters mit Grandpa hier war, weiß ich, dass der Eingangsbereich die Plaza überblickt und der jeweilige Empfangsmitarbeiter die ganze Zeit nach unten glotzt, um möglicherweise jemanden zu erwischen, der gerade etwas Verbotenes tut, wie etwa sich zu prügeln oder zu betrinken oder in die falsche Person zu verlieben. Als ich zusammen mit Dr. Maddox durch die Tür trete, seine Hand an meinem Ellbogen, gehe ich schnurstracks zur Fensterscheibe, während Dr. Mad am Empfang stehen bleibt, um sich superleise mit dem Mitarbeiter zu unterhalten. Ich kenne ihn, so wie ziemlich jeden hier, deshalb will ich den unangenehmen Blickwechsel um jeden Preis vermeiden.

Unten auf der Plaza geht das Leben seinen gewohnten Gang, auch wenn gerade nicht allzu viel los ist. Die Displays laufen zum überwiegenden Teil vor leeren Stühlen und Tischen, aber ich erblicke eine Gruppe lächelnder Mütter, deren Babys und Kleinkinder in der Nähe am Boden spielen. Erst auf den zweiten Blick entdecke ich Pan unter ihnen, die ihr Haar locker zu einem hohen Knoten aufgetürmt hat. Ihr Overall ist halb geöffnet und eine Schulter entblößt, weil sie Deborah gerade stillt. Von der Seite her sehe ich, wie sie sich mit jemandem unterhält und dann lacht, und ich kann nicht mal genau sagen, warum ich mich von ihr betrogen fühle, aber so ist es. Enttäuscht wende ich den Blick ab.

Durch eine Zwischentür werden wir in den Hauptbereich der Wache vorgelassen, und der Sicherheitsangestellte, der uns erwartet, schüttelt höflich meine Hand.

»Juniortechniker Seren Henson? Sicherheitsoffizier Elijah Bartmann. Ich kümmere mich um den Fall.«

Ich blicke notgedrungen zu ihm auf. Wir sind uns wirklich schon mal begegnet, wahrscheinlich bei meinem Großvater, aber er lässt sich nichts anmerken und ich genauso wenig. Außerdem bin ich mir relativ sicher, dass er der ältere Bruder von Marianas Lebenspartner ist, und somit höchstwahrscheinlich auf Annelises Party war, deshalb gebe ich keine Antwort, sondern bekomme stattdessen eine leichte Panikattacke. Erst als wir an einer langen Reihe von flimmernden Bildschirmen vorbeigehen, mache ich mir bewusst, dass das eher unwahrscheinlich ist, denn der Typ muss so Ende zwanzig sein, und in dem Alter geht man normalerweise nicht mehr auf Partys.

Das Verhörzimmer ist eine winzige Abstellkammer mit angeschraubten Sitzen, die sich an einem schmalen Tisch gegenüberstehen. Drei Metallbecher mit Wasser erwarten uns bereits. Dr. Mad und ich nehmen auf der einen Seite Platz, Elijah auf der anderen.

Bevor er etwas sagt, legt er seinen Pod auf den Tisch und aktiviert die Diktierfunktion, dann folgt eine langwierige Einleitung mit Datum und Uhrzeit, Anwesenden und dergleichen, was mich aus irgendeinem Grund so nervös macht, dass mir die Knie zittern. Ich wippe mit den Beinen auf und ab, um es zu überspielen.

Als er seine Einleitung beendet hat, sieht er mich mit seinen dunkelbraunen Augen lange und eindringlich an. »Du hast einen Fürsprecher dabei und kannst ihn jederzeit bitten, an deiner Stelle zu antworten. Aber, Seren, im Grunde möchte ich dich nur bitten, die Wahrheit zu sagen – in Ordnung?«

Ich nicke.

»Schön.« Er berührt ein Display, das neben uns in die Wand eingelassen ist, und öffnet einen Ordner, der lauter Dokumente mit dem Namen »ZP-Verstoß Henson Suarez Beweismaterial« enthält. Es sind so viele, dass sich meine Kehle automatisch zuschnürt. »Es besteht der Vorwurf einer regelwidrigen Beziehung zwischen dir und Techniker Domingo Suarez, achtzehn Jahre und fünf Monate alt, beschäftigt in der Produktion, Abteilung Farm und Fischerei. Wir sprechen von einem ZP-Verstoß der Kategorie 3, der mit einer Haftstrafe von bis zu zwei Jahren geahndet werden kann. Bist du bereit, mir zu diesem Vorwurf ein paar Fragen zu beantworten?«

Ich bin alles andere als bereit, aber da ich kein Wort herausbringe, kann ich nur nicken.

»Wo hast du Domingo Suarez kennengelernt?«

»Wir …« Meine Stimme versagt, also huste ich und fange noch mal von vorn an. »Wir kennen uns aus der Erziehung. Er ist eine Generation älter als ich, also …« Ich zucke mit den Schultern. »Ich kann mich nicht mehr dran erinnern, aber er anscheinend schon. Wir haben uns auf dem sechzehnten Geburtstag meiner Schwester mal unterhalten.«

Die Information wirkt in der Stille nach. Elijah betrachtet mich eingehend, während ich mich frage, warum ich das gesagt habe.

»Hier kennt doch jeder jeden!«, platze ich heraus. »Ich meine, nicht so richtig, aber vom Sehen. Wir sind auf einem Raumschiff – da gibt es keine Anonymität, oder?« Ich lache und sehe mich um, aber niemand stimmt ein.

Dr. Mad tätschelt meine Hand, die auf meinem zuckenden Oberschenkel ruht. »Schon gut, Seren«, sagt er. »Bleib bitte ruhig und beantworte die Fragen. Mehr verlangen wir gar nicht von dir.«

»Hast du dich in jüngerer Zeit mit Techniker Suarez unterhalten?« Elijah zieht fragend die Augenbrauen hoch.

Ich versuche, Zeit zu gewinnen. »Was heißt unterhalten? Meinen Sie … hallo, wie geht's, kannst du mir mal die Uhrzeit sagen?«

Elijah zeigt keinerlei Regung, er beobachtet mich nur und sagt: »Okay, ich werde die Frage umformulieren: Wie würdest du deine Beziehung zu Domingo Suarez beschreiben?«

Ich zucke mit den Schultern. »Keine Ahnung, wir sind so was wie Freunde. Wir sehen uns ab und zu.«

»Kannst du mir bitte beschreiben, unter welchen Umständen ihr euch in den letzten zwölf Wochen gesehen habt?«

»Also, mal ehrlich.« Ich lache. »So gut ist mein Gedächtnis auch wieder nicht. Wir sind uns über den Weg gelaufen – bei irgendwelchen Partys oder so. Ich arbeite mit seiner Cousine zusammen. Und … das ist auch schon alles.«

»Das ist alles?« Elijah beugt sich über den Tisch, studiert meine Züge. Im grellen Licht der Deckenbeleuchtung liegen seine Augen tief im Schatten. »Sonst hast du mir nichts mitzuteilen?«

Ich tue so, als würde ich darüber nachdenken, dann schüttle ich den Kopf. Elijah seufzt so tief und ausgiebig, dass sein Atem über den Tisch weht und meine Finger kühlt. Er wendet sich erneut dem Display zu und öffnet eine Audiodatei.

»… bin aus der Toilette gekommen und habe die beiden, na ja, sagen wir, bei einer leidenschaftlichen Umarmung erwischt, an die Wand gedrängt und alles. Sie haben versucht, die Sache herunterzuspielen, als wäre es ein einmaliger Fehltritt, aber da war definitiv mehr. Nicht als …«

Er unterbricht die Aufnahme. »Möchtest du dem noch etwas hinzufügen?«

Arnold Witney. Verdammt.

»Keine Ahnung, von wem er da redet«, sage ich mit zitternder Stimme. »Jedenfalls nicht von mir.«

»Ist dir eigentlich bewusst, dass du dich und Suarez mit einer Falschaussage nur noch mehr in Schwierigkeiten bringst?« Er lehnt sich zu mir vor, dicht über den Tisch gebeugt, den Blick zu mir hochgewandt. »Ist dir das bewusst, Seren?«

Ich nicke.

»Gibt es noch etwas anderes, dass du mir über deine Beziehung mit Techniker Suarez erzählen möchtest?«

Ich schüttle den Kopf.

»Ganz sicher?«

Ich schüttle erneut den Kopf.

Er wendet sich wieder dem Display zu, während ich einen gigantischen Kloß herunterschlucke. Er klickt auf eine weitere Audiodatei. Eine Stimme dringt aus dem Lautsprecher, ziemlich verzerrt, aber nach ein paar Sekunden erkenne ich den Sprecher. Es ist einer von Doms Mitbewohnern, der auch in der Band spielt.

»Also, ich will nicht ins Detail gehen … aber das ging schon so weit, dass einem klar war, wenn man in den Raum kommt, liegen die da auf seinem Bett und machen rum. Wir haben es echt versucht, Mann, wir haben ihm gesagt, die Sache wird nicht gut enden. Aber er war einfach nicht mehr Herr der Lage. Ich kann gar nicht zählen, wie oft ich zu ihm gesagt habe, hör zu, die Kleine hat einen Lebenspartner und du genauso …«

Elijah drückt auf Stopp und lässt die Stille nachwirken. »Und?«, sagt er. »Möchtest du jetzt etwas hinzufügen?«

Ich schüttle den Kopf, zucke mit den Achseln, irgendwie beides gleichzeitig. »Klingt so, als leide der Typ unter Wahnvorstellungen.«

»Okay.« Er legt beide Hände flach auf den Tisch, die Handflächen nach unten. »Ich möchte dir noch eine Frage stellen. Hast du dich je gezielt mit Techniker Suarez verabredet? Oder auf deinem Pod mit ihm gesprochen?«

»Ich …« Ich tue so, als würde ich ernsthaft darüber nachdenken. An meiner Seite wirkt Dr. Mad mit einem Mal angespannt, als hätte er eine dunkle Vorahnung. »Auf meinem Pod? Nicht dass ich wüsste. Eher unwahrscheinlich.«

Elijah erwidert nichts, und es entsteht eine Pause, als würden alle den Atem anhalten. Die beste Gelegenheit, um einzusehen, dass Lügen nichts bringt, aber irgendwie ist es dafür zu spät. Mit einem vielsagenden Blick klickt er auf eine Videodatei, und wir wissen alle, was als Nächstes kommt:

Doms Gesicht, halb verborgen im Schatten, und als das Video anfängt, könnte ich vor Scham im Boden versinken.

»Hallo, ich bin's. Eigentlich sollte ich dich nicht anrufen, aber … keine Ahnung … es ist echt schwer, besser gesagt unmöglich, nicht an dich zu denken. An dich und an gestern Abend und all das. Gott, was machst du mit mir? Komm einfach nach der Arbeit vorbei. Ich kann es gar nicht erwarten, dich zu sehen.«

Ich glaube, es gibt nichts Belastenderes als meinen Blick, als ich Dom auf dem Display erblicke, seine Stimme in mich aufsauge, mir auf die Lippe beiße und meine Tränen herunterschlucke, die unmissverständlich verraten, wie sehr er mir fehlt.

Als das Video vorbei ist, sitzen wir einfach nur da, und alle warten darauf, was ich als Nächstes sagen werde. Selbst ich weiß es erst, als ich den Mund öffne.

»Ja, okay …« Ich schlucke und wische eine Träne weg. »Das eine Mal hatte ich vergessen.«

»Ich habe noch mehr, Seren«, sagt Elijah. »Soll ich sie dir vorspielen?«

Am liebsten würde ich Ja sagen, aber ich schüttle den Kopf.

Elijah hebt seine Hand. »Bevor wir fortfahren, möchte ich dich darauf hinweisen, dass eine willkürliche Falschaussage gegenüber einem Sicherheitsbeauftragten als Gesetzesverstoß gilt und die Verteidigung negativ beeinflussen kann. Seren, möchtest du mir bezüglich deiner Beziehung zu Domingo Suarez noch etwas sagen?«

Und ich weiß nicht, warum, aber an diesem Punkt denke ich, *ihr könnt mich alle mal*. Ich atme tief durch, erst ein, dann aus und blicke ihm fest in die Augen. »Ich will überhaupt nichts sagen.«

Elijah und Dr. Mad wechseln einen vielsagenden Blick, der letztlich dazu führt, dass Dr. Mad und ich aufstehen und zur Tür gehen, während Elijah uns hinterherblickt. »Seren?«

Obwohl ich es nicht will, bleibe ich stehen und drehe mich um.

»Hör zu, wenn du willst …« Er starrt auf die Tischplatte und schüttelt den Kopf, als könne er selbst nicht glauben, was er als Nächstes sagen wird. »Ich werde es dir nicht vorwerfen, wenn du, sagen wir, in den nächsten vierundzwanzig Stunden erneut zu mir kommst und mir eine andere Geschichte erzählst. In so einem Fall …« Er zuckt mit den Achseln. »Älterer Junge, verletzliches Mädchen, da kann man leicht in einen Zwiespalt geraten. Und wir reden hier von jemandem mit einer gewalttätigen Vergangenheit. Niemand würde sich wundern, wenn du Bedenken hättest, gegen ihn auszusagen. Wir haben so was schon häufiger erlebt …«

»Diesmal erleben Sie es nicht, okay?«

Er sieht mich an, ohne sich zu rühren, also wiederhole ich meine Worte, während ich mit dem Finger auf ihn zeige. »Diesmal erleben Sie es nicht!«

Dr. Mad zieht mich zur Tür, schleift mich hinaus auf den Gang, vorbei an der riesigen Wand mit den Bildschirmen, aber ich werde automatisch langsamer, als ich vor dem Verhörzimmer zu meiner Rechten eine vertraute Person entdecke, die sich zögerlich von der Bank erhebt.

»Seren«, sagt Emme, als hätte sie einen Geist gesehen.

»Was machst du denn hier?« Mehr brauche ich nicht zu sagen.

»Na ja …« Sie zuckt mit den Schultern. »Die haben mich als Zeugin vorgeladen.«

Ich muss lachen und trete erleichtert auf sie zu. »Oh, großartig.« Ich nehme ihre Hände. »Gott sei Dank. Erzähl *du* es ihnen. Erzähl denen, dass da nichts war, dass wir nichts gemacht haben, und …«

Emme sieht mich komisch an, so komisch, dass ich irritiert verstumme.

Sie tritt nervös von einem Fuß auf den anderen. »Ich soll ihnen von dem einen Mal erzählen, als ich euch beide zusammen gesehen habe.«

»Aber das ist doch bescheuert … echt lächerlich! Das würdest du niemals tun. Das würdest du mir nicht antun.« Ich schüttle den Kopf. »Oder doch?«

Sie macht große Augen, versucht das Ganze mit einem Lachen abzutun und scheitert kläglich. »Seren.« Seufzend blickt sie zu Boden. »Du weißt, meine Ausbildung ist mir echt wichtig – ein Verwaltungsjob in der Wissenschaft, und das in meinem Alter! Ich habe den Fuß schon halb in der Tür. Da kann ich es mir nicht erlauben, in irgendetwas mit reingezogen zu werden. Außerdem muss ich denen nur erzählen, dass ich euch beide zusammen gesehen habe. Das macht doch keinen großen Unterschied, oder?«

Ich kann sie nicht mal ansehen, während sich die Stille unangenehm dehnt.

»Bedeutet dir unsere Freundschaft eigentlich gar nichts?« Ich sehe, wie sie ihre Lippen verzieht und mich mustert – mein schmales, blasses Gesicht, mein ungewaschenes Haar –, als würde sie mich kaum noch wiedererkennen. Vermutlich betrachte ich sie genauso, mit ihren geschürzten Lippen, ihrem streng nach oben gesteckten Haar.

Ich gehe einfach weiter, lasse sie stehen, ein für alle Mal.

»Du hast Ezra überhaupt nicht verdient«, ruft sie mir hinterher, was mich dazu bewegt, mich erneut umzudrehen.

»Du bist doch nur eine … Marionette«, sage ich laut genug, dass jeder auf der Wache aufblickt und mir zuhört. »Du bist nichts und niemand. Du bist ein Nebenprodukt von diesem Mist. Du bist die Gesamtsumme von diesem ganzen Schwachsinn. Sprich mich nie wieder an. Tritt mir nie wieder unter die Augen.«

Dr. Mad schiebt mich unsanft zur Tür, die sich summend öffnet, und Emme starrt uns mit leerem Blick hinterher.

Schwer atmend warte ich auf den Transporter. Dr. Mad versucht vergeblich, mich zu beschwichtigen, die Handflächen eindringlich erhoben, während ich unruhig auf und ab laufe. Doch er sagt nichts, bringt kein Wort heraus, und daran merke ich, wie wütend er ist, noch bevor er es weiß.

»Seren, ich würde so etwas normalerweise nicht tun«, sagt er, als wir den Lift betreten, und lacht gezwungen. »Aber als dein Fürsprecher und Psychiater habe ich den Eindruck, dein Selbstzerstörungstrieb nimmt gerade derart überhand, dass ich dir die Realität noch einmal vor Augen führen sollte.«

»Die Realität?« Ich betrachte, wie das Licht der einzelnen Etagen über sein Gesicht huscht.

Er wirkt überrascht angesichts meiner Ignoranz. »Du hast einem Sicherheitsbeauftragten ins Gesicht gelogen, und das während einer offiziellen Anhörung.«

»Und?«

»Das ist ein schweres Vergehen, ungeachtet deiner seelischen Verfassung.«

»Na und?« Ich sehe allmählich rot.

Ihm wird bewusst, dass er so nicht weiterkommt, und ändert seine Taktik, lehnt sich rückwärts gegen die Wand, mustert mich durch seine Brille. »Beantworte mir nur eine Frage. Was weißt du über Charles Darwin? Über die Evolutionstheorie?«

Der Transporter hält an und öffnet seine Türen, doch keiner von uns steigt aus.

»Mehr als genug.« Ich halte seinem Blick stand.

Als sich die Türen erneut schließen, spricht er weiter. »Ich will die Sache kurz machen. Manchmal stellt sich heraus, dass eine genetische Linie besser nicht fortgesetzt werden sollte. Wie es seit Jahrtausenden auf natürliche Weise geschieht. Man spricht dabei von ›natürlicher Selektion‹. Nur so sind wir an diesem Punkt angelangt. Tatsache ist, auf der Ventura können wir uns eher erlauben, einen Mann zu verlieren als eine Frau. Deshalb ist man so darum bemüht, dich zu retten. Wir brauchen Frauen, um unseren Nachwuchs auszutragen und aufzuziehen. Denk mal darüber nach. In biologischer Hinsicht sind Männer weitgehend entbehrlich. Aus diesem Grund kommt man in seltenen Ausnahmefällen bisweilen zu dem Schluss, dass der eine oder andere den Erfolg des Zuchtprogramms gefährdet und davon ausgeschlossen werden sollte.«

Er lässt seine Worte nachwirken und sieht zu, wie ich über das Gesagte nachdenke.

»Verstehst du, was ich damit sagen will, Seren?«

Obwohl er eine Antwort von mir erwartet, sage ich kein Wort.

Er schüttelt den Kopf, den Blick nachdenklich gesenkt. »Lass mich nur eins dazu sagen: Ich war schon vor deiner Geburt Psychiater auf der Ventura, und die – in Anführungszeichen – *Selbstmordrate* auf diesem Schiff ist weitaus höher, als es für die Größe der Besatzung zu erwarten wäre, und bei den meisten dieser – in Anführungszeichen – *Selbstmordfälle* haben ich oder meine Kollegen keinerlei typische Symptome feststellen können.«

Der Transporter wirkt seltsam still, während wir bei geschlossenen Türen dastehen. Ich runzle die Stirn. »Und … was wollen Sie damit sagen?«

»Ich will damit sagen: Mach nicht den Fehler zu glauben, Domingo Suarez wäre unentbehrlich, Seren. Die Wissenschaft ist auf derartige Fälle vorbereitet. Bestens vorbereitet. Es gibt ähnliche Spender, die als Ersatz infrage kämen. Und wenn ich Annelise Gutchenmeyer richtig einschätze, kann sie auf einen Lebenspartner gut verzichten, außerdem steht ihr die Möglichkeit einer Neuzuordnung offen.«

»Und das heißt?«, fahre ich ihn an, obwohl ich die Antwort längst kenne und nur nicht wahrhaben will.

Er schlägt mit seiner geballten Faust gegen die Wand des Transporters, ein hämmernder Knall, der wie ein Donner nachhallt. »Das heißt, egal was du tust, egal welche Lügen du denen erzählst, wenn die zu dem Schluss kommen, dass er besser nicht existieren sollte, dann … wird er nicht mehr existieren. Aus deren Sicht stellt ihr beiden eine ernste Bedrohung für die bestehende Ordnung dar. Wenn die Kommandozentrale das für die sauberste Lösung hält, lassen die ihn umbringen, und du kannst rein gar nichts daran ändern.«

Während ich zitternd nach Luft ringe, öffnet sich die Aufzugtür, und Ronaldo steht plötzlich vor uns.

»Alles in Ordnung, Dr. Maddox?«

Keiner von uns sieht ihn an, keiner sagt ein Wort. Ich weiß nicht, was plötzlich in mich fährt, aber ich stürze an ihm vorbei, hinaus auf den Gang, und renne los, ohne zu wissen wohin. Ich muss einfach nur weg. Weg von den beiden. Ich muss zu Dom.

Leider komme ich höchstens drei Meter weit, bevor Ronaldo mich von hinten packt und zum Stehenbleiben zwingt, obwohl ich mich nach Kräften wehre und gegen seine Schienbeine trete.

»Sie muss ruhiggestellt werden«, raunt Dr. Mad, während er das Bedienfeld des Transporters betätigt.

Im Aufenthaltsraum zwingen mich Ronaldo und Sandra zu Boden und schießen mir mit dem Injektionsgerät ins Bein, um mich zu betäuben. Ich werfe ihnen ein paar Beleidigungen an den Kopf, aber das bringt eh nichts, denn sobald man dieses Zeug im Blut hat, kann man nichts mehr machen. Man bricht einfach zusammen wie ein nasser Sack.

Eine Zeit lang starre ich auf Beths Schuhe direkt vor meinem Gesicht, ehe sie sich zu mir hockt und mir hilft, mich auf die Bank zu setzen.

»Was ist passiert?«, fragt sie wie in Zeitlupe, während ich stupide blinzle und den Kopf schüttle.

»Immer der gleiche Mist«, sage ich mit tauben Lippen.

Sie beobachtet mich. »Manchmal wünschte ich, ich wäre so mutig wie du, Seren«, sagt sie. »Aber meistens bin ich froh, dass ich es nicht bin.«

KAPITEL 26

Unsere tägliche Joggingrunde führt uns auch in den Westflügel, wo ich mich die ganze Zeit frage, ob Dom wohl gerade in der Nähe ist, und mich ständig umsehe in der Hoffnung, ihn irgendwo zu entdecken. Und genauso ist es an diesem Morgen, als Ronaldo beim Laufen unvermittelt stehen bleibt. Die anderen rennen an uns vorbei, während er sich zu dem Typen umdreht, der ihn am Ellbogen gepackt hat. »Mira, hombre …«

Und wer immer das sein mag, sagt zu ihm: »Hágame un favor, tío.«

Und weil ich die Stimme jederzeit und in jeder Sprache erkennen würde, drehe ich mich ebenfalls um und ziehe ihn in meine Arme, um seinen Geruch einzuatmen. Es ist Dom.

»Du bist hier, Gott sei Dank«, murmle ich in seine Jacke und halte meine Tränen gerade noch zurück.

Er lächelt mich mit feuchten Augen an, eine Hand an meiner Wange, die andere in meinem Rücken. »Cinco minutos, vale?«, sagt er zu Ronaldo, und obwohl der sich hastig umsieht und ziemlich sauer wirkt, nickt er widerwillig und gibt uns einen Moment. Ich betrachte Doms Gesicht, während er mich zu sich heranzieht.

»Wie hast du das …?«, frage ich.

Er schüttelt den Kopf. »Sagen wir einfach, Benitez und ich haben eine gemeinsame Vergangenheit. Er schuldet mir noch einen Gefallen.«

Somit sitzen wir kurz darauf im Aussichtssaal, hinten in der letzten Reihe, während Ronaldo vorn auf und ab läuft. Wir reden schnell, immer schneller, so schnell, dass wir selbst kaum noch mitkommen, weil Ronaldo uns nur fünf Minuten gegeben hat und sich bestimmt daran halten wird.

»Tut mir leid. Tut mir leid. Tut mir leid«, sage ich immer wieder. »Du hattest recht – ich hätte das nicht tun sollen. Wie geht es dir? Bitte sag, dass es dir gut geht.« Im selben Augenblick ziehe ich sein Fußgelenk in meinen Schoß und betrachte die dicke schwarze Fußfessel, als wäre es eine bösartige Wucherung. Aber er entzieht sich meinem Griff und nimmt meine Hände in seine. Ich blicke zu ihm auf, und erst jetzt bemerke ich die Blutergüsse an seiner Wange und seiner Augenbraue, überzogen von schorfiger Haut. Ich will die Stelle berühren, aber er packt meine Hand und hält sie gefangen.

»Wer war das?«, frage ich.

»Ach, das spielt keine Rolle.« Er schüttelt den Kopf. »Das war nur …« Er muss beinahe schmunzeln. »Das war Annelises Vater.«

»Okay«, sage ich. Keine Ahnung, ob mich das beruhigt, denn ich habe keine Zeit, darüber nachzudenken.

»Hör zu, estrellita«, sagt Dom. »Du darfst die Hoffnung nicht aufgeben. Tu, was du tun musst. Tu, was die von dir verlangen.«

»Aber wie geht es dir?«, frage ich.

»Mach dir um mich keine Gedanken«, sagt er. »Haben die vom Sicherheitsdienst mit dir geredet?«

Ich ziehe seine Hände an meine Brust, an mein Herz und sage: »Ja.«

»Und?« Er schluckt hart.

»Sie versuchen, dir die Schuld in die Schuhe zu schieben.«

Er lächelt, aber es ist ein atemloses, gehetztes Lächeln. »Das ist doch gut, Seren. Das ist die bestmögliche Situation. Das sind gute Neuigkeiten.«

»Aber was … was wird aus dir?«

»Mach dir um mich keine Sorgen.« Sein Gesicht verzieht sich zu einer schmerzhaften Grimasse. »Mach dir bitte keine Sorgen. Ich habe schon mal in Schwierigkeiten gesteckt, und trotzdem hat sich alles zum Guten gewandt.« Aber ich glaube ihm genauso wenig wie er sich selbst, deshalb nimmt er mein Gesicht in beide Hände und blickt mir tief in die Augen, um mich und sich zu überzeugen. »Bitte tu, was für dich das Richtige ist, estrellita. Versuche nicht, für mich zu kämpfen.«

»Ich kann aber nicht anders«, sage ich. »Ich werde immer für dich kämpfen. Immer.«

Seine Hände ruhen an meinem Gesicht, doch er schüttelt den Kopf. »Du weißt, wie sehr ich dich liebe, und das wird sich auch nicht ändern, aber du musst tun, was die verlangen. Bitte hör auf mich. Versprich, auf mich zu hören. Sonst …«

Ich betrachte sein Gesicht, seinen gequälten Ausdruck, seinen zu Boden gewandten Blick, der mir total fremd ist. »Was sonst?« Ich schlucke einen gigantischen Kloß herunter, der sich in meinem Hals zusammenballt, während ich darauf warte, dass er mich endlich ansieht. »Was *sonst*, Dom? Was haben die zu dir gesagt? Was haben die mit dir gemacht?«

Im selben Moment schreitet Ronaldo die Stufen herauf. »Vamos, Seren.«

Aus einem Instinkt heraus sage ich »Nein« und packe Doms Ärmel, ziehe ihn zu mir heran, küsse ihn, halte ihn fest, weigere mich, ihn loszulassen, obwohl Ronaldo hartnäckig an meinem Arm zerrt. »Noch fünf Minuten«, sage ich. »Nur fünf Minuten.«

Ich schlinge die Arme um Doms Oberkörper, lege mein Gesicht an seine Brust, an die Vertiefung seines Brustbeins, der einzige Ort, an den ich wirklich gehöre, der ganz allein mir gehört. Es folgt eine unnatürliche Stille, und ich spüre, wie sich die beiden über meinen Kopf hinweg ansehen, spüre die innere Zerrissenheit Ronaldos, obwohl er sich dessen vielleicht nicht bewusst ist.

Und in diesem Augenblick, diesem kurzen Augenblick der Stille, öffne ich die Augen und sehe ihn, durch die vierfachverglasten Scheiben, unglaublich schön in seinem jenseitigen Blau.

Huxley-3.

Ich höre, wie Ronaldo in meinem Rücken seufzt. »Venga, guapa.« Dann zieht er mich erneut am Arm.

Dom küsst mich ein letztes Mal, während ich behutsam von ihm weggezogen werde. »Bitte tu, was für dich das Richtige ist, estrellita. Dann wird alles gut.«

»Aber du musst gut auf dich aufpassen.« Ich schüttle Ronaldos Hand ab und spüre, wie sie in mir aufsteigt: die Angst. »Ich muss wissen, dass du in Sicherheit bist.« Damit wende ich mich an Ronaldo. »Bitte lass mich los.«

Er wirkt überrascht. »Ich mache hier nicht die Regeln«, erwidert er. »Vamos, wenn wir zu spät kommen, wissen die, dass etwas nicht stimmt, also los.«

Nur weil ich Angst habe aufzufliegen, oder vielmehr Angst, was das für Dom bedeuten würde, lasse ich mich von ihm wegführen, lasse mich von ihm mitschleifen, obwohl ich die ganze

Zeit über meine Schulter blicke, bis wir den Hauptkorridor erreichen, wo Dom in einiger Entfernung stehen bleibt, die Hände hinter dem Kopf verschränkt, und uns beobachtet, bis wir um die nächste Ecke biegen.

Erst jetzt wende ich mich an Ronaldo und sehe, wie er mich mustert. Ich will etwas sagen, aber er unterbricht mich.

»So genau will ich es gar nicht wissen.« Er hebt die Hände. »Ich sag dir nur eins, was mir seit einiger Zeit klar ist. Domingo Suarez hat die traurige Angewohnheit, sich selbst und die Menschen, die ihn lieben, in Schwierigkeiten zu bringen.«

»Warum sagst du das?«, frage ich mit gerunzelter Stirn. Er schweigt, doch so leicht gebe ich mich nicht geschlagen. »Kennt ihr euch?«

»Aus der Erziehung.«

»Dann kennst du auch Mariana?«

Er hält abrupt an, packt mich am Arm, und wir stehen uns auf dem schmalen Gang dicht gegenüber. »Warum fragst du nach Mariana?«

Sein Gesichtsausdruck und seine angespannten Lippen bringen mich aus dem Konzept, sodass ich unwillkürlich ins Stammeln gerate. »Einfach nur so … ohne Grund. Sie … sie ist eine gute Freundin. Oder war es zumindest.«

Er stutzt. »Warum *war*?«

Ich zucke mit den Schultern. »Na ja, ich dachte, sie würde mich mal besuchen, aber das tut sie nicht.«

Er beobachtet mich für einen Moment, ohne ein Wort zu sagen, seine Augen vom Deckenlicht abgeschattet. »Ich glaube, du warst mir sympathischer, bevor du angefangen hast, mit mir zu reden. Und jetzt komm, wir haben schon viel zu lang gebraucht«, sagt er und rennt los.

Als wir auf den vertikalen Transporter warten, nähert sich eine Frau aus der Technik mit kurzen roten Haaren, die eine Schwangerschaftsuniform trägt. Ronaldo gibt ihr einen Kuss, und sie reden leise miteinander, sodass ich kein Wort verstehe. »Deine Lebenspartnerin?«, frage ich, als sie weitergeht.

Ronaldo nickt, und ich denke darüber nach, wie fremd mir das alles erscheint, das normale Alltagsleben. Aber es hat sich noch nie wirklich vertraut angefühlt. Nicht für mich.

KAPITEL 27

In der kommenden Nacht kann ich nicht schlafen. Wie auch? Ich denke die ganze Zeit an Dom, frage mich, wo er gerade ist, ob er sich in Sicherheit befindet.

Und mit null Stunden Schlaf habe ich natürlich null Bock aufzustehen, und das ist in der Besserung die Todsünde schlechthin. Damit kann man die Pfleger so richtig auf die Palme bringen. Im Ernst, die würden fast alles tun, um einen aus dem Bett zu bekommen, als würde es irgendeinen Unterschied machen, wenn man einfach liegen bleibt.

»Mira, steh auf, okay? Mach es mir nicht so schwer. Vamos«, sagt Ronaldo, doch seine Aufforderung wirkt eher halbherzig. Er presst die Lippen zusammen, starrt schmollend zu Boden, reibt seine trockenen Handflächen aneinander.

»Was ist los?«, frage ich.

»Du bist hier nicht die Einzige mit Problemen, guapa. Gestern wurde ein Mann tödlich verletzt. Die Displays sind voll davon.«

Mir wird eiskalt. »Was ist denn passiert?«

»Unfall in einem der Abfallschächte. Er hieß Lucas Brent. Ein Freund meines Onkels.«

»Tut mir leid«, sage ich.

Nur ihm zuliebe stehe ich auf. Ich schleppe mich durch den Raum, versuche mich zu waschen, während er seinen Fuß in der Tür hat und mich mit einem Auge beobachtet.

»Beeil dich«, sagt er, als ich gerade mit dem Anziehen fertig bin.

»Warum?«

»Du hast Besuch.«

»Wer denn?«

Ronaldo gibt mir keine Antwort, sondern zuckt nur mit den Schultern, und bevor ich etwas anderes tun kann, als widerwillig den Aufenthaltsraum zu betreten, tritt sie auch schon durch die Tür. Mariana.

Ich stürze mich auf sie und falle ihr um den Hals, obwohl sie garantiert immer noch wütend ist, aber egal.

»Es tut mir so leid«, sage ich in ihr Haar. »Ich habe alles ruiniert, das war total dumm, aber ich will dich nicht verlieren.« Ich trete einen Schritt zurück, um sie anzusehen, um in ihre traurigen Augen zu blicken, während sie unmerklich den Kopf schüttelt.

»Wenn es jemandem leidtut, dann mir. Ich hätte schon viel eher kommen sollen. Aber ich konnte einfach nicht. Aus egoistischen Gründen. Extrem egoistischen Gründen, aber es hat eine Weile gedauert, bis ich es eingesehen habe. Jedenfalls nachdem … also nach allem, was gerade passiert ist … musste ich einfach mit dir reden.« In dem Moment sehe ich, dass ihre Hände zittern.

Ich runzle die Stirn, schiebe sie zur Bank, lege ihre Hände in meinen Schoß. »Erzähl mir, was los ist«, fordere ich sie auf, doch sie lässt ihren Blick schweifen, betrachtet die beiden Sicherheitskameras an der Decke, den Einwegspiegel an der Wand, Beth und Jean, die vor einem laufenden Bildschirm sitzen, aber in unsere Richtung starren.

»Das ist eine lange Geschichte«, flüstert sie, »die ich hier nicht erzählen will. Aber ich hab doch erwähnt, dass ich schon mal … eine ganz ähnliche Erfahrung gemacht habe, weißt du noch?«

Ich nicke.

»Jedenfalls gehe ich ihm seither aus dem Weg, soweit das eben möglich ist. Aber hier laufe ich ihm zwangsläufig über den Weg.«

Und jetzt kapiere ich es. Natürlich. Ronaldo.

Sie sieht mich an und nickt, dann wendet sie den Blick zu Boden. »Ich weiß, wie armselig das klingt, und deshalb bin ich hier.«

Ich drücke ihre Hände. »Danke, ich bin echt froh, dich zu sehen.«

Sie schüttelt den Kopf. »Das hätte ich dir schon viel eher … erzählen sollen. Vielleicht hättest du die Dinge dann anders gesehen.«

»Das bezweifle ich.«

»Aber ich bin es dir schuldig, zumal Domingo auch in die Sache verwickelt ist.«

Ich runzle die Stirn, und wir blicken beide zu Beth und Jean, die sich aus Langeweile wieder dem Bildschirm zugewandt haben.

Mariana seufzt und spricht mit kaum hörbarer Stimme weiter. »Du weißt ja selbst, wie das ist. Hier erzählt einem keiner die Wahrheit. Wir wachsen auf und glauben, es gibt da einen Menschen, der wie für uns gemacht ist, den wir bedingungslos lieben, von dem man uns im Reagenzglas ein perfektes Baby zeugt und irgendwann einsetzt, als würde das Leben immer so ablaufen.

Aber die erzählen einem nicht, wie es ist, sich in jemanden zu verlieben, den man nicht lieben darf. Oder was es bedeutet, seinem Instinkt zu folgen und hinterher die Konsequenzen tragen zu müssen.«

Es kommt mir vor, als wolle sie lieber nicht weiterreden, aber nachdem sie einen flüchtigen Blick auf die Kameras geworfen hat, tut sie es doch. »Die erzählen einem nicht, wie es ist, ein natürliches Kind zu empfangen und es entfernen zu lassen, weil es nicht legitim ist. Die sagen einem nicht, wie furchtbar einsam man sich fühlt, während der Mann eine zweite Chance bekommt und ein neues Leben anfängt und man es auch noch zulässt.«

Sie zuckt mit den Schultern, macht ein abfälliges Geräusch, als hätte das alles nicht viel zu bedeuten, aber ich platze fast vor Fragen, die sie garantiert nicht hören will, und ich kann mich nur schwer zurückhalten. »Schwanger zu sein, das Kind entfernt zu bekommen – das war bestimmt …«

Kopfschüttelnd betrachtet sie unsere verschränkten Hände. »Seren, das ist das Schlimmste, was mir je passiert ist. Ich muss jeden Tag daran denken. Das war noch viel schlimmer als die folgenden neun Monate in der Besserungsanstalt, weil ich den Vater nicht identifizieren wollte.«

Mir bleibt vor Entsetzen der Mund offen stehen. »Mariana, ich … hatte ja keine Ahnung.«

»Übrigens nicht hier.« Sie lächelt traurig. »Nebenan. Macht aber keinen großen Unterschied.« Sie sieht sich um. »Hier ist es ein bisschen sauberer, weniger Geschrei.« Sie zuckt mit den Achseln. »Reine Schadensbegrenzung. Was hätte es gebracht, ihn auch noch mit reinzuziehen? Aber deshalb hat Domingo getan … was er getan hat. Er konnte die Sache nicht auf sich beruhen lassen. Wegen ihm habe ich ein schlechteres Gewissen als wegen irgendetwas sonst. Dass er solchen Ärger bekommen hat, nur weil ich ihm etwas bedeute. Aber so ist er nun mal. Er tut einfach alles für die Menschen, die er liebt.« Urplötzlich füllen sich ihre Augen mit Tränen, und sie wendet den Blick ab.

Ich bin so schockiert, dass mir im ersten Moment die Worte fehlen. »Mariana, ich …«

Sie hält mich mit einer Hand zurück. »Tut mir leid«, sagt sie. »Ich … ich muss dir noch etwas erzählen. Eigentlich wollte ich es für mich behalten, aber ich mache mir solche Sorgen.«

»Um Dom?« Mein Herz schlägt mir bis hinauf in den Kopf, pocht in meinen Ohren und Augen. »Was ist passiert?«

Sie schluckt und senkt ihre Stimme zu einem atemlosen Flüstern. »Hast du von Lucas Brent gehört?«

»Der Unfall im Müllschacht?«

Sie hält meinem Blick stand, nickt vielsagend. »Das war Doms Schicht. Doms Aufgabenbereich. Er kümmert sich normalerweise um den Abfall. Und das seit über zwei Jahren. Lucas hat ihm die Arbeit nur abgenommen, weil Dom sich an der Hand verletzt hat und den Hebel nicht betätigen konnte.«

In dem Moment verliere ich jeden Bezug zu meiner Außenwelt. Ich kann nichts mehr hören, nichts mehr sehen, bin mir nur vage bewusst, dass Mariana zum donnernden Dröhnen meines Herzens weiterredet.

»Das hätte eigentlich ihn treffen sollen. Die nennen es einen Systemfehler, aber es ist doch wohl klar, was hier wirklich passiert. Dom versucht die Sache herunterzuspielen, aber ich weiß, das war kein Zufall. Seren, bitte. Kannst du nicht irgendetwas tun – mit jemandem reden? Ich würde es nicht ertragen, ihn zu verlieren, und du sicher auch nicht. Was ist mit deinem Großvater – meinst du, er hört dir zu? Seren?«

Ich kann nichts sagen, mich nicht einmal rühren. Ich sitze einfach nur da, überwältigt von Panik, die wie eine eisige Welle über mir zusammenschlägt.

Ist schon komisch, aber man kann sich wahre Angst nicht vorstellen, solange man sie nicht selbst erlebt hat.

KAPITEL 28

Ich kann an nichts anderes mehr denken. Ich kann einfach nicht. Es verfolgt mich, geht mir permanent durch den Kopf. Sie werden ihn umbringen, sie werden ihn umbringen, sie werden ihn umbringen. Natürlich bekomme ich keinen Bissen von meinem Mittagessen herunter. Meine Kehle ist wie zugeschnürt, sobald ich versuche zu kauen und zu schlucken, und ich schmecke rein gar nichts. Deshalb raste ich auch aus, als Sandra mich zum Befruchtungslabor schicken will.

»Was soll ich denn da?«

Sie beißt sich von innen auf die Lippen, sodass sie extrem schmal wirken, und seufzt genervt. »Seren, hör zu, die weihen mich auch nicht in jedes kleinste Geheimnis ein. Ich habe nur die Anweisung, dich hoch ins Labor zu bringen. Und um ehrlich zu sein, will ich es auch gar nicht genauer wissen.«

»Was soll das denn heißen?«

»Gar nichts – also los jetzt.«

Sie packt meinen Ellbogen, doch ich reiße mich los. »Fass mich nicht an!«

Sie schüttelt den Kopf und blickt zu Boden, die Hände in die Hüften gestemmt. »Na los, Seren, das haben wir doch alles schon hinter uns. Wenn du dich wehrst, muss ich dich wieder ruhigstellen. Außerdem hast du heute schon einen Eintrag wegen Essensverweigerung.«

Sie sieht mich an und wartet darauf, dass ich mich geschlagen gebe, aber dazu bin ich nicht in der Stimmung. »Das mache ich nicht.« Ich schüttle den Kopf, während sie mich gegen die Wand schiebt und mir das Betäubungsmittel ins Bein rammt.

Alles erscheint einem irgendwie langsamer, wenn man sediert ist. Man verwandelt sich nicht in ein sabberndes Wrack, aber plötzlich ist einem alles egal, sogar die Dinge, die einem normalerweise alles andere als egal sind.

In diesem Zustand liefert sie mich im Befruchtungslabor ab, und als die mich sehen, total abgemagert, mit leerem Blick, packt sie das nackte Entsetzen. Außerdem reden die mit mir wie mit einer Verrückten, laut und unzusammenhängend. Ein Typ und eine Frau in Med-Uniform, die ständig die Augen verdrehen und komische Kommentare machen, als würde ich nichts davon mitbekommen, tue ich aber schon.

»Wir bringen dich jetzt da rein, Seren, um deine Eignung für eine Implantation zu überprüfen.« Er sagt jedes Wort so klar und deutlich, als würde ich eine andere Sprache sprechen.

»Ich bin noch nicht mal in meinen Bund eingetreten – also warum …?«

Die Frau übernimmt das Wort. »Wir werden die Implantation noch nicht sofort durchführen. Wir wollen nur sicherstellen, dass dein Körper bereit ist, okay?«

Sie sagt das alles in einem gesäuselten Singsang, als wäre es keine himmelschreiende Grausamkeit, sondern total in Ordnung, eine Sechzehnjährige gegen ihren Willen zu schwängern. Während ich mir die Frau ansehe, frage ich mich, ob sie vielleicht diejenige ist, die meine Eizellen entnommen hat und mit ihrer »beruhigenden« Hand beinahe mein Bein aufgescheuert hat.

Und dann liege ich in diesem Labor oder meinetwegen Behandlungszimmer – keine Ahnung, wie die das nennen. Jedenfalls ist der Raum absolut grässlich. Ich liege hilflos da und lasse mich untersuchen, während sich die beiden Ärzte in mein Sichtfeld drängen, um mir zu sagen, dass sie mir irgendwelche Medikamente verschreiben wollen, um meine Gebärmutter vorzubereiten für eine Implantation unmittelbar nach der Hochzeit, die denen zufolge in ein paar Tagen im engsten Familienkreis stattfinden soll.

Um ehrlich zu sein, bin ich sogar froh, dass sie mich sediert haben, denn die Informationen perlen einfach an mir ab.

Irgendwann stehe ich hinter einem schmutzigen Vorhang und zwänge mich in meinen Overall, als ich das Geräusch der Tür höre, gefolgt von einer vertrauten Stimme. Ich reiße den Vorhang zurück und erblicke Ezra, die Hände in die Hüften gestützt.

»Du«, sage ich.

»Sieht ganz danach aus«, erwidert er selbstgefällig wie eh und je. Aber seinem Gesichtsausdruck nach zu urteilen ist er genauso angespannt wie ich.

Einer der Mediziner, der gleiche Typ wie vorhin, steht neben ihm. »Wir möchten mit euch ein Vorgespräch über die Implantation führen. Bitte setzt euch.« Er deutet auf einen Tisch mit einer Bank. »Dabei werden wir natürlich auf all eure Fragen und Sorgen eingehen. Außerdem freuen wir uns, euch das zugewiesene Geschlecht des Babys verraten zu dürfen. Dann wisst ihr schon mal, ob ihr einen Sohn oder eine Tochter großziehen werdet!« Er erinnert mich an einen Fernsehmoderator mit einem schmalzigen Grinsen und allem Drum und Dran. Man merkt sofort, dass er das schon tausendmal gemacht hat. Aber ich frage mich, wie oft wohl mit dieser Reaktion. Die Reaktion besteht nämlich darin, dass Ezra und ich ihn einfach nur anstarren und schweigen, anstatt verzückt zu lächeln oder so was.

»Ist echt … nicht nötig«, sage ich zu dem Arzt.

»Ähm …« Er rückt seine Brille zurecht, blickt auf seinen Pod, dann zu mir. »Inwiefern?«

»Im Ernst?«, frage ich. »Haben Sie noch nicht mitbekommen, dass wir das nicht wollen?«

Diesmal übernimmt die Frau das Wort. »Wisst ihr was – wie wäre es, wenn wir euch für ein paar Minuten allein lassen?«

»Nein danke«, antworte ich, während Ezra so ziemlich das Gleiche murmelt.

»Doch, doch«, erwidert die Ärztin und packt den Typen am Arm. »Fünf Minuten sind manchmal ganz hilfreich.« Sie betätigt den Türöffner, und im nächsten Moment sind die beiden verschwunden.

Ezra kratzt sich an der Nase und rutscht rückwärts auf den Behandlungstisch, den Arm lässig in den Metallbügel gestützt, auf dem gerade noch mein Bein lag. Sein Blick ist so durchdringend. »Was glotzt du so?«, frage ich.

Er runzelt die Stirn. »Na ja, ich … ich will eigentlich nicht, dass es so zwischen uns läuft.«

Darauf gibt es nicht viel zu sagen, also schweige ich, verschränke die Arme vor der Brust und bemühe mich, aufrecht stehen zu bleiben.

»Alles okay?«, fragt er.

Ich spüre, wie mir die Kinnlade heruntersackt. »Hast du sie noch alle?« Ich starre ihn an. »Wie kommst du darauf, dass irgendetwas okay ist? Nichts ist okay. Nichts, was hier passiert, ist auch nur annähernd okay.« Oh Mann, ich weiß echt nicht, was mit mir los ist, aber auf einmal fange ich an zu heulen.

»Gott, Henson!« Er rutscht vom Untersuchungstisch herunter und kommt auf mich zu. Ich weiche so abrupt zurück, dass ich hart gegen die Wand knalle. »Ganz ruhig«, sagt er, als würde er mit einem wilden Tier reden, die Hände beschwichtigend erhoben.

»Lass mich in Ruhe!«, zische ich mit zusammengebissenen Zähnen. »Ich will dich nicht in meiner Nähe haben, okay? Niemals.«

Und im selben Moment passiert es. Es passiert so plötzlich, dass ich vorwärts in seine Arme stolpere und an seiner Brust strande, als hätte mich die Flut dort angespült. Dann taumeln wir beide zur Seite, der Raum verlagert seinen Schwerpunkt, die Geräte und Instrumente klappern in ihren Halterungen, und ein sonores Echo durchdringt das gesamte Schiff.

»Die sollten einen vorher warnen, oder?«, sagt Ezra, ohne zu grinsen.

Ich gebe keine Antwort, zeige keinerlei Reaktion, denn dieser Moment der Richtungsänderung ist so entscheidend, so voller Bedeutung. Die Kräfteverlagerung zerrt an meinen Eingeweiden, meinem Herzen, reißt meine Seele hinab in die Füße, als wäre sie vollkommen unwichtig, verwandelt meinen Körper in eine träge Flüssigkeit. Und deshalb sitze ich mit einem Mal am Boden, in mich zusammengesunken, den Kopf zwischen den Knien, versuche mich irgendwie zu sammeln.

»Das war's dann wohl mit Huxley-3«, stellt Ezra trocken fest, als wäre es vollkommen unwichtig, als wäre es noch unwichtiger als unwichtig.

Ich vergrabe die Finger in meinem Haar, presse sie gegen meinen Schädel und blicke zu ihm auf. Ich fühle mich so matt von dem Betäubungsmittel, dass ich jedes Wort mühsam durchkaue. »Nur wegen dieser verdammten Lüge.«

Er stutzt. »Welcher Lüge?«

Ich stehe mühsam auf und deute auf sein Gesicht. »Du hast es gewusst. Du warst da. Du hast gelogen. Du hast behauptet, der Planet wäre wüst und abweisend – nichts als Lava und Gas und Geröll. Dabei wusstest du, es gibt da unten Strände und Wälder und grenzenlose Schönheit.«

Ehrlich gesagt, ohne dieses Betäubungsmittel hätte ich das niemals von mir gegeben, aber jetzt ist es raus, und er fragt glücklicherweise nicht, woher ich das weiß, sondern senkt nur den Blick zur Seite.

»Und wenn es so wäre, was macht das für einen Unterschied?«

»Keine Ahnung«, sage ich. »Einen großen Unterschied. Dann hätte ich vielleicht … keine Ahnung … von hier fliehen können. Dann hätte es nie so weit kommen müssen.«

»Na klar, Henson.« Er lacht. »Du hättest doch keinen blassen Schimmer, wie du auf einem fremden Planeten überleben solltest.«

Aber ich höre ihm gar nicht richtig zu, denn auf einmal rutscht in meinem trägen, umnebelten Gehirn alles mühelos an seinen Platz, wie perfekt geformte Puzzleteile, eins nach dem anderen. Es ist so was von offensichtlich. »Das ist es. Das ist die Lösung.«

Ezra grinst, weil er denkt, ich mache Witze, aber als er mir in die Augen blickt, erstirbt sein Lächeln. »Was …«, dann etwas leiser, »was redest du da?«

Aber ich denke bereits fieberhaft nach, während sich der Nebel in meinem Gehirn immer mehr lichtet, um den Ereignissen vorauszueilen. »Du … du hast doch Zugang zu den Shuttles.«

Er hebt abwehrend die Hände und tritt ein paar Schritte zurück. »Oh nein. Über so was diskutiere ich gar nicht. Niemals.«

Ich höre gar nicht richtig hin, sondern folge ihm quer durch den Raum. »Du kannst uns da reinlassen. Du kannst uns sagen, was wir tun sollen. Schließlich ist es in deinem Interesse, uns loszuwerden.«

Er starrt mich an, als hätte ich ihn geschlagen. Seine Lippen bewegen sich stumm, bevor er ein Wort herausbringt. »Selbst … selbst wenn das durch einen glücklichen Zufall klappen würde … Deserteure werden immer noch abgeschossen.«

Ich wende den Blick zu Boden und lasse ihn schweifen. »Was macht das für einen Unterschied?«

»Wie bitte?«

Ich sehe ihn an. »Ich habe gesagt: WAS MACHT DAS FÜR EINEN UNTERSCHIED? So wie die Dinge stehen, ist es doch wohl egal, ob ich hier sterbe oder da draußen.«

»Du spinnst. Du leidest unter Verfolgungswahn.«

»Ach, wirklich? Bist du dir da so sicher? Du weißt doch, wovon ich rede, also tu nicht so, als wäre es anders.« Wenn man jemanden mit Blicken ermorden könnte, wäre Ezra jetzt mausetot.

Er schüttelt den Kopf und verstummt, während er unruhig im Kreis läuft und abrupt stehen bleibt. »Es gibt nun mal keine ideale Lösung«, sagt er zum Fußboden. »Das ist alles irgendwie Mist. Und wenn man bedenkt, dass du der Hauptgrund für diesen Mist bist, finde ich es schon ziemlich dreist, dass du ausgerechnet *mich* um Hilfe bittest.« Er lacht zynisch. »Wenn du diesen Suarez wirklich liebst, hast du eine komische Art, das zu zeigen.« Als ich ihm in die Augen blicke, sind sie tiefschwarz, abgesehen von einem hauchdünnen blauen Ring.

»Was soll das heißen?«

»Das heißt, dass du genau gewusst hast, was für einen Ärger du lostrittst, wenn die Sache mit dir und ihm herauskommt. Ich meine, verdammt, ich wollte dir sogar helfen, die Sache unter den Teppich zu kehren. Hätte ich mich ernsthaft in jemanden verliebt, würde ich alles daransetzen, um mein Geheimnis mit ins Grab zu nehmen. Aber du musstest unbedingt fünfundvierzig Zeugen davon erzählen. Du warst von Anfang an auf Selbstzerstörungskurs, Henson. Und jetzt hast du ihn auch noch mit reingezogen. Wenn die ihn umbringen, kann ich echt nichts dafür – das geht allein auf deine Kappe.«

In dem Moment flippe ich aus. Ich stoße hart gegen seine Brust, sodass er überrascht zurücktaumelt und gegen einen Wagen mit Instrumenten prallt, der seinen Inhalt scheppernd über den ganzen Raum verteilt. Anscheinend waren die beiden Mediziner schon auf Ärger vorbereitet, denn sie haben Ronaldo gerufen, um mich abholen zu lassen. Innerhalb weniger Sekunden stürmen er und der Arzt in den Raum, um uns von hinten festzuhalten. Ronaldo packt mich, der andere greift nach Ezra. Ich werde so wütend, dass ich Ronaldo gegen die Schienbeine trete, sodass wir hart auf die Bank knallen. Ich kreische und kämpfe mit aller Kraft, bis wir beide zu Boden sinken, und ich kann mich fast befreien, doch er hält mich mit seinem gesamten Körpergewicht zurück und drückt mir den Arm gegen die Kehle, sodass ich laut aufjaule.

Ich blicke hoch zu Ezra, der direkt über mir steht, auf mich herabsieht, festgehalten von dem Arzt.

»Ich will dir nicht wehtun«, sagt Ronaldo dicht an meinem Gesicht. »Cálmate, guapa. Bitte.«

Ich kann nicht mehr als nicken und wünschte, ich würde nicht so zittern. Ronaldo rappelt sich auf und zieht mich hoch. Er ist so stark, dass er mich für einen Sekundenbruchteil vom Boden hebt und mir schmerzhaft den Arm verrenkt.

Ezra blickt nur flüchtig auf, während ich mir die Schulter massiere, aber dann sieht er erneut hin und stutzt. »Du hast da was …«, sagt er und berührt seinen Mundwinkel, als wolle er mich nach einem schmierigen Hotdog auf einen Spritzer Ketchup hinweisen.

Als ich meine Lippen berühre, ist mein Finger rot vor Blut, und ich starre einen Moment ungläubig hin, bevor ich Ezra ansehe. Ich muss mir bei dem Sturz auf die Lippe gebissen haben. Als ich endlich ein Wort herausbringe, klingt meine Stimme dünn und piepsig, zwischen einer zu hohen und zu niedrigeren Tonlage schwankend. »Können wir jetzt gehen?«, frage ich Ronaldo und wende mich ab.

Aber Ezra meldet sich erneut zu Wort. »Henson, ich …«

Irgendetwas an seinem Tonfall lässt mich zögern. Ich bleibe reglos stehen, ohne mich umzudrehen. Doch es folgt nichts als Schweigen, also gehen wir hinaus, und ich frage mich die ganze Zeit, was er mir damit sagen wollte. Vielleicht ist er einfach nur ein Versager, wie ich es immer geahnt habe.

Aber vielleicht auch nicht.

KAPITEL 29

Ich weiß nicht, warum, schließlich mache ich ihm ständig Ärger, aber Ronaldo geht tatsächlich am nächsten Tag mit mir joggen. Ich lege ein schnelles Tempo vor, sodass er kaum mithalten kann, laufe der ganzen Gruppe voraus, klebrig vor Schweiß und Musik in den Ohren. Auf der Plaza winde ich mich so geschickt durch die Menge, dass ich den Rest des Felds mühelos abhänge und Ronaldo beinah entkomme, aber er packt mich im letzten Moment am Arm.

»Was soll das werden?«

Ich ziehe mir die Kopfhörer aus den Ohren. »Du verstehst das nicht. Ich muss unbedingt zu Dom. Es ist dringend.«

»Suarez?«, sagt er. »Das geht nicht.«

»Ronaldo, bitte«, keuche ich vornübergebeugt, völlig außer Atem. »Bitte … ich … ich muss ihn sehen.«

Er stellt seinen Rucksack ab, greift hinein und zieht eine Flasche Wasser hervor, um sie mir zu reichen. Ich nehme einen Schluck, ohne den Blick von ihm abzuwenden.

»Bitte«, sage ich. »Ich brauche nur fünf Minuten.«

»Wo steckt er denn?«, fragt Ronaldo.

»Keine Ahnung«, sage ich.

Er lacht. »Dann kann ich dir echt nicht helfen, guapa.«

»Leih mir nur kurz deinen Pod.«

Er schüttelt den Kopf.

»Bitte, ich … bitte … nur das eine Mal.« Anscheinend sieht er mir meine Verzweiflung an, sieht die Panik in meinem Ausdruck, denn er reicht mir das Gerät.

»Du musst unbedingt kommen«, sage ich, als Dom rangeht. »Ich brauche dich. In fünf Minuten.«

Er wirkt völlig überrumpelt, trotzdem schaltet er ziemlich schnell. »Ich bin gerade bei meinen Eltern. Lass mich nur kurz … Wir sehen uns, okay? Wo bist du?«

»Plaza.«

»Sagen wir im Kino? Das liegt noch im Westflügel. Geh schon mal rein, setz dich an den Rand, möglichst hinten. Ich komme, so schnell ich kann.« Er legt auf.

Ronaldo und ich gehen zum Kino, immer noch keuchend und schwitzend. Glücklicherweise sitzen die vereinzelten Besucher alle vorn in der Mitte, sodass der hintere Bereich komplett leer ist. Ich suche mir einen Platz in der drittletzten Reihe, während Ronaldo sich ganz nach hinten setzt und auf die Leinwand starrt. Gerade läuft ein extrem lauter Superheldenfilm, von dem mir der Schädel dröhnt. Dom erscheint wenige Minuten später und rutscht tief in den Sessel neben mir, die Knie gegen die Rückenlehne des vorderen Sitzes geklemmt, um mich an seine Brust zu ziehen.

»Was ist los?« Er schiebt meine Kappe zurück und streicht mir mein schweißfeuchtes Haar aus dem Gesicht. »Geht's dir gut?«

»Ja, alles okay. Und dir?«

Er nickt und lächelt, praktisch Nase an Nase, und es ist total komisch, sich so glücklich zu fühlen und gleichzeitig so traurig und besorgt, während der andere genau das Gleiche empfindet. Vielleicht ist das der Grund, weshalb ich zuerst nichts sage, obwohl ich mit ihm reden sollte, ihm alles erklären sollte, ihm etwas klarmachen sollte, das so verrückt ist, so durch und durch *irrsinnig*, dass er es wahrscheinlich nicht mal begreifen wird, doch stattdessen küsse ich ihn. Ich küsse ihn, und er küsst mich. Ich zerre an seinem Overall, während er mit den Fingern über mein verschwitztes Gesicht streicht, sein Atem hektisch wie meiner, und ich weiß, keine Art von Nähe wäre je genug.

Irgendwie schaffe ich es endlich, mich von ihm zu lösen, seine Schultern wegzudrücken, bis er ebenfalls vor mir zurückweicht. Als wir genügend Abstand gewonnen haben, um uns in die Augen zu blicken, sehe ich seine ernste Miene, seine gerunzelte Stirn, die ich sanft mit den Fingern berühre, bis sich die Fältchen glätten.

»Du machst dir keine Vorstellung, welche Angst ich um dich hatte«, flüstere ich. »Ich habe von Lucas Brent gehört.«

»Ja, das …« Er nickt, schluckt, schüttelt den Kopf. »Er hatte zwei kleine Kinder.«

Ich ziehe seine Hand zu mir, fahre mit den Fingern über seinen Handrücken, betrachte den Bluterguss an seinem Daumen und Zeigefinger, der dem Verlauf der Adern folgt, dann blicke ich in sein Gesicht. »Wir müssen hier weg. Wir müssen fliehen. Wir müssen zurück zu Huxley-3.«

Ich betrachte die Lichtreflexe auf seinem Gesicht, während er mich stumm anblinzelt, meine Worte in sich aufnimmt, sich flüchtig umsieht und seine Kapuze hochzieht. »Aber das … das geht nicht. Deserteure werden abgeschossen, das weißt du. Und glaubst du wirklich, wir würden da ankommen?« Obwohl ich im Halbdunkel nicht viel erkenne, fällt mir auf, wie er mich mustert – er mustert mich, als würde ich den Verstand verlieren. Diesen Ausdruck habe ich schon oft gesehen, aber noch nie bei Dom, und das lässt mich im ersten Moment zögern. Aber ich rede weiter.

»Wir finden schon einen Weg. Da bin ich mir sicher. Ezra kann uns vielleicht ein Shuttle besorgen.«

Er beobachtet mich, ohne zu reagieren, beinahe ohne zu atmen, total schockiert, während eine chaotische Actionszene das ganze Kino erschüttert. Dann wird ihm offenbar bewusst, dass ich eine Antwort erwarte. »Warum sollte er das? Wie ich ihn kenne, handelt er nur aus eigenem Interesse. Das hat er schon immer.«

»Und deshalb wird er alles daransetzen, uns beide loszuwerden. Es wäre ihm bestimmt ein Vergnügen, uns beide mit einem Shuttle in den sicheren Tod zu schicken.«

»Ist das der Grund, weshalb er mich heute Nachmittag viermal angerufen hat?«

Ich atme scharf ein. »Das hat er? Ezra hat dich angerufen? Was hat er gesagt?«

»Gar nichts. Ich bin nicht rangegangen. Das verstößt gegen meine Bewährungsauflagen. Ich dachte, er will mich nur aufstacheln.«

»Aber er … Dom, wir entfernen uns mit jeder Sekunde weiter von Huxley. Du musst dich mit ihm treffen.«

Ich sehe ihn an, sehe nichts als seinen traurigen Mundwinkel, denn er trägt immer noch die Kapuze und hat den Kopf leicht abgewandt.

»Du hast mit ihm gesprochen?«, fragt er. »Du hast zuerst mit *ihm* gesprochen und nicht mit mir?«

Ich schiebe seine Kapuze zurück, lege meine Hände an seine

Wangen. »Die haben mich ins Befruchtungslabor gebracht. Er … er war auch da.« Ich spüre Doms Anspannung, als ich weiterrede. »Dom, wir müssen hier weg. Und zwar schnell.«

»Selbst wenn wir das durchziehen«, sagt er, »was … was ist mit deinem Vater … mit meinen Eltern? Und … mit allen anderen? Selbst wenn wir das überleben, sehen wir keinen von denen je wieder.«

»Darüber darf ich – dürfen wir – nicht nachdenken. Wir dürfen einfach nicht daran denken. Wir sind hier nicht sicher, das weißt du.«

Er mustert mich, und ich bemerke einen Anflug von Angst, den er vor mir verbergen will, also ziehe ich sein Gesicht zu mir heran. »Bitte sag mir, was die mit dir gemacht haben. Sag mir, was passiert ist.«

Aber das tut er nicht. Er küsst mich, atmet meinen Geruch ein, und ich streichle sein Haar, seinen Nacken, seine herrlich warme Haut mit ihrem Versprechen von Sonne, während mein feuchtkalter Schweiß auf der Haut gefriert und mir eine Gänsehaut verpasst.

Dom unterbricht den Kuss. »Ich weiß nur eins, wenn wir beide zusammen sind, erscheint mir alles möglich, selbst das Unmögliche.«

In diesem Moment taucht Ronaldo auf und bleibt direkt neben uns, besser gesagt, *über* uns stehen, während sein Blick durch den Raum schweift. Ich steige über Doms Beine, doch er packt meine Hüfte und zieht mich zu einem letzten Kuss herab, woraufhin Ronaldo entnervt aufstöhnt. »Mira, hombre.«

Zugleich flüstert Dom mir ins Ohr: »Ich lasse mir etwas einfallen, okay?«

Ronaldo packt meinen Arm und geht los, sodass ich hilflos

über meine Schulter blicke, während mir Doms Finger entgleiten und er langsam aufsteht, um mir hinterherzublicken. Er wird immer kleiner und kleiner, sein Gesicht umhüllt von Schatten, bis er den Blick schließlich ganz abwendet, noch bevor ich es tue, aber auf eine Art und Weise, die mir beweist, wie schwer es ihm fällt. Ronaldo schleift mich erbarmungslos weiter, zurück zu meiner Zelle.

»Deine Kopfhörer«, sagt er, und ich stecke sie mir in die Ohren, aber ich habe keine Ahnung, ob die Musik noch läuft oder nicht. Ich bin viel zu sehr in mir versunken, um irgendetwas mitzubekommen.

KAPITEL 30

Erst mal passiert gar nichts, aber als Mariana an Heiligabend während der Besuchszeit zu mir kommt und außergewöhnlich still und nervös ist, habe ich gleich den Verdacht, dass sie mir etwas mitteilen will.

»Ich habe gehört, du bist heute Abend bei deinem Vater«, sagt sie zum Abschied. »Denk dran, alles mitzunehmen, was du brauchst.«

»Mitzunehmen …?« Dann dämmert es mir. »Heute Abend? Wirklich? Heute?«

Sie seufzt. »Ich muss jetzt los.« Unvermittelt steht sie auf.

Ich erhebe mich ebenfalls, berühre ihren Arm und beuge mich vor. Ich muss improvisieren und hoffe, dass es niemandem auffällt. »Komm doch heute Abend mit zu unserem Weihnachtsessen.«

Sie schenkt mir denselben entgeisterten Blick wie ihr Cousin ein paar Tage zuvor. »Und das würde deinem Vater nichts ausmachen?«

Ich schüttle den Kopf. »Natürlich nicht. Komm bitte mit. Ich wollte sowieso, dass er dich mal kennenlernt.«

Sie runzelt skeptisch die Stirn. »Du willst, dass er mich kennenlernt?«

Ich zucke die Achseln. »Ob du's glaubst oder nicht, du bist meine Freundin. Du bist mir echt wichtig.«

Sie zieht die Augenbrauen hoch. »Jetzt schalt mal einen Gang zurück, Henson. Die Gefühlsduselei kannst du dir sparen.«

Weil heute Heiligabend ist, darf ich für ein paar Stunden hier raus, um mit meinem Vater und Olivia in der Kantine Ost zu Abend zu essen und anschließend in deren Quartier den Weihnachtsfilm zu sehen und vielleicht etwas zu spielen. Weiß der Himmel, was Olivia und ihre Kinder davon halten, den Abend mit Dads verrückter Tochter verbringen zu müssen, aber das kann mir egal sein. Weniger egal ist mir hingegen die Tatsache, dass Ronaldo mich hinbringen und um kurz vor zwölf wieder abholen soll, damit ich rechtzeitig zur Mitternachtsmesse wieder hier bin. Also muss ich mich auf dem Rückweg irgendwie absetzen. Ich ziehe mich hastig um, mache mich mit zitternden Händen fertig, und die ganze Zeit wünsche ich mir nichts sehnlicher, als mit Dom zu reden, obwohl das natürlich nicht geht.

Auf dem Weg zur Kantine bleibt Ronaldo so dicht an meiner Seite, als würde er etwas ahnen (was vermutlich stimmt). Jedenfalls kommen wir irgendwann an, und in der Kantine spielt wie jedes Jahr diese furchtbare Weihnachtsmusik, und alle sind erzwungen fröhlich und tragen alberne Papierkrönchen. Außerdem erinnert mich dieser widerliche Essensgeruch an den Abflussgestank in den Duschräumen, und mittendrin sitzt Olivia mit meinem Vater und winkt überschwänglich zu uns herüber.

»Du bist wirklich bildhübsch, Seren. Aber du hast viel zu viel abgenommen. Komm und iss etwas mit uns.« Olivia redet munter weiter, während Dad aufsteht und mir einen Kuss gibt. »Leistest du uns Gesellschaft, Ronaldo?«

»Nein«, sage ich an seiner Stelle, während sich die anderen betreten ansehen. »Er muss arbeiten. Stimmt doch, oder?«

Er mustert mich eingehend. »Stimmt.«

»Das war nicht gerade weihnachtlich, Seren«, sagt Dad, während wir uns setzen und ihm hinterherblicken.

»Ich weiß, aber ich habe eine gute Freundin eingeladen, und die beiden verstehen sich nicht besonders.« Als ich mich umdrehe, entdecke ich Mariana und winke sie zu uns herüber. »Da ist sie.«

Mariana wirkt außergewöhnlich still und schreckhaft, vor allem als wir nach dem Essen dazu verdonnert werden, gemeinsam Weihnachtslieder zu singen. Die anderen scheinen sie aber zu mögen, und im Quartier zeigen Olivias Kinder ihr den winzigen Plastikweihnachtsbaum und ziehen sie zu sich auf die Bank, um irgendein komisches Spiel auf dem Pod zu spielen. Etwa zur selben Zeit stoßen Pan und Cain dazu, die vorher im Südflügel mit Cains Eltern zu Abend gegessen haben. Beide sind ziemlich betrunken und fallen einander ins Wort, nur um uns zu erzählen, dass Cain für Deborah in der Metallwerkstatt ein Mobile gebastelt hat, aber anscheinend dachte jemand, das wäre Abfall und hat es weggeschmissen. Und dann reden sie davon, wie groß sie schon geworden ist, und ihre Nase hätte sie eindeutig vom Papa. Die ganze Zeit sieht Mariana mich mit großen Augen an, sodass ich das Gefühl habe, sie könne jeden Moment die Flucht ergreifen. Bevor ich mich zu ihr setzen kann, packt Dad meinen Arm und führt mich ins Schlafzimmer, um mir mein Geschenk zu überreichen. Es ist ein Magnet mit aufgedrucktem Foto, und als ich näher hinsehe, erkenne ich meine Mum.

»Ich finde, du solltest das bekommen«, sagt er.

Ich betrachte das Foto, betrachte meine Mum. Sie trägt eine Schwangerschaftsuniform, eine zweijährige Pan auf dem Arm und mich im Bauch, einundzwanzig Jahre jung und bildschön. »Sie ist viel hübscher, als ich es je sein werde«, sage ich.

»Das finde ich überhaupt nicht«, erwidert Dad, und obwohl ich weiß, dass er mir eigentlich zustimmt, finde ich es süß, dass er das sagt. »Ich glaube, das ist eines der letzten Fotos, die wir gemacht haben«, fügt er hinzu, »bevor …«

Viel mehr gibt er zu dem Thema meist nicht von sich, und aus Erfahrung weiß ich, dass er sich nicht aus der Reserve locken lässt. »Warum gibst du mir das gerade jetzt?«, frage ich stattdessen.

»Weil ich das Gefühl habe, dass wir an einer Weggabelung stehen«, erwidert er. Während ich die Stirn runzle, setzt er sich auf den Schreibtisch. »Ich will nicht, dass du weiterhin so über deine Mutter denkst.«

»Und … was soll ich über sie denken?«

Er seufzt. »Dein Großvater hat mir damals geraten, euch gewisse Dinge nicht zu erzählen, aber im Laufe der Zeit habe ich mich oft gefragt, ob es die richtige Entscheidung war.«

Ich beobachte ihn. Die anderen rufen uns, damit wir den Anfang des Films nicht verpassen, aber er sagt, sie sollen sich noch einen Moment gedulden und schließt die Tür, um meinen besorgten Ausdruck zu erwidern.

»Was meinst du?«, frage ich.

Er seufzt. »Ich hab nie mehr erfahren, als dass sie die Druckschleuse selbst betreten und eigenhändig betätigt hat. Aber … ich bin mir da nicht so sicher. Es hat nie richtig zu ihr gepasst. Kurz bevor es passiert ist, hatte sie sich auf der Arbeit diverse Feinde gemacht. Sie hat auf dem Kommandodeck gearbeitet, wie du weißt, in der Kommunikation. Sie und ich, wir hatten immer eine Menge Ideen, wie man das Leben auf der Ventura verbessern könnte. Leider waren viele der Ansicht, dass wir mit unseren Ideen den Erfolg der Mission gefährden und …« Er streckt die Arme aus. »Hör zu, ich weiß es nicht. Ich konnte denen nie etwas beweisen. Aber seither habe ich den Mund gehalten, nur für alle Fälle. Schließlich musste ich mich um euch beide kümmern.«

Ich runzle die Stirn. »Was willst du damit sagen, Dad?«

Er verlagert das Gewicht, nimmt seine Kappe ab und fährt sich übers Haar, wie er es immer tut, wenn ihn etwas beschäftigt. »Ich weiß es nicht. Wirklich nicht. Natürlich gab es Momente, in denen Gracie depressiv war. Vielleicht ist es reines Wunschdenken. Vielleicht wünsche ich mir ganz einfach, dass sie uns nicht im Stich lassen wollte. Aber du bist deiner Mutter unheimlich ähnlich, deshalb muss ich dauernd an dich denken. Ich möchte nur sichergehen, dass es dir einmal besser ergeht als ihr.« Er seufzt erneut. »Ich will dir keine Angst machen, Seren. Ich will dir nur helfen, eine akzeptable Lösung zu finden.«

Ich sehe ihn an, und urplötzlich frage ich mich, ob das eine Warnung sein soll. Meine Kehle schnürt sich zu. »Was willst du mir damit sagen?«

Er verlagert das Gewicht, zuckt mit den Achseln. »Nur dass ich dich liebe und du kein Risiko eingehen sollst. Spiel einfach nach deren Regeln. Tu, was die von dir verlangen. Ich habe versucht, mich dagegen zu wehren, aber es hat nichts gebracht. Du wirst dein Glück auf andere Weise finden.«

Ich sehe ihn an, und wir lauschen den Geräuschen von *Ist das Leben nicht schön?*, die unter der Tür zu uns hereindringen – derselbe Spielfilm, den sie jedes Jahr an Weihnachten zeigen.

Doms Name geht mir die ganze Zeit durch den Kopf, und ich hoffe, Dad wird eines Tages auf diesen Moment zurückblicken und mich verstehen.

»Das hätte vielleicht funktioniert, wenn ich Dom nicht begegnet wäre.«

Dad schüttelt den Kopf. »Darüber solltest du nicht nachdenken. Sowohl in deinem Interesse als auch in seinem.«

Seufzend richte ich den Blick zurück auf das Foto.

»Ich will nur, dass du glücklich bist, Seren. Ich hoffe, das weißt du.«

Ich glaube, er hat mich noch nie so fest in den Arm genommen wie in diesem Moment, dabei frage ich mich die ganze Zeit, ob er vielleicht ahnt, was die mit mir vorhaben. Und ich bin kurz davor, ihn zu fragen, als mir bewusst wird, dass es eh nichts ändert. Es ändert rein gar nichts. Niemand könnte mich jetzt noch von meinem Plan abbringen. Also nehme ich einen tiefen Atemzug an seinem Hals, der wegen der eisigen Kälte in der Ladezone von einer rauen Schorfschicht überzogen ist, und ich vermisse ihn jetzt schon, vermisse ihn so sehr, dass mir mit einem Mal die Augen brennen.

Im selben Moment stürmt Olivias ältester Sohn in den Raum. »Onkel Jamie, Mum sagt, jetzt kommt deine Lieblingsstelle.«

Dad klopft mir sanft auf den Rücken und geht hinaus, um sich zu den anderen auf die Bank zu setzen, und nachdem ich das Foto einen weiteren Moment betrachtet habe, folge ich ihm.

Einige Zeit später stehe ich mit Pan draußen vor der Tür, weil Deborah sich die Lunge aus dem Leib schreit und die anderen immer noch den Film sehen, den ich eh kaum ertragen kann. Wir reichen Deborah zwischen uns hin und her und sehen ihrem wackeligen Köpfchen an, dass sie einfach nur müde ist. Die ganze Zeit versuche ich, den Gedanken zu verdrängen, dass ich meine Schwester und Deborah nie wiedersehen werde, und ich bin total überrascht, wie traurig mich das macht, obwohl ich vor lauter Angst kaum aufrecht stehen kann, kaum noch klar denken kann.

»Was ist eigentlich mit dir los?« Pan mustert mich kritisch, während ich tief durchatme, um meinen Herzschlag zu beruhigen.

»Nichts. Mir geht's gut, okay?«, sage ich. »Ich … ich bin einfach nur froh, dass du glücklich bist, Pan. Ich bin froh, dass Dad glücklich ist. Und ich hoffe, ihr würdet euch für mich freuen, wenn ich auch glücklich wäre.«

Sie beobachtet mich aus dem Augenwinkel heraus. »Seren, werd jetzt bitte nicht komisch. Reiß dich wenigstens für ein paar Stunden zusammen. Wenn du das nicht hinbekommst, lassen die dich nie aus der Besserung. Das ist dir doch bewusst, oder?«

»Klar.« Ich atme tief ein. »Okay.«

»Auch wenn es dir egal ist, ob du ein Leben lang da drin sitzt.« Sie verzieht das Gesicht. »Dad ist es nicht egal. Und mir auch nicht. Es macht mich echt fertig.«

Ich falle ihr um den Hals und ziehe sie so fest an mich, dass Deborah zwischen uns aufheult und Pan erschrocken zurückweicht. Sie will mir das Baby abnehmen, aber ich halte es hartnäckig fest. »Egal was passiert … mach dir bitte keine Sorgen, okay? Sei meinetwegen nicht traurig.«

Ich blicke auf Deborah, die urplötzlich aufhört zu weinen und mich ansieht, und küsse ihre kühle Wange, doch Pan greift nach ihr, nimmt sie mir weg und mustert mich skeptisch. »Ich sollte sie jetzt nach Hause bringen, und du musst bestimmt auch bald zurück.«

Als sie die Tür öffnet, um Cain Bescheid zu sagen, ist er mit dem Kopf an Dads Schulter eingenickt. Ich beobachte die beiden, während sie ihre Sachen zusammenkramen und sich verabschieden. Cain drückt mich zum Abschied, und Pan beobachtet mich über seine Schulter hinweg und sagt: »Ich komme dich morgen besuchen, okay?« Dann sind sie verschwunden.

Erst jetzt merke ich, wie spät es ist. Ich werfe einen Blick auf Mariana, die zwischen den anderen auf der Bank sitzt, heimgesucht von der festlichen Stimmung, die Lichtreflexe des Spielfilms auf ihrem Gesicht. Ich ziehe sie an den Händen hoch und gehe mit ihr ins Bad, wo ich uns beide einschließe, während sie sich in die hinterste Ecke stellt.

»Hör zu, uns bleibt nicht mehr viel Zeit«, sage ich. »Und ich brauche deine Hilfe.«

Mariana schluckt und sieht mich mit großen Augen an. »Schon okay – Dom hat mir alles erzählt.«

»Hat er?«

»Na klar, was glaubst du, weshalb ich den ganzen Abend so schreckhaft bin?«

Ich kann gar nicht anders, als ihr um den Hals zu fallen, aber sie schiebt mich entschlossen von sich. »Nur um eins klarzustellen, das ist der mit Abstand dümmste Plan aller Zeiten, ohne jede Aussicht auf Erfolg, aber wenn ihr schon nicht auf mich hören wollt, bleibt mir keine andere Wahl, als euch zu helfen.«

Im selben Moment hören wir die Türklingel. »Seren, Ronaldo ist hier«, ruft mein Vater kurz darauf.

Wir sehen einander an, und ich fange plötzlich an zu zittern, hin- und hergerissen zwischen Lachen und Weinen.

»Habe ich irgendeine Chance, dir die Sache doch noch auszureden?«, fragt Mariana. Als ich den Kopf schüttle, sieht sie mich ernst an. »Dann sage ich dir jetzt dasselbe, was ich zu Domingo gesagt habe: Ich helfe euch nur unter einer Bedingung.«

»Alles.«

Sie schluckt. »Nehmt mich bitte mit.«

Ich bin so schockiert, dass ich in der nachfolgenden Stille nichts höre außer unserem Atem, ihrem und meinem, hektisch vor Angst und Aufregung. Dann ziehe ich sie in meine Arme und kreische stumm in ihre Schulter, denn es ist absolut perfekt. Natürlich. So hat es immer sein sollen.

Sie redet weiter. »Das ist bestimmt die dümmste Entscheidung aller Zeiten, aber ich hasse mein Leben auf der Ventura, und ihr beiden seid zufällig die einzigen Menschen, ohne die ich nicht leben will.«

Mein Vater steht bereits vor der Tür und betätigt die Sprechanlage. »Was ist denn los, ihr beiden? Wir machen uns langsam Sorgen.«

Uns bleibt keine Gelegenheit, noch etwas zu sagen, denn Dad deaktiviert die Verriegelung. Die Tür gleitet langsam auf, und wir werden skeptisch gemustert. Dann geht es los.

Dad fragt sich bestimmt, warum ich ihn in den Arm nehme, was ich normalerweise nie tue, aber vielleicht schiebt er es auf meinen labilen Seelenzustand, zumal ich Olivia ebenfalls umarme. Dann sind wir draußen, und ich sehe mich nicht um, kein einziges Mal.

Ich frage mich, wie es wohl weitergeht, während ich angespannt zwischen Ronaldo und Mariana den Gang entlanggehe. Ich hatte nicht mal die Gelegenheit, sie zu fragen, wo wir Dom überhaupt treffen, deshalb sehe ich mich ständig um, sehe mir jeden an, der uns mit einer albernen Weihnachtskrone entgegenkommt, und ich überlege die ganze Zeit, wann es wohl so weit ist.

Als wir den Pool erreichen, betrachte ich die schimmernden Lichtreflexe an der Decke, die vom Wasser nach oben steigen.

»Ronny, ich muss mit dir reden«, sagt Mariana plötzlich.

Es kommt mir vor, als würden wir alle den Atem anhalten, bis er endlich reagiert. »Klar, was ist los?«

Ich sehe mich hastig um, meine Sinne schmerzlich geschärft, sodass ich mich am liebsten verkriechen möchte.

»Du musst mir einen Gefallen tun, okay? Ich hab dir auch mal geholfen, und jetzt brauche ich deine Hilfe.«

Er macht eine lange Pause, bleibt reglos stehen, still wie eine Statue, und als er begreift, was hier gerade passiert, sagt er: »Ich will nicht über die Vergangenheit reden, Mari. Das bringt doch nichts.«

»Stimmt, ich rede ja auch von der Zukunft.«

Er sieht auf die Uhr seines Pods. »Ich muss die Patientin zurückbringen. Also los.«

Aber wir rühren uns nicht von der Stelle, sodass er notgedrungen stehen bleibt, sich erneut umdreht, sich an die Stirn fasst. »Ich weiß, dass du dir damit Ärger einhandelst«, sagt Mariana, »aber du musst uns gehen lassen.«

Er runzelt die Stirn. »Euch gehen lassen? Und wohin?« Er deutet vage um sich, lacht verkniffen, sieht unsere Gesichter, und sein Lachen erstirbt.

»Das spielt keine Rolle«, erwidert Mariana. »Ich habe dich gehen lassen und dir die Chance gegeben, ein neues Leben anzufangen. Kannst du das auch für mich tun?«

Er tritt etwas näher und senkt die Stimme. »Ich habe keine Ahnung, was du von mir erwartest.«

»Nichts.« Sie greift hinter sich und packt meine Hand. »Gar nichts. Du weißt so gut wie ich, dass wir uns im toten Winkel der

Kameras befinden. Warte einfach ein paar Minuten ab, bevor du denen erzählst, dass wir abgehauen sind. Das ist alles, Ron. Ist das etwa zu viel verlangt nach allem, was zwischen uns passiert ist?«

Er reagiert irgendwie seltsam, studiert seine Füße. »Und wo willst du sie hinbringen? Ich bin immerhin für ihre Sicherheit verantwortlich.«

Sie wischt seinen Einwand beiseite. »Bei mir ist sie in Sicherheit.«

Und damit weichen wir vor ihm zurück, erst langsam, dann immer schneller, doch bevor wir uns abwenden, um zum Treppenhaus zu rennen, bemerke ich seinen Blick, und ich verstehe, warum er sie bislang nicht angesehen hat, denn es steht ihm ins Gesicht geschrieben – die Liebe, die nie sein durfte; der Schmerz, den er ihr nie antun wollte; die Erklärungen und Entschuldigungen, die er nie aussprechen konnte.

Im nächsten Moment sind wir verschwunden.

KAPITEL 31

Dom erwartet uns eine Etage tiefer im Treppenhaus, den Rucksack aufgeschnallt, die Jacke hochgeschlossen, die Kappe tief in die Stirn gezogen. Er zieht mich an seine Brust, drückt seine Lippen auf meine, ergreift meine zittrige Hand, und wir rennen los, wir rennen so schnell, dass ich kaum ein Wort herausbringe, kaum Marianas Hand halten kann, die uns mühsam folgt.

»Mariana kommt mit«, japse ich.

»Ich weiß. Perfekt, oder?«, erwidert Dom.

Am liebsten würde ich ihn dafür küssen, aber das geht nicht, weil wir immer noch rennen, rennen, rennen, bis wir den Diensttransporter erreichen und auf den Knopf drücken. Während wir den ächzenden Geräuschen lauschen und darauf hoffen, dass er leer ist, zieht Dom mich erneut an sich und umfängt mich mit seiner Wärme.

Ich blicke zu ihm auf. »Wieso ging auf einmal alles so schnell?«

»Ich habe die ganze Nacht mit Ezra im Simulator geübt.«

»Ernsthaft?« Ich denke darüber nach, dass Ezra uns nicht hätte helfen müssen und es trotzdem getan hat, und ich kann mich nicht mal bei ihm bedanken. Oder von ihm verabschieden.

Der Transporter ist angekommen, doch anstatt mich umzudrehen, betrachte ich die Lichtreflexe auf Doms Gesicht, und als sich die Tür öffnet, sehe ich an seinem Ausdruck, dass der Lift leer ist.

»Er hat mir einen Trainingsausweis für das Flugdeck West besorgt, keine Ahnung, wie oder woher, aber bei seinen Verbindungen hat er anscheinend Möglichkeiten, von denen andere nur träumen.« Während Dom weiterredet, sinken wir rasch tiefer, Etage für Etage, und im vorbeiflackernden Licht stehen wir ganz hinten an der Wand und hoffen, dass niemand einsteigt.

»Wir waren die ganze Nacht da unten, und heute den halben Tag, um den Navigationscomputer zu programmieren. Ezra hat mir die lebensnotwendigen Systeme erklärt. Das Ding zu fliegen, ist relativ einfach. Ich hatte eine Zwei im Grundkurs Flugtraining, das ist also nicht das Problem.«

Mariana fängt an zu lachen, aber im selben Moment merken wir, dass wir abbremsen und anhalten. Eine Frau mittleren Alters in Ingenieursuniform steigt in den Lift, nickt flüchtig und lehnt sich vorn an die Wand, um mit ihren Kindern zu telefonieren, sodass sie gar nicht mitbekommt, wie wir drei den Atem anhalten, bis sie drei Etagen tiefer wieder aussteigt.

Unten auf dem Flugdeck sitzen zwei Männer hinter einer Glasscheibe und trinken Kaffee, während sie sich den Beginn der Weihnachtsmesse ansehen. Sie scheinen uns nicht mal zu bemerken, als wir auf den Diensteingang zusteuern und uns Zutritt verschaffen.

»Wusste ich doch, dass der Job in der Instandhaltung sich eines Tages bezahlt machen würde.« Mariana grinst und küsst ihre Schlüsselkarte, bevor wir den Pausenraum des Flugdecks betreten, wo vor einer leeren L-förmigen Bank und ein paar zerknüllten Papierkrönchen die Weihnachtsprozession übertragen wird.

Durch eine zweite Tür betreten wir den riesigen Hangar und hören körperlose Stimmen, die von der hohen Decke zu uns herüberschallen, durchmischt von einem gesungenen »Stille Nacht«. Orientierungslos blickt Dom sich um, bis er die Sicherheitsschleuse zu den Shuttles entdeckt. Er führt uns in die entsprechende Richtung und hält seinen Ausweis vor den Scanner, bis die Tür langsam aufgleitet. Das Licht flammt wellenartig auf, um den endlos langen Korridor mit den Andockstationen zu beleuchten. Wir rennen den Gang hinunter, vorbei an unzähligen Luken, und das Licht ist so blau, die Wände so weiß, und immer wieder ertönt ein unheimliches, unregelmäßiges Surren. Ich bekomme solche Panik, dass mir fast schlecht wird, und ich bin kurz davor zu sagen, Leute, ich hab's mir anders überlegt, aber dann sind wir auch schon da, und Dom öffnet die Einstiegsluke. Ich sehe ihm zu, sehe zu und zittere, und Marianas Kopf zuckt nervös hin und her, den Gang auf und ab, ihre Finger mit meinen verschränkt. Dom geht in die Hocke und späht durch die Luke, dann streckt er mir die Hand entgegen.

Als ich nicht direkt zugreife, klettert Mariana hinein, während Dom mich mustert. »Bist du bereit?«

Ich schüttle den Kopf. »Ich hätte nie gedacht, dass wir es so weit schaffen.«

Er steht auf und streicht mir die Haare aus dem Gesicht. »Aber das haben wir.«

»Dieses Abenteuer endet definitiv mit unserem Tod.«

Er lächelt und schüttelt den Kopf. »Irgendwann schon, aber nicht heute.«

»Woher willst du das wissen?«

Sein Lächeln verschmilzt mit meinem. Er zuckt die Achseln. »Ich weiß es ganz einfach. Na komm, lass es uns herausfinden.

Bestimmt läuft alles glatt.« Und in dem Moment wird mir bewusst, warum ich ihn so liebe, warum ich mir kein Leben ohne ihn vorstellen kann. Ich rechne meist mit dem Schlimmsten, er rechnet mit dem Besten, und dabei schafft er es immer wieder, mich zu überzeugen, sodass die Welt mit einem Mal ganz anders aussieht. Nur deshalb sitze ich im nächsten Augenblick in der Explorer 37 und blicke durch die Frontscheibe hinaus zu den Sternen.

»Ich brauche deine Hilfe, estrellita, okay?«, reißt Dom mich kurze Zeit später aus meinen Gedanken. »Kannst du die lebenswichtigen Systeme hochfahren?« Er deutet auf ein Display zu meiner Linken, und ich will mich gerade damit beschäftigen, als wir das Geräusch der Einstiegsluke hören. Wir erstarren, und ich denke nur: *Fast hätten wir es geschafft.*

Es ist Ezra.

»Was willst du denn hier?«

Anstatt mir zu antworten, greift er an den oberen Rand der runden Luke und lässt sich mit den Füßen hineingleiten, die Hand am Türschalter, sodass sich die Luke hinter ihm schließt. Er kommt zu uns nach vorn, drängt Dom vom Pilotensitz, setzt sich das Headset auf, bringt den Bordcomputer online und startet den Systemcheck. Dom schenkt mir einen vielsagenden Blick, doch er befolgt Ezras Anweisungen, der auf diverse Schalter deutet und mit den Fingern über das Navigationsdisplay fährt.

»Was macht der denn hier?« Mariana nimmt meine Finger in ihre Hände und drückt schmerzhaft zu. »Das ist eine Falle, Henson. Ich habe Dom noch gewarnt.«

Ich betrachte ihren Ausdruck, ihre geweiteten Pupillen, ihre feucht schimmernde Haut. Dieselbe Angst, die ich in diesem Moment empfinde, steht ihr ins Gesicht geschrieben.

»Das ist keine Falle«, sage ich, aber meine Stimme bricht, weil ich es selbst nicht glaube.

Sie schüttelt den Kopf. »Warum ist er dann hier? Erklär mir das mal. Domingo behauptet, er wüsste, wie man den Computer und die Steuerung bedient. Der will uns doch verarschen. Das ist eine Falle.«

Ich mustere Ezras Gesicht in dem breiten Konvexspiegel über der Frontscheibe, während er über das Headset Sprachbefehle eingibt und sich permanent über die Lippen leckt, eine feine Schweißschicht am Haaransatz. Und dann bemerke ich es: ein Hauch von Blut, nicht viel, ein rötlicher Schimmer im Mundwinkel, ein dünner Film auf seinen linken Schneidezähnen. Irgendetwas stimmt hier nicht.

»Ezra.« Sein Name rutscht mir heraus, bevor ich mich zurückhalten kann, und er dreht sich um, sieht mich an, seine Pupillen groß und schwarz. Seine Brust hebt und senkt sich, und unsere Blicke begegnen sich für einen Moment, während ich vergeblich versuche, ihn zu durchschauen.

Dom meldet sich zu Wort. »Ezra, ich kann das übernehmen, Mann – wir müssen los.«

»Stimmt«, seufzt Ezra, als wäre er fast traurig, uns nie wiederzusehen. Zumindest sieht es danach aus, weil er einfach nur dasitzt und sich nicht vom Fleck rührt.

Im selben Moment hören wir das Signal des Towers.

Ding dong.

Pause. Wir sehen uns alle an.

Ding dong.

Niemand rührt sich.

Dom spricht als Erster. »Sag denen, wer du bist. Sag, du willst trainieren.«

Ezra lacht, aber Dom sieht ihn nur an, bis er den Schalter betätigt und antwortet.

»Tower. Hier spricht Juniorpilot Ezra Lomax. Ich will die Gelegenheit nutzen, um vor meiner Prüfung noch etwas zu trainieren. Over.«

Wir bekommen umgehend Antwort. »Verstanden, Lomax. Ihr Engagement ist eine Inspiration für andere. Over.«

»Danke, Tower. Over.« Er nimmt das Headset ab und wirft es Dom in den Schoß, während er scharf ausatmet.

»Und wie sollen wir jetzt starten?«, fragt Mariana kopfschüttelnd. »Die beobachten uns doch.«

»Tun sie nicht«, sagt Ezra mit einem Blick über seine Schulter. »Die sehen sich die Messe an und warten nur darauf, dass mein Bruder einen Patzer macht. Ihr wisst, dass es so ist. Bis die merken, was hier abläuft …« Er zuckt halbherzig mit einer Schulter.

»Danke, Mann«, sagt Dom und streckt ihm die Hand entgegen, aber dann …

Ding dong.

Wieder der Tower. Wir sehen uns an.

»Geh ran«, sagt Dom, aber Ezra schüttelt den Kopf.

»Mann, jetzt mach nicht alles kaputt!«, brüllt Mariana hinter mir, und ich höre ihren panischen Atem. »Hilf uns, verdammt – halt uns die vom Leib!«

Aber Ezra sagt kein Wort. Er schwitzt nur, atmet schwer, schluckt und sieht aus, als wolle er sich übergeben. Sekundenlang hoffe ich, dass er einen genialen Plan ausheckt, aber dann berührt er das Navigationsdisplay und … *was zum Geier* … Urplötzlich hören wir die Hydraulik der Haltevorrichtungen, das Zischen der Luftschleuse, die Zündung des Triebwerks, und dann wird uns bewusst, *oh Mann*, wir sind gestartet. In der nachfolgenden Stille gibt es nur noch uns und Hunderttausende von vorbeidriftenden Sternen.

»Gott, Lomax, was hast du gemacht?« Dom ist hin- und hergerissen zwischen dem Drang, Ezra anzuschreien oder mich, damit ich meinen Sicherheitsgurt anlege.

Die Zentrale begnügt sich nicht mehr mit einem höflichen *Ding dong*, stattdessen ertönt ein gleichmäßiges *Ding ding ding ding*, während wir beschleunigen und ich in den Sitz gepresst werde, sodass ich Doms und Ezras Streitereien kaum noch mitbekomme. An meiner Seite hat Mariana die Augen geschlossen, den Kopf zurückgelehnt. In ihren dunklen Wimpern schimmern Tränen, die sich zu winzigen Kugeln verdichten, um sich urplötzlich zu lösen und durch den Raum zu schweben, das erste Anzeichen von Schwerelosigkeit.

»Mariana«, rufe ich. Sie wendet die Augen in meine Richtung und sieht zu, wie ich auf die schwebenden Wasserperlen deute.

»Oh Gott, ich glaube, ich muss kotzen«, sagt sie.

Die Gegensprechfunktion wurde anscheinend deaktiviert, denn mit einem Mal hagelt es Befehle auf uns herab.

»Explorer 37. Sie befinden sich auf einem unautorisierten Flug in einem nicht freigegebenen Shuttle. Korrigieren Sie Ihren Kurs und kehren Sie umgehend zum Dock zurück.«

»Oh Mann, die haben uns auf dem Schirm.« Dom wirft einen scharfen Blick zu Ezra, dann wiederholt er seine Worte in meine Richtung. »Die haben uns auf dem Schirm.«

Ezra reagiert nicht auf die Befehle. Er berührt nur irgendwelche Displays, betätigt irgendwelche Schalter. Auf dem großen Display neben ihm erscheint die Rückansicht aus unserem Shuttle.

»Suarez, hör endlich auf, Müll zu reden und behalt den Bildschirm im Auge, okay?«

Dom blickt auf das Display, dann zurück zu Ezra. »Warum? Was soll ich denn im Auge behalten?«

»Ob die uns folgen.«

»Uns folgen?«

»Mit einem Jäger. Wir sind Deserteure. Es ist dir vielleicht nicht bewusst, aber so was wird hier nicht gern gesehen.«

»Natürlich ist mir das bewusst.«

»Dann weißt du bestimmt auch, welche Strafe darauf steht.«

Dom sagt nichts dazu. Keiner sagt etwas.

»Da startet irgendwas.«

Ich werfe einen Blick zu Mariana, die leise mit sich selbst redet, den Kopf schüttelt, vielleicht sogar betet, die Hände krampfhaft um den Sicherheitsgurt geschlossen, während kristallene Tränen aus ihren geschlossenen Augen dringen.

»Kannst du sie irgendwie abhängen?«, frage ich Ezra, der ein paar Schalter umlegt, ein paar Pieptöne erzeugt, mehrere nahezu identische Befehle ignoriert und den Kopf schüttelt.

»Mit dem Ding? Keine Chance.«

»Nicht mal bei Vollgas?«, fragt Dom.

»Suarez, das ist Vollgas.«

Dom und ich werfen uns im Spiegel einen Blick zu und sehen gleichzeitig weg. Weitere Befehle dröhnen aus dem Lautsprecher.

»Explorer 37. Wir fordern Sie auf, umgehend zur Ventura zurückzukehren. Ansonsten werden Sie gemäß Clarke-Protokoll als Deserteure zur Rechenschaft gezogen.«

Während ich gegen meine zugehaltene Nase atme, um den stechenden Druck in meinen Ohren auszugleichen, und mich insgeheim frage, ob ich mich übergeben muss, kommt mir plötzlich die Erleuchtung.

»Deine Mutter«, sage ich zu Ezra. »Weiß deine Mutter, dass du hier bist?«

Er seufzt. »Na klar.«

Ich schüttle den Kopf. »Glaube ich nicht.«

Er sieht mich nicht an, sondern studiert das Display mit der Rückansicht, wo sich das Kampfschiff erbarmungslos nähert, ein silberner Schimmer vor dem tiefschwarzen Hintergrund.

»Jedenfalls wird sie nicht lange brauchen, um es herauszufinden. Ich war gerade noch bei ihr. Ich habe einen ihrer Schläger abgewehrt, um mich unterwegs zur Messe abzusetzen. Außerdem war ich vor dem Start noch in Kontakt mit dem Tower. Ich habe nicht gerade versucht, es zu verheimlichen.«

»Aber wie sollte sie darauf kommen, dass du hier bist? Das ist doch das Letzte, woran sie denken würde. Bestimmt hat sie keine Ahnung.«

»Hat sie wohl, Henson!«, brüllt er mit hochrotem Kopf. »Sie weiß es. Aber es interessiert sie nicht. Ich bin ihr längst nicht so wichtig wie ihre Karriere, ihr Ruf, ihre Mission. So sieht es leider aus, so und nicht anders. Ich habe darauf spekuliert, dass meine Anwesenheit uns alle rettet. Aber ich habe mich geirrt. Ich habe mich geirrt, okay? Tut mir leid.« Er schlägt die Hände vors Gesicht und zieht eine Grimasse, dann wendet er sich erneut dem Kontrolldisplay zu und klickt auf irgendeine Schaltfläche, woraufhin eine seltsame Computerstimme verkündet:

»Manuelle Steuerung aktiviert.«

Ezra löst die Lenksäule aus dem Armaturenbrett.

Dom sieht ihn an. »Was machst du da?«

»Wonach sieht es denn aus?«

»Ich hab keine Ahnung.«

»Wie sollen wir bitte mit einer automatischen Navigationssteuerung einem Jäger entkommen? Jetzt mach dich mal nützlich und erhöhe den Vorschub.« Als Dom ihn verständnislos ansieht, brüllt er: »DAS DISPLAY VOR DEINER NASE!«

Die nachfolgende Stille wird nur durchbrochen von dem anschwellenden Heulen des winzigen Fusionsantriebs und dem beharrlichen Piepen der Sprechanlage, doch im selben Moment, fast hörbar, komme ich zu einer neuen Überzeugung. Ich schüttle den Kopf.

»Ezra, glaub mir – sie hat keine Ahnung. Es braucht eben Zeit, bis sich so was herumspricht, bis es ganz nach oben durchdringt. Und dann blasen sie das Ganze ab. Ganz bestimmt.«

Er schüttelt den Kopf. Dom wirft einen Blick auf den Bildschirm. »Sie kommen näher.«

Im selben Moment beugt sich Mariana abrupt vor und schleudert einen blassen Ball von Kotze in einen verschließbaren Beutel, den sie gerade noch rechtzeitig hinter einer der Stauklappen entdeckt hat. Ein paar Spritzer verfehlen ihr Ziel und taumeln durch die Kabine, begleitet von einem widerlichen Gestank, während Mariana mit dem Ärmel der Uniform über ihren Mund wischt und sich entschuldigt. Sie ist kreideweiß, besser gesagt, weiß-grün im Gesicht, und ihre Haut schimmert vor Schweiß. Mit zitternden Händen versucht sie, den Beutel zu verschließen. Ein weiterer Befehl dringt durch die Sprechanlage.

»Juniorpilot Lomax, ich verlange Rückmeldung. Over.«

Das ist Captain Kat, ohne jeden Zweifel. Im ersten Moment herrscht Stille, dann betätigt Ezra den Schalter.

»Juniorpilot Lomax. Bestätige Rückmeldung, Captain. Over.«

»Pilot Lomax, ich verlange, dass dieses Shuttle und dessen

Crew umgehend zur Ventura zurückkehren, ansonsten werden alle Besatzungsmitglieder gemäß Clarke-Protokoll als Deserteure zur Rechenschaft gezogen. Habe ich mich klar ausgedrückt? Over.«

Ezra sieht niemandem in die Augen, aber ich betrachte sein Gesicht im Spiegel und habe den Eindruck, dass er beinah grinst. »Klar und deutlich, Captain Lomax. Leider sehe ich mich außerstande, das Shuttle oder die Crew zurückzubringen. Over.«

In den darauffolgenden Minuten, die sich endlos in die Länge ziehen, streiten Dom und Ezra über den Vorschub und die Steuerklappen, während ich Mariana betrachte, die käsebleich in ihrem Sitz liegt und zittert.

»Ezra.« Das ist das einzige Wort, was Captain Kat von sich gibt, scharf und harsch, wie in seiner Kindheit, wenn er den Bogen mal wieder überspannt hat. Eine unmissverständliche Warnung. »Ezra, wage es nicht, meine Worte auf die Probe zu stellen. Du weißt, ich mache keine leeren Drohungen.« Und dann der Nachklapp: »Over.«

Das ist der Augenblick, in dem ich wirklich begreife, wie tief wir in der Scheiße sitzen, und das Schweigen der anderen deutet darauf hin, dass sie dasselbe denken. Aber es gibt noch etwas anderes, das uns allen klar wird, selbst Mariana, die nicht mal mehr die Augen aufhalten kann. Es gibt kein Zurück. Es kann kein Zurück geben. Es gibt nichts und niemandem, zu dem wir zurückkehren könnten. Das hier war und ist eine Einbahnstraße.

Ezras Antwort überrascht mich nicht. »Ich brauche dich gar nicht erst zu bitten, ausnahmsweise ein Auge zuzudrücken, oder? Ein bisschen Nachsicht zu zeigen, weil ich zufälligerweise dein Sohn bin? Over.«

Es entsteht eine lange Pause, in der wir alle gespannt lauschen, obwohl das Heulen des Antriebs extrem laut ist, und Ezra sagt ununterbrochen: »Komm schon, komm schon, komm schon«, die Lenksäule bis zum Anschlag nach vorn gedrückt, sodass ich nicht weiß, ob er das Shuttle meint oder seine Mutter, die in diesem Moment antwortet. »Ezra, bitte lass das – zwing mich nicht dazu.«

Ich sehe, wie er die Augen schließt, nur um sie im nächsten Moment zu öffnen und uns alle der Reihe nach anzusehen. Obwohl keiner von uns reagiert, seufzt er und sagt: »Wir kommen nicht zurück, Mum. Die Entscheidung liegt bei dir. Over.«

Es folgt eine weitere ausgedehnte Pause, bevor sie antwortet. »Meine oberste Pflicht gilt der Ventura, auch wenn mein Herz etwas anderes sagt. Ich liebe dich, das weißt du hoffentlich, aber wo kämen wir hin ohne Menschen wie mich – Menschen, denen der Erfolg dieser Mission über alles geht? Selbst wenn es höllisch wehtut.« Ihre Stimme bricht. »Over.«

Im selben Moment werden wir nach vorn katapultiert und geraten kopfüber ins Trudeln, Heck über Bug über Heck über Bug, ich kreische laut los, Dom und Ezra brüllen irgendetwas, und ich habe keine Ahnung, was da gerade passiert oder wie das hier endet, wenn dieser Albtraum überhaupt jemals endet.

»Wir sind getroffen«, brüllt Dom, den Blick auf das Display der Außenkameras gerichtet. »Ein Leck an der Steuerbordseite.«

Mit einem Mal ertönen so viele verschiedene Warnsignale, dass ich von einer Welle unverständlicher Töne und Computerstimmen überrollt werde. Mehrere Stauklappen springen auf und entleeren ihren Inhalt in die Kabine. Zugleich beiße ich so fest zu, dass ich kurz darauf Blut schmecke. Ich werfe einen Blick auf Mariana, die nicht mehr reagiert. Ihre Arme und Beine schweben leblos im Raum, wie die einer Puppe.

»Mariana!«, kreische ich, sodass Dom sich für eine Sekunde umdreht.

»Suarez, mach einen Statuscheck!«, brüllt Ezra dazwischen, während das Taumeln allmählich nachlässt. »Statuscheck!«

Dom starrt auf die Knöpfe und Displays vor ihm. »Ich kann nicht … ich weiß nicht …«

»Sicherheitseinstellungen, Hauptsysteme – mach einen Check-up, bevor die uns noch mal erwischen.«

In dem Moment höre ich die Stimme meines Großvaters. »Hier spricht Chief Sherbakov, Sicherheitschef der Ventura.«

Die anderen sehen mich an, und ich kneife die Augen zu, als wolle ich seine Worte ausblenden. »Ich werde dafür sorgen, dass Sie alle wohlbehalten zur Ventura zurückkehren. Mit wem spreche ich? Over.«

Im ersten Moment herrscht Funkstille, während Ezra mir in die Augen blickt. »Juniorpilot Ezra Lomax, Sir. Over.«

»Sitzen Sie am Steuer des Shuttles? Over.«

»Ja, Sir. Over.«

»Wer ist Ihr Kopilot? Over.«

»Techniker Domingo Suarez, Sir. Over.«

»Gibt es noch weitere Besatzungsmitglieder? Over.«

»Dienstoffizier Mariana Moreno. Juniortechniker Seren Henson. Over.«

Es entsteht keine größere Pause, was darauf hindeutet, dass er diese Information bereits kannte.

»Ich will, dass Sie mir gut zuhören, Juniorpilot Lomax. Meine Aufgabe besteht darin, dieses Shuttle und seine Crew sicher zur Ventura zurückzubringen. Ich werde jeden Schritt ausführlich mit Ihnen besprechen, um eine reibungslose Rückkehr zu ermöglichen. Bitte beschreiben Sie den Status des Shuttles. Over.«

Ezra scheint allmählich die Geduld zu verlieren. »Der Zustand ist nicht gerade optimal, um ehrlich zu sein, Sir. Wir wurden am Heck getroffen und haben höchstwahrscheinlich ein Leck. Over.«

»Eine sofortige Rückkehr zur Ventura ist somit unerlässlich, um die Sicherheit ihrer Crewmitglieder zu gewährleisten. Ich werde die Vorgehensweise mit Ihnen besprechen, Juniorpilot Lomax – bitte bleiben Sie dran.«

Ezra bringt uns erneut in eine halbwegs stabile Fluglage und reißt sich das Headset vom Kopf, um es Dom in den Schoß zu werfen. »Kann sich mal jemand anderes um ihn kümmern?«

Dom sieht mich an, aber ich schüttle den Kopf. »Komm schon, Seren.« Er wendet den Blick ab, hinaus auf die Sterne hinter der Windschutzscheibe. »Du bist die Einzige, die eine Chance hat, seine Meinung zu ändern.«

»Glaub mir, ich habe nicht die geringste Chance.«

Dom beobachtet mich, während Ezra sich über seinen Schoß beugt, um auf der anderen Seite des Cockpits irgendwelche Schalter zu bedienen.

»›Nicht die geringste Chance‹ ist im Moment unsere beste Option«, kommentiert Ezra. Dom überreicht mir das Headset und blickt mir tief in die Augen.

Mit geschlossenen Augen setze ich das Headset auf. »Nur zu deiner Information«, sage ich. »Wir brechen die Verbindung jetzt ab. Ich glaube nicht, dass wir hier noch irgendwas erreichen. Over.«

»Seren, hier spricht dein Großvater.« Und weil diese Tatsache unbestreitbar, geradezu unausweichlich ist, öffne ich die Augen.

Im selben Moment werden wir ein zweites Mal getroffen und unkontrolliert durch den Weltraum katapultiert, in einer schlingernden Diagonalen, bei der sich einem der Magen umdreht, bei der jede Körperzelle rebelliert, bei der weitere Warnsignale ertönen und aufblinken, während Ezra und Dom erneut losbrüllen.

»Hör auf mit dem Scheiß!«, brülle ich ins Headset. »Grandpa, hör damit auf. Die sollen aufhören! Lasst uns in Ruhe – lasst uns einfach in Ruhe. Ist doch egal, ob ihr uns abschießt oder uns entkommen lasst!«

»Seren, euer Shuttle wurde schwer beschädigt. Ich kann euch nur retten, wenn ihr zurückkommt. Hast du mich verstanden? Ihr müsst zurückkommen. Wenn ich euch jetzt ziehen lasse, kann ich euch genauso gut abschießen. Kommt zurück, und wir finden einen Weg. Wir finden eine Lösung. Over.«

Ich schüttle den Kopf, obwohl er mich nicht sieht. »Du verstehst das nicht. Es gibt keine Lösung, die gab es noch nie.«

»Aber die könnte es geben. Kommt bitte zurück, dann sehen wir weiter. Over.«

Trotzdem schüttle ich den Kopf. »Tut mir leid, Grandpa, ich … ich kann einfach nicht. Tut mir leid, es ist zu spät.«

»Es ist nicht zu spät. Es ist niemals zu spät.«

Aber ich weiß, das ist Unsinn. Ich betrachte die anderen und kann mir vorstellen, wie die Sache für uns endet, wenn wir jetzt umkehren. »Doch, das ist es. Es ist zu spät.«

Ich nehme das Headset herunter, und obwohl wir ihn über die Lautsprecher immer noch hören, gebe ich keine Antwort, nicht mal, als er mehrfach sagt: »Seren, Seren, sprich mit mir, bitte sprich mit mir.« Stattdessen konzentriere ich mich auf Dom und Ezra, die laut darüber diskutieren, wo wir getroffen wurden und wie beschissen es um uns steht, und erst als wir damit fertig sind, stellen wir fest, dass der Jäger abgedreht hat. Doch im nächsten Moment lässt irgendetwas das gesamte Shuttle erzittern und rattern, als wollte es auseinanderbrechen.

»Explorer 37, sofort reinkommen«, sagt Grandpa, aber ich mache mir nicht die Mühe zu antworten. »Sofort reinkommen, Explorer 37. Combat 55 wurde abgezogen.« Die Verbindung beginnt abzureißen und weicht einer Klangkulisse von gebrochenen Moll-Akkorden, die nur noch abgehackt zu uns durchdringen. »Garantiere eine gefahrlose Rückkehr zur Ventura. WIEDERHOLE: Explorer 37, bitte sofort reinkommen. DAS SHUTTLE WURDE IRREPARABEL BESCHÄDIGT und droht auszufallen. Sofort reinkommen, Explorer 37. Könnt ihr mich hören? Seid ihr …?«

In dem Moment reißt der Kontakt ab.

KAPITEL 32

Wir taumeln unkontrolliert durch den Weltraum, immer noch unter Vollgas, als würden wir weiterhin verfolgt, obwohl das anscheinend nicht mehr der Fall ist. Während Dom und Ezra Statusmeldungen studieren, löse ich meinen Sicherheitsgurt, um nach Mariana zu sehen, doch meine Beine driften unaufhaltsam zur Decke, sodass ich mich an ihrem Gurt herüberhangle. Im nächsten Moment stehe ich auf dem Kopf, quasi im Handstand, und alles ist so seltsam, so übelkeitserregend, dass ich meinen Kopf für einen Moment an ihre Brust lege und erst mal die Augen schließe. Und dann spüre ich ihre Atmung, ihre sich hebende Brust, ihren sanften Atem in meinem Haar.

»Mariana«, sage ich, doch sie reagiert nicht. Als ich in ihr Gesicht blicke, sind ihre Lippen schlaff, die Haut um ihre Augen dunkel und reglos.

»Henson, du musst nach hinten«, ruft Ezra.

»Nach hinten?«

»Das Loch reparieren. Ist nicht groß, aber du musst dich beeilen. Fach Nummer eins fünf fünf eins.«

»Nummer … was?«

Ich sehe, wie er mich im Spiegel ungeduldig anstarrt. »Da ist das Reparaturset.«

»Ezra, ich …«

Dom schaltet sich ein. »Ich sag dir, was du zu tun hast – such erst mal das richtige Fach.«

Ich spähe auf die cremefarbene Wand und bemerke die eingebauten Handgriffe mit den aufgeprägten Nummern. Obwohl das Shuttle so klein ist, erscheint mir die Auswahl endlos, und ich fühle mich regelrecht davon erschlagen. Dann greife ich mit den Fingern nach einer der Klappen und ziehe mich näher heran, um die Nummer zu lesen: 738. Etwas weiter rechts: 752. Weit gefehlt. Anscheinend muss ich zur anderen Seite. Ich hangle mich hinüber und schlucke die metallene Flüssigkeit in meinem Mund herunter, um mich nicht zu übergeben. 1169. Schon besser. Ich taste mich mit den Fingerspitzen weiter, vorwärts, rückwärts, seitwärts.

»Henson, was soll das?«, sagt Ezra.

»Lass sie. Sie macht das schon«, sagt Dom. »Bring uns lieber wieder auf Kurs.«

»Was glaubst du, was ich hier mache? Mann, Suarez, mit dem, was du nicht weißt, könnte man Bücher füllen.«

Inzwischen habe ich das richtige Fach gefunden und geöffnet. Ich halte einen Beutel mit mehreren Rollen Klebeband und einem seltsamen Metallgeflecht in den Händen.

»Okay, ich hab's. Wo ist das Loch?«

Dom blickt auf den Bildschirm. »Im Heck, Sektor fünf – das Leck ist hinter einer der Isolierplatten, die musst du erst mal lösen. Aber beeil dich, wir verlieren ziemlich viel Druck.«

»Wir sprechen von Minuten!«, sagt Ezra wenig hilfreich.

»Okay!«, rufe ich zurück, dann schiebe ich mich in den hinteren Teil des Shuttles, seitlich der Einstiegsluke, und versuche, meine Finger hinter den Rand der Isolierung zu zwängen.

»Sei vorsichtig. Wenn du die Platte abnimmst, spürst du einen gewaltigen Sog.«

»Suarez, behalt verdammt noch mal das Display im Auge. Wenn du bei manueller Lenkung den Vorschub rausnimmst, versagen die Steuerraketen und wir geraten wieder ins Trudeln«, zischt Ezra mit zusammengebissenen Zähnen.

»Ich will ihr nur helfen.«

»Wir brauchen alle Hilfe. Mach einfach deinen Job, okay?«

Aber ich sehe, wie Dom im Spiegel immer wieder zu mir herüberblickt. »Genau«, sagt er. »Genau so. Denk an den Sog. Lass dich nicht mitreißen, okay? Halt den Flicken griffbereit und drück ihn so schnell wie möglich auf das Loch.«

»Dieses komische Metallzeug?« Ich spüre, wie ich anfange zu zittern, spüre es bis in die Fingerspitzen.

»Dieses ›Metallzeug‹ ist flexibles Titangewebe«, spottet Ezra, »und das Klebeband glasfaserverstärkt. Wenn du es richtig anstellst, wird uns das Zeug vor dem Vakuum des Weltalls schützen. Du kannst dich beeilen und das Loch reparieren, oder wir können so lange darüber reden, bis wir alle das Bewusstsein verlieren. Du hast die Wahl.«

Ich nehme das Zeug aus der Verpackung und zittere so heftig, dass meine Zähne klappern. Ich atme tief ein und wieder aus. *Ich kann das*. Ich falte das Metallgewebe auseinander und ziehe es mit den Fingern glatt. Dann klemme ich es mir unters Knie, halte das Ende des Klebebands mit den Zähnen gepackt und greife nach der Isolierung.

»Ich bekomme das Ding nicht los«, sage ich nach ein paar Sekunden. Der Sog hält die Verkleidung fest gepackt, und meine Zuversicht sinkt, das hier irgendwie schaffen zu können. Ich gegen das Weltall – wie soll ich da gewinnen?

»Du schaffst das«, sagt Dom. »Die Isolierung hat eine Wabenstruktur, das heißt der Sog wirkt nur auf eine kleine Fläche. Zieh noch etwas fester.«

Und genau das tue ich, bis die Verkleidung urplötzlich nachgibt und mir scharf entgegenschlägt, sodass ich mich am Bein verletze. Zuerst fällt es mir gar nicht auf, weil ich gegen die glänzende Oberfläche hinter der Verkleidung gerissen werde und mich mit aller Kraft dagegenstemmen muss, um nicht mit dem Gesicht gegen die Wand zu knallen.

»Ich kann nichts sehen!«, brülle ich, während die Alarmsirenen meine Stimme und alle anderen Geräusche übertönen. »Ich kann das Loch nicht sehen!«

Irgendetwas lässt das Shuttle erschaudern, alles fängt an zu rattern, einschließlich meines Gehirns, sodass ich nicht mehr klar sehen kann. Ezra brüllt etwas, aber ich verstehe kein Wort.

»Was?«, rufe ich, doch meine Stimme wird auf der Stelle verschluckt. »Was?«, rufe ich noch mal, und als ich mich umdrehe, sehe ich, dass er auf ein Display rechts über seinem Kopf deutet, das in Form einer grünen Strichzeichnung den Bereich hinter der Verkleidung skizziert. In der linken oberen Ecke leuchtet ein rotes X auf. Ein Lageplan. Und X ist das gesuchte Leck. Alles um mich herum zittert, sodass ich nicht viel erkennen kann, aber mit etwas Konzentration macht die Zeichnung halbwegs Sinn. Als ich mich erneut der Wand zudrehe, entdecke ich die Stelle auf Anhieb – kein richtiges Loch, vielmehr ein schmaler Riss, der mich zischend ansaugt, geradezu überwältigend. Ich stelle mir vor, wie ich hinausgerissen werde, hinausgesogen wie ein Milchshake durch einen Strohhalm, in tausend winzigen Teilen.

»Ich hab's gefunden!«, brülle ich, während Dom einen Gegenstand in meine Richtung schleudert, der sich einmal überschlägt und mich dann an der Schulter trifft. Es ist eine Druckmaske. Die habe ich schon tausendmal getragen, bei den Sicherheitsübungen für den Fall eines plötzlichen Druckabfalls auf der Ventura. Ich setze mir die Maske auf, ziehe den Riemen an und schalte die Gegensprechanlage ein.

»Mariana!«, sage ich, aber Dom hat seinen Gurt bereits gelöst und stützt sich an der Decke ab, um ihr die Maske aufzusetzen. Dabei tritt er Ezra versehentlich gegen den Kopf.

»Mann, Suarez, war das nötig?«, tönt seine Stimme in meinem Ohr.

Dom ist wieder an seinem Sitz angekommen, setzt seine Maske auf und schnallt sich an.

»Was soll ich denn machen – sie sterben lassen?«

»Wir werden alle sterben, wenn du die Triebwerke nicht im Auge behältst.«

Ich lege das Metallgewebe in der linken oberen Ecke auf, und es bleibt von ganz allein kleben, weil der Sog die Stelle fest versiegelt. Als Nächstes ziehe ich einen Streifen Klebeband von der Rolle und breite ihn diagonal über die Stelle, aber ich habe nichts zum Durchtrennen.

»Wie soll ich das Zeug durchschneiden?«

»Suarez, überprüf die Inventarliste. Such nach einer Drahtschere.«

»Warum ist die nicht gleich dabei?« Für einen furchterregenden Moment steigt Panik in mir hoch.

Dom berührt eines der Displays. »Sechs vier null.« Er deutet auf eine Stelle hinter Ezras Sitz. »Da drüben.«

Ich drücke mich von der Wand ab und knalle mit dem Ellbogen gegen Ezras Sitz, während ich mich in Marianas driftenden Beinen verheddere.

»Wie war noch mal die Nummer?«

»Sechs vier null«, wiederholt Dom. Er blickt über seine Schulter zu mir herüber, und obwohl ich hinter der Maske nur seine Augen sehe, fühle ich mich auf der Stelle besser. »Alles okay?«, fragt er. Ich nicke, schlucke, schiebe Marianas Bein zur Seite und öffne das Fach. Die Blechschere klemmt an der Innenseite der Tür.

Ich klebe den Flicken ringsum fest, obwohl es mich alle Kraft kostet, weil ich das Band mit meinen zitternden Fingern kaum durchbekomme und hinter der Maske nicht viel sehen kann. Außerdem habe ich überall dieses klebrige schwarze Zeug, schmierig wie Erdnussbutter, das meine Finger so verklebt, dass ich sie nicht mehr auseinanderbekomme.

»Ich bin fertig«, rufe ich, während mehrere Alarmsirenen verstummen, sodass nur noch zwei, drei Warnsignale ertönen und über der Frontscheibe alle paar Sekunden ein rotes Blinklicht aufleuchtet.

»Gute Arbeit«, sagt Dom. »Bring die Isolierung wieder an und dann setz dich auf deinen Platz.«

Erst als ich die Verkleidung anhebe, bemerke ich den dunklen Flecken an meinem Overall auf Höhe des Schienbeins. Es haben sich mehrere Bluttropfen gesammelt, von denen einer urplötzlich losschwebt, um gegen eines der Staufächer zu prallen und eine geleeartige Pfütze zu hinterlassen.

»Hört mal«, sage ich, »es ist nichts Schlimmes, aber könnt ihr mal nach einem Erste-Hilfe-Kasten suchen?«

Beide sehen mich in dem Konvexspiegel mit großen Augen an. »Warum?«, fragt Dom. »Was ist passiert? Was hast du?«

»Gar nichts. Mir geht's gut. Ich habe mir nur ins Bein geschnitten – nicht weiter schlimm. Aber ich will hier nichts verschmieren, deshalb sollte ich es verbinden.«

»Unter deinem Sitz«, sagt Ezra.

Ich zwänge mich in den Fußraum zwischen den Sitzen und ziehe die Erste-Hilfe-Tasche hervor, als Dom meinen Oberarm packt und mich nach oben zieht. Im nächsten Moment stoße ich mit dem Hintern gegen die Windschutzscheibe, bevor er mich in seinen Schoß zieht und mich mit den Armen umfängt.

»Zeig mir die Stelle«, sagt er, ohne mich anzusehen, denn sein Blick ist immer noch auf das Display gerichtet. Unsere Masken stoßen sanft gegeneinander. »Zeig's mir.«

Das ist gar nicht so einfach, weil ich zwischen ihm und dem Armaturenbrett feststecke und er links auf dem Display den Vorschub und rechts den Schieberegler für die Steuerraketen stabil halten muss. Aber ich ziehe mein Hosenbein vorsichtig nach oben, und er wirft einen flüchtigen Blick darauf. »Ist ziemlich tief. Übernimm mal kurz«, sagt er und deutet auf das Display. »Einfach nach oben oder unten schieben, sodass wir im grünen Bereich bleiben.« Ich bekomme auf der Stelle eine Panikattacke, während er lässig hinter sich greift, um die Erste-Hilfe-Tasche herauszuziehen und nach einer elastischen Binde zu suchen, die er auf mein Schienbein drückt und vorsichtig anlegt.

»Alles okay«, sagt er, mehr zu sich selbst als zu mir, und unsere Augen begegnen sich für einen Sekundenbruchteil, ehe er das Display wieder übernimmt. »Lass mich wieder ran. Ruh dich erst mal aus. Gut gemacht.«

Und es ist einfach typisch, ich meine, typisch Dom, mich ständig retten zu wollen, dass ich tatsächlich lächle und mich für eine Weile an seine Brust lehne. Ich spüre die Bewegungen, die Anspannung seiner Muskeln, spüre das Adrenalin, das durch meine und seine Adern fließt, spüre seinen Ellbogen, der hart gegen meine Hüfte stößt, was mir eigentlich wehtun müsste, aber das tut es nicht.

Nach einem ausgedehnten Moment von erstaunlicher Ruhe frage ich: »Wie ist die Lage?«

Ezra lacht über die Sprechanlage. »Willst du das wirklich wissen?«

»Der Statuscheck ist noch nicht abgeschlossen«, sagt Dom, und ich spüre, wie er Ezra einen finsteren Blick zuwirft.

»Nicht nötig, wenn man das hübsche Bild da oben betrachtet.« Seine Hand greift in mein Blickfeld und deutet auf einen Bildschirm oberhalb von Dom, die Rückansicht aus unserem Shuttle, wo eine Spirale von weißem Dunst die schwarze Leere durchkreuzt und unseren Kurs sichtbar nachzeichnet.

»Was ist das?« Ich schlucke hart.

»Das, meine Liebe, sind die pulverisierten Überreste unseres Hecks, vermischt mit der Flüssigkeit unseres Heizsystems.« Sein Zynismus klingt beinahe schadenfroh, aber anscheinend ist das seine Version von schierer Panik und Verzweiflung.

»Der Statuscheck ist noch nicht abgeschlossen«, wiederholt Dom in dem gleichen ruhigen Tonfall, mit dem gleichen Seitenblick auf Ezra, dann betätigt er ein paar Schalter. »Gibt es eigentlich keine Möglichkeit, diesen nervigen Alarm abzustellen?«

Ezra lacht. »Nein, das ist die unangenehme Nebenwirkung, wenn man tief in der Scheiße sitzt – es ist leider unerträglich laut.«

Dom wirft einen Blick auf mich. »Alles okay?«

Ich nicke und sehe, wie seine Augen ein Lächeln reflektieren, durch seine und meine Maske hindurch.

»Der Statusbericht ist jetzt komplett«, sagt Ezra. »Und, jep, ich hatte recht. Wir sitzen tief in der Scheiße.«

»Ist das ein Fachausdruck?«, fragt Dom.

»Was ist euch lieber – die gute oder die schlechte Nachricht?«

Dom sagt die gute, ich die schlechte, beide im selben Augenblick.

»Also, die gute Nachricht ...« Ezra nimmt seine Maske ab, und mit einem Mal klingt seine Stimme dünn und fern. »Der Kabinendruck ist wieder stabil. Zumindest fürs Erste.«

»Und die schlechte Nachricht?« Ich nehme meine Maske herunter, und als Dom seine ebenfalls abnimmt, bemerke ich roten Druckstellen an seinen Wangen.

»Wo soll ich anfangen?«, fragt Ezra, der sich zu Dom herüberlehnt, um auf dem Systemdisplay nach unten zu scrollen und endlose Zeilen von Computertext zu überfliegen.

»Beschränk dich aufs Wesentliche«, antwortet Dom, während ich mich verrenke, um Mariana die Maske abzunehmen und ihr die Haare aus dem Gesicht zu streichen.

»Also, um es kurz zu machen, der rechte Teil des Hecks und die hinteren Landeklappen sind abgerissen. Das Heizsystem ist so schwer beschädigt, dass es eigentlich gar nicht mehr funktionieren dürfte. Und einer unserer Sauerstofffilter ist ausgefallen. Bei den Treffern, die wir kassiert haben, ist es ein Glücksfall von eins zu einer Million, dass wir überhaupt noch auf dem Radar sind.«

Mariana stöhnt und windet sich auf ihrem Sitz, ohne die Augen zu öffnen. »Deine Prognosen gefallen mir überhaupt nicht«, sagt sie beim Ausatmen.

Ezra lacht. »Mir auch nicht.«

Dom fragt sie, ob es ihr gut geht. Mariana nickt, versucht zu lächeln, scheitert kläglich.

Es entsteht eine Pause, bevor Ezra hinzufügt: »Aber es sieht nicht alles übel aus. Bei unserem Trudeln haben wir zumindest an Fahrt gewonnen. Es geht doch nichts über ein Shuttle, das völlig außer Kontrolle gerät. Und bei dem Gewicht, das wir verloren haben, müssten wir ungefähr mit doppelter Geschwindigkeit unterwegs sein. Nur schade, dass wir unser Ziel erst erreichen, wenn wir schon tot sind. Das gibt dem Ganzen leider einen Dämpfer.«

»Noch so ein blöder Spruch, und es ist dein letzter, Lomax«, sagt Dom kopfschüttelnd.

»Ist sowieso mein letzter, Mann. Du solltest dir eine bessere Drohung ausdenken.«

»Das ist keine Drohung, sondern ein Versprechen.«

»Na dann, viel Glück. Ich frage mich, wie ihr auch nur fünf Minuten ohne die einzige Person auskommen wollt, die dieses Ding steuern kann.«

»Okay.« Ich gehe dazwischen und nehme Doms Hand, um ihn zu besänftigen. »Und was schließt du daraus?«, frage ich Ezra.

»Was ich daraus schließe …« Während er das sagt, mustere ich ihn von der Seite und bemerke seine gerunzelte Stirn. »Ehrlich gesagt, halte ich es für ziemlich unwahrscheinlich, dass wir Huxley-3 erreichen. Laut Navigationssystem bräuchten wir dreiundzwanzig Stunden bei vollem Vorschub. Und sollten wir es tatsächlich so weit schaffen, hab ich nebenbei bemerkt noch nie ein Shuttle in eine Umlaufbahn oder ein Gravitationsfeld eingelenkt, und bei meinen Fähigkeiten liegen die Erfolgschancen höchstens bei zwanzig Prozent.«

Dom schluckt. »Zwanzig Prozent?«

»Und das mit voll funktionsfähigem Shuttle. Bei unseren Schäden …«

Wir warten eine halbe Ewigkeit auf seine Einschätzung.

»Drei bis fünf?«, sagt er schließlich.

»Prozent?«, frage ich.

Er nickt. »So was in der Art.«

Dom sieht mir in die Augen und berührt meine Unterlippe, dann gleitet sein Blick zur Seite, zur Seite und nach unten. Mit einem Mal sehe ich die Angst, die Zweifel, und es kommt mir vor, als würde ich in einen Abgrund stürzen, als würde mir der Boden unter den Füßen weggerissen, ein schwindelerregendes Gefühl. Ein einzelner Schweißtropfen bildet sich an seinem Haaransatz, dicht über dem Ohr. Die Hand an meiner Wange zittert ein wenig, aber dann schluckt er und nickt. »Wir schaffen das.«

Ezra lacht. »Wenn du meinst. Aber das ist definitiv nicht Hensons Verdienst. Sich auf die Hydrauliksteuerung zu setzen, steht nicht im Handbuch, soweit ich mich erinnere.«

Ich bin gerade im Begriff herunterzurutschen und berühre Doms Hand, die immer noch an meiner Wange ruht, um einen Kuss in seine Handfläche zu drücken, die Lippen leicht geöffnet, als er mich zurückzieht und seine Lippen auf meine drückt, bis wir völlig in dem Kuss versinken und alles um uns herum verschwindet, süß und überwältigend. Ich lege meine Hand in seinen Nacken, fahre mit den Fingern in sein verschwitztes Haar, spüre, wie ich von ihm angezogen werde, als würde er sein eigenes Kraftfeld erzeugen. Und genauso ist es, zumindest für mich. So ist es schon immer gewesen. Trotzdem schaffe ich es irgendwie, mich loszureißen, auch wenn es mir schwerer fällt als irgendetwas je zuvor.

Erst als ich wieder angeschnallt an meinem Platz sitze, fällt mir auf, dass Ezra mich im Spiegel beobachtet, doch als ich seinem Blick begegne, sieht er weg.

KAPITEL 33

Und so geht man in einem Shuttle zur Toilette: Man schließt sich in einem winzigen Kabuff ein, das nicht viel größer ist als eines der Staufächer, aber hoch genug, um darin stehen zu können. Und dann beginnt die Fummelei mit dem Plastiktrichter und den Schläuchen, was nicht gerade angenehm oder unkompliziert ist, schon gar nicht, wenn man so was noch nie gemacht hat.

Und in meinem Fall verbringt man noch ein paar zusätzliche Minuten damit, sich an der Decke abzustützen und in den winzigen quadratischen Spiegel an der Tür zu starren, um sich selbst in die Augen zu blicken und zu fragen, was man gerade denkt, möglichst ohne die Frage laut auszusprechen. Dann blickt man an sich hinunter, in diesem winzigen Raum, der plötzlich aussieht wie ein Sarg, und man will nur noch schreien, denn man ist vielleicht schon tot oder dem Tod zumindest extrem nahe.

Draußen im Shuttle haben sich die Achsen seltsam verschoben. In der Schwerelosigkeit kommt es nur darauf an, wie man sich selbst ausrichtet, daher ist die Toilettenkabine im Boden eingelassen. Wenn man da drin ist, hat man das Gefühl zu stehen, aber in Wirklichkeit liegt man am Grund des Shuttles, und wenn man herauskommt, muss man erst mal überlegen, wo oben und unten ist.

Ich klammere mich an die Rückenlehne meines Sitzes, während sich Mariana zu mir umdreht.

»Alles okay?«, fragt sie fast ohne Stimme, während ich bestätigend nicke.

»Ja.« Ich klinge nicht viel besser.

»Ich muss auch mal«, sagt sie und löst ihren Gurt. Ich helfe ihr, sich an der Wand entlang durch den Raum zu hangeln.

Zufällig greife ich nach Doms Sitz, als er von einem gewaltigen Gähnen überwältigt wird. Sobald er die Augen öffnet und mich bemerkt, legt er einen Arm um meine Schultern, und ich betrachte die bunten Lichtreflexe auf seinem Gesicht.

»Lass mich mal ran – du brauchst dringend Schlaf«, sage ich zu ihm.

Er schüttelt den Kopf. »Nein, schon okay, mir geht's gut. Ich weiß sowieso nicht, ob ich hier schlafen könnte.« Er deutet auf das rote Blinklicht, das immer noch nicht aufgegeben hat, die meisten anderen Signale hingegen schon.

»Ich finde, Dom braucht dringend Schlaf«, sage ich zu Ezra, der mich flüchtig ansieht.

»Klar, wir sollten uns alle aufs Ohr legen, so richtig chillen, ist doch alles in Butter.« Seine Stimme trieft nur so vor Sarkasmus.

»Ich kann solange für ihn übernehmen«, sage ich.

»Leg dich aufs Ohr, Suarez«, sagt Ezra, ohne von seinem Bildschirm aufzublicken.

Dom sieht ihn an, dann mich, dann gähnt er erneut, obwohl er es zu unterdrücken versucht.

»Okay …« Blinzelnd betrachtet er die bunten Bedienelemente um sich herum, Regler und Schieber und Touchscreens. »Also, das hier …«

»Ich erkläre es ihr«, sagt Ezra. »Leg du dich hin.«

Dom sieht mich an, verdreht die Augen und löst seinen Gurt. Er driftet zur Decke und küsst mich kopfüber, bevor er sich zurückzieht.

Als ich mich auf Doms Platz setze, wird mir bewusst, dass ich mich an nichts, aber auch gar nichts aus dem Grundkurs Flugtraining erinnern kann. Aber das Systemdisplay liegt direkt vor mir, deshalb sehe ich natürlich drauf, und blättere zwischen dem Sauerstoffmonitor, der Treibstoffanzeige, den lebenswichtigen Systemen und der Geschwindigkeit hin und her. Dann werfe ich einen Blick durch die Windschutzscheibe. Huxley-3 ist derzeit nicht größer als ein Fußball und weitgehend blau; ein Blau, von dem man nur träumen kann. Ihn zu betrachten, erfüllt mich mit Gefühlen, die ich schnell herunterschlucke, bevor sie aus mir herausplatzen.

Ich wende mich an Ezra. Er isst gerade einen Proteinriegel, den Blick auf das Navigationsdisplay gerichtet, während er mit der anderen Hand das Steuer hält.

»Geht's dir gut?«, frage ich.

»Na ja.« Er zuckt mit den Schultern. »Es ging mir schon besser, aber unter den gegebenen Umständen …«

Ich grinse. »Was ist da eigentlich passiert?«

»Wo?«

»Auf der Ventura.«

»Nicht viel.« Er seufzt, zuckt mit den Schultern. »Ich war auf dem Weg zur Messe, zusammen mit meiner Mutter, und dann kam dieser Anruf. Ich dachte, vielleicht geht es dabei um dich, vielleicht auch um was anderes, jedenfalls meinte sie, sie müsste dringend weg. Ich habe noch versucht, sie aufzuhalten, aber sie ist trotzdem gegangen, wahrscheinlich hatte sie so eine Ahnung, denn sie hat ihrem Sicherheitstypen gesagt, er soll solange bei mir bleiben, aber … ich habe es geschafft abzuhauen, und hier bin ich.«

Ich muss plötzlich zittern, weil der kühle Plastikbezug der Sitzschale mir eine Gänsehaut bereitet. Ezra greift hinter sich und wirft mir seine Jacke herüber, die sich vor unseren Augen lautlos auseinanderbreitet. Ich greife danach und stecke sie um meine Beine herum fest.

»Gott, was machen wir hier eigentlich?«, sage ich kopfschüttelnd.

Er lacht. »Wenn du es nicht weißt, dann weiß es keiner. Schließlich bist du diejenige, die verzweifelt genug war, von mir wegzukommen, um dafür dein Leben aufs Spiel zu setzen. Was im Nachhinein betrachtet ziemlich nach hinten losgegangen ist, immerhin bin ich einer von nur drei Menschen, die du überhaupt je wiedersehen wirst.«

Diese Tatsache lasse ich erst einmal sacken, bevor ich weiterrede. »Ich wollte nicht weg von *dir*, Ezra. Das weißt du doch, oder?«

Er streckt die Hände von sich. »Kannst du dich jetzt mal nützlich machen, oder willst du einfach nur quatschen?«

Dann redet er auf mich ein, erklärt mir die verschiedenen Displays, erzählt was von maximaler Geschwindigkeitseffizienz, von Schadenseinflüssen und anderen Dingen, die keinerlei Sinn ergeben.

»Warum lässt du mich nicht einfach ans Steuer?«, frage ich schließlich.

Er mustert mich ausgiebig. »Dich? Ans Steuer?«

»Warum denn nicht?«

Er mustert mich erneut. »Okay, du hast es so gewollt, dann mal los.«

Also löse ich meinen Sicherheitsgurt, klettere auf seinen Schoß und greife nach der Lenksäule, während er unter mir wegrutscht.

Huxley-3 verschwindet auf der Stelle aus meinem Sichtfeld, und ich spüre, wie wir abdriften.

»Mann«, sage ich. »Hilf mir mal!«

Ezra grinst nur. »Du wolltest doch ans Steuer. Jetzt trägst du die Verantwortung. Bring uns wieder auf Kurs. Vorsichtig herumziehen. Du musst differenziell denken.«

Ich habe keine Ahnung, was er damit meint, aber ich ziehe entschlossen am Steuerknüppel, reiße das Shuttle nach links, dann nach rechts, aber das bringt alles nichts.

Irgendwann hat Ezra Erbarmen und legt seine Hand auf meine. »Einfach so, okay? Einfach so.« Und er zieht das Steuer sanft auf mich zu, zwischen meine Knie, den Knüppel leicht nach links geneigt. »Einfach so«, sagt seine Stimme nah an meinem Ohr. »Und dann ruhig halten. Man kann spüren, wie das Shuttle nach einer Seite zieht, immer nach rechts, weil das halbe Heck fehlt. Also muss man sanft gegenlenken. Locker und entspannt.«

Huxley-3 tritt wieder in Erscheinung, zunächst etwas unstet, leicht kreiselnd, aber dann immer schärfer, genau im Zentrum. Als hätte er den Planeten selbst da hingeschoben.

»Ich glaube, ich hab's kapiert«, sage ich und verscheuche ihn mit einem Zucken meiner Schulter, sodass er sich in seinen eigenen Sitz zurückzieht, an den Haaren fummelt und auf die Displays starrt.

Ich bekomme ein schlechtes Gewissen. »Ezra …«

Doch im selben Moment schrillt ein weiterer Alarm, sodass ich fast aufschreie.

»Was habe ich gemacht?«, frage ich, aber er schüttelt den Kopf und liest die blinkende Warnmeldung auf dem Systemdisplay.

»Das warst du nicht.« Er streicht sich die Haare aus dem Gesicht. »Das war das Heizsystem.«

»Was meinst du?«

Er grinst. »Es ist gerade ausgefallen. Das heißt, hier wird es bald richtig, richtig kalt. Ich schätze, die Jacke brauche ich irgendwann zurück.«

Ich werfe im Spiegel einen Blick auf Dom und sehe, dass er in meinem Sitz eingeschlafen ist. Mariana macht sich anscheinend immer noch mit der Toilette vertraut.

»Können wir uns irgendwas zunutze machen? Um uns warm zu halten?«

Ezra tippt auf dem Display herum. »Es gibt ein paar Rettungsdecken.« Er schüttelt den Kopf, zuckt mit den Achseln. »Ersatzuniformen ... keine Ahnung, aber irgendwann ...« Er sieht mich an und schüttelt immer noch den Kopf. Das Licht des Armaturenbretts beleuchtet von unten sein Gesicht, sodass er irgendwie fremd aussieht.

»Irgendwann *was*?«

Er schenkt mir dieses typische Lächeln, extrem zynisch. »Irgendwann müssen wir uns notgedrungen damit abfinden.«

»Womit abfinden? Jetzt rede doch mal Klartext!«

Er sieht mich mit großen Augen an. »Dass wir es nicht schaffen! Wir werden es nicht schaffen, Seren. Es sprechen zu viele Dinge gegen uns. Alles spricht gegen uns.«

»Ich ...« Ich rede einfach drauflos, ohne eine Antwort parat zu haben, deshalb unterbreche ich mich und überlege, was ich eigentlich sagen will. »Ich ... kann das nicht akzeptieren. Ich kann einfach nicht. Und selbst wenn ich es könnte, was soll das überhaupt heißen? Wie soll das bitte aussehen? Willst du die Außenschleuse öffnen und die Sache beenden?«

»Ich meine doch nur … natürlich können wir kämpfen. Wir können um jeden Zentimeter kämpfen. Aber irgendwann müssen wir uns damit abfinden, dass wir alles Menschenmögliche getan haben. Diese Geschichte endet nicht damit, dass wir irgendwann auf diesem Planeten stehen, echt nicht. Wir sind noch gut siebzehn Stunden entfernt, wenn nicht mehr. Also, wenn du noch etwas zu klären hast, dann solltest du es jetzt tun.«

»NEIN«, brülle ich, sodass er vor Schreck zusammenfährt. »Das kann ich nicht. Das *will* ich nicht akzeptieren!«

»Okay«, sagt er. »Dann lass es. Aber halte mich bitte nicht davon ab, das zu tun, was ich tun muss.«

»Das will ich doch gar nicht«, und dann etwas leiser: »Das will ich echt nicht.«

»Okay, gut.« Er nickt und wendet sich wieder dem Systemdisplay zu.

Das Alarmsignal durchdringt die Stille – ein pulsierender Laut, wie die Geräusche eines U-Boots in irgendeinem alten Spielfilm –, und die ganze Zeit versuche ich, mich aufs Lenken zu konzentrieren, aber in Wirklichkeit schweifen meine Gedanken ständig ab.

»Okay, von mir aus«, sage ich. »Es gibt da wirklich was zu klären. Ich habe eine Frage an dich.«

Er seufzt und gähnt. »Schieß los.«

»Warum hast du das gemacht? Warum hast du alles aufgegeben, um für uns dein Leben zu riskieren?«

Er zuckt mit den Schultern und kratzt sich am Kopf, als wüsste er es selbst nicht so genau. »Ohne meine Hilfe hättet ihr es nie geschafft. So viel steht fest. Suarez gibt sich zwar alle Mühe, aber er ist nun mal kein Pilot. Und ich wollte nicht mit dem Wissen weiterleben, dass ich schuld bin, wenn du stirbst. Keine Ahnung, wir gehören … halt irgendwie zusammen, und ich kenne dich ein Leben lang … ob es mir gefällt oder nicht, du bist ein Teil von mir.«

Er sieht zu mir rüber, aber ich sehe hastig weg, hinaus zu den Sternen, ohne sie zu sehen. Nickend, blinzelnd, konzentriere ich mich auf eine Welt, in der Ezra so etwas zu mir sagt.

»Also … danke«, sage ich, aber mir wird auf der Stelle bewusst, wie armselig das klingt.

Wir sitzen schweigend nebeneinander, während Ezra auf dem Systemdisplay herumtippt. Mein Sitz wird leicht erschüttert, als Mariana sich daran festhält, um in ihren eigenen Sitz zu klettern.

»Was ist das für ein Alarm?«, fragt sie, während sie sich zu uns vorbeugt.

»Die Heizung hat sich gerade verabschiedet«, sagt Ezra.

Sie seufzt durch die Nase. »Können wir nicht irgendetwas tun?«

»Und was?«, frage ich.

»Ich kenne mich ein bisschen mit Lüftungssystemen aus, von der Arbeit her. Ich könnte mal einen Blick darauf werfen, wenn ich da rankomme.«

»Der Zugang ist von außen«, kommentiert Ezra.

»Dann haben wir ein Problem.«

Mariana findet das Staufach mit den Rettungsdecken. Es sind die gleichen silbernen Schlafsäcke wie auf der Ventura. Sie lassen sich zu winzigen Paketen zusammenrollen, aber wenn man sie ausbreitet, blähen sie sich auf. Ich sehe zu, wie sie Dom darin einhüllt, dann wirft sie uns zwei Pakete entgegen. Man kann sie bereits spüren – die alles durchdringende Kälte, schlimmer, als wir es ein Leben lang gewohnt waren.

Nachdem ich den Schlafsack bis zur Hüfte hochgezogen habe, ist mir fürs Erste warm genug, aber ich spüre den rasanten Temperaturabfall an meinen Wangen, und meine Hände erstarren am Steuer, während sich an den Rändern der Windschutzscheibe Frost bildet. Das blaue Licht von Huxley-3, das uns durch die Windschutzscheibe entgegenstrahlt, macht es mir schwer zu glauben, dass seine Anziehungskraft nicht ausreichen soll.

Erst als mich ein neuer Alarm aufschreckt, wird mir bewusst, dass ich kurz davor bin, am Steuer einzuschlafen. Ich sehe hinüber zu Ezra, doch der ist komplett weggetreten, den Kopf zur Seite geneigt, weg von mir. Ich will ihn wecken, aber meine Stimme versagt. Ich bemerke, wie Dom sich rührt und seine Decke abstreift, die auf der Stelle in den hinteren Teil der Kabine schwebt. Er schiebt sich zwischen den Sitzen nach vorn, um auf das Systemdisplay zu sehen, umgeben von einer eisigen Wolke seines Atems.

»Madre de Dios.« Er schlingt die Arme um den Körper und zittert am ganzen Leib.

»Die Heizung ist ausgefallen«, sage ich, während er auf den Bildschirm blinzelt. »Ist passiert, als du geschlafen hast.«

Er beugt sich über Ezras Schoß, um den rot blinkenden Text auf dem Display zu lesen.

»Und das ist der Sauerstofffilter«, sagt er mit klappernden Zähnen.

»Was?«

»Wir verlieren immer noch an Druck, deshalb funktioniert der Luftfilter nicht mehr richtig.«

Ich schlucke. »Ist das ein ernstes Problem?«

Er schüttelt den Kopf, zwingt sich zu einem Lächeln. Aber er ist genauso wenig davon überzeugt wie ich. Dann legt er eine Hand an meine Stirn und küsst meine Augenbraue.

»Ich wusste gar nicht, dass du das Ding fliegen kannst«, sagt er grinsend.

Dom findet heraus, wie man die Musik einschaltet, und wir hören ein paar Songs, die wir auf der Ventura immer zusammen gehört haben. Ich widerstehe dem Drang, ihm zu sagen, er soll es bitte abstellen, weil ich die Musik kaum ertrage. Wie kann etwas, das nur wenige Stunden zurückliegt, einem so vorkommen, als läge es eine Million Jahre in der Vergangenheit?

»Ich habe meine Gitarre vergessen.« Dom klammert sich an die Rückenlehne meines Sitzes und betrachtet mich im Spiegel, während sein Kinn auf meinem Scheitel ruht.

»Oh Mann.« Ich kann gar nicht sagen, wie traurig mich das macht.

Er zieht einen Schmollmund, aber dann lächelt er mich an. »Ich habe alles, was ich brauche, estrellita, also mach dir keine Gedanken.« Dann küsst er mein Ohr, atmet meinen Geruch.

Er weckt Ezra, um mit ihm Plätze zu tauschen, aber der weigert sich.

»Ich hab nicht geschlafen«, sagt er mehrfach.

»Doch, hast du«, erwidert Dom lachend.

»Suarez, wenn ich dich und Henson hier allein lasse, sind wir in ein paar Minuten tot.«

»Als du geschlafen hast, sind wir auch irgendwie klargekommen.«

»Ich hab nicht geschlafen!«

Letztendlich räumt er seinen Platz, aber nicht um zu schlafen, sondern um sich mit Mariana zu streiten. Er meint, es wäre ziemlich traurig, dass sie zwei Jahre lang in der Instandhaltung gearbeitet hat und keines unserer Systeme reparieren kann.

»Du hast doch selbst gesagt, die sind nur von außen zugänglich. Um da ranzukommen, müsste ich das ganze Shuttle auseinandernehmen!«, fährt sie ihn an.

»Dann mach das!«, brüllt er zurück.

Woraufhin die beiden einen Großteil der Verkleidung abreißen, allerdings ohne jeden Plan, und weil das Shuttle achtzig Jahre lang ungenutzt am Bug der Ventura hing, hat sich eine Menge Weltraumstaub angesammelt, der ihnen an den Händen und im Gesicht kleben bleibt und sich in hartnäckigen schwarzen Wolken durch den Raum bewegt. Die beiden streiten praktisch ununterbrochen, während sie diverse Kabelkanäle herausziehen, sich vorübergehend Hoffnung machen, weitere Alarmsignale auslösen und irgendwann einsehen müssen, dass das alles nichts bringt. Zu diesem Zeitpunkt haben sie das Shuttle buchstäblich in seine Einzelteile zerlegt, und die Anzeige der lebenssichernden Systeme ist ausgefallen. Aber als Dom vorschlägt, sie sollten besser aufhören, bevor der Navigationscomputer und der Autopilot auch noch ausfallen, werden die beiden so sauer, dass er am Ende alles selbst wieder zusammenbauen muss. Ezra und Mariana übernehmen das Steuer, während ich unter den Sitz krieche, um Dom zu assistieren, der von dem ganzen Staub schnieft und niest, und ihm die nötigen Werkzeuge zu reichen und wieder in ihre Halter zu stecken. Die anderen versuchen derweil, das Shuttle zu steuern, während die Hälfte der Systeme streikt.

»Wenn es auch sonst nichts bringt, die Arbeit hält einen wenigstens warm«, sagt Dom irgendwann.

Im selben Moment erwacht der Systemcomputer zu neuem Leben und fängt an zu piepsen.

Weil der Luftfilter ausgefallen ist.

KAPITEL 34

»Na klasse«, sagt Ezra gähnend. »Der Luftfilter hat also auch den Geist aufgegeben. Ich hab schon drauf gewartet.«

»Und was jetzt?«, frage ich.

»Na ja«, seufzt Ezra, »wenn ich an die Notfallübungen denke, sollten wir unsere Masken besser wieder aufsetzen.«

»Und wie viel Luft haben die?«

Er zuckt mit den Achseln. »Vielleicht acht Stunden.«

Dom versucht, sich mit dem Unterarm den Staub aus dem Gesicht zu reiben und verschmiert das Zeug nur noch mehr. »Dann sollten wir versuchen, so lange wie möglich ohne auszukommen.«

»Du meinst, ohne ohnmächtig zu werden«, sagt Mariana.

Ezra lacht. »Genau – ab sofort wird es ziemlich unangenehm.«

Wir lassen diese Tatsache für einen Moment sacken und versuchen zu verarbeiten, was kein Mensch verarbeiten kann.

Ich sitze in der hinteren Reihe und fahre mit dem Finger über meine Unterlippe. »Ich finde, wir müssen unsere Energiereserven ganz einfach einteilen. Wenn wir uns entspannen und ruhig weiteratmen, einen Atemzug nach dem anderen, dann kommen wir schon irgendwie klar.« Als ich den Blick zu Dom wende, bemerke ich, dass er mich beobachtet, ein Lächeln auf den Lippen.

»Was?«, frage ich.

»Nichts«, erwidert er und sieht mich nur an.

»Wie viele Stunden sind wir von Huxley-3 entfernt?«, frage ich. Ezra blickt auf das Navi. »Elf.«

Das ist eindeutig mehr, als ich erwartet habe, denn es kommt mir vor, als säßen wir schon ewig in diesem Shuttle, aber das behalte ich für mich. »Also nicht viel anders, als müssten wir eine lange Nacht hinter uns bringen. Eine Nacht, von der man nicht weiß, wie man sie überstehen soll. Man kann nur von einer Minute zur anderen leben und sich ständig daran erinnern, dass man noch da ist … dass man noch lebt.«

Dom legt seine Hand auf meine Schulter und gibt ihr einen Kuss.

Ich weiß nicht, wann oder wie ich einschlafe. Ich weiß nur, dass ich mit einem prickelnden Gefühl in den Beinen aufwache und kaum noch schlucken kann, weil mein Mund total ausgetrocknet ist. Außerdem höre ich mal wieder ein neues Geräusch. Drei tiefe Huptöne, dann eine Pause, dann wieder dieses Hupen. Ich hebe meinen hämmernden Schädel und erblicke Dom, der zwischen den Sitzen zu mir nach hinten späht.

»Setz deine Maske auf«, sagt er mit aufgerissenen Augen, während er seine eigene demonstrativ hochhebt. »Wir haben nicht mehr genug Sauerstoff.«

Ich setze die Maske auf und straffe die Gurte an meinem Hinterkopf. Ezra dreht die Musik voll auf, die vorher schon ziemlich laut war, kein Gesang, nur anschwellende Geräusche, während ich durch die ringsum vereiste Frontscheibe auf Huxley-3 starre und denke: *Wir waren so nah dran.*

Mariana fragt über die Sprechanlage: »Und was passiert jetzt?«

Keiner antwortet, keiner rührt sich, wir sitzen einfach nur da, die Kapuzen aufgesetzt, die Schlafsäcke bis zum Kinn hochgezogen.

»Als ich klein war«, erzählt Ezra, »habe ich das Schwimmbecken total geliebt, das auf dem Hauptdeck. Fast hätte ich es geschafft, eine ganze Bahn zu tauchen. Jonah hat mich dafür gehasst«, er lacht leise.

»Und was willst du uns damit sagen?«, fragt Mariana.

»Gar nichts … ist mir einfach nur eingefallen.«

»Bist du jetzt kurz vorm Durchdrehen, oder was?«

»Was willst du denn hören? Dass wir noch circa fünf Stunden Sauerstoff für einen siebenstündigen Flug haben? Wäre dir das lieber?«

»Wenn es die Wahrheit ist, ja!«, brüllt sie, bevor Dom dazwischengeht. »Hey, Leute, wir sollten uns die Kräfte sparen, okay? Nur keine sinnlosen Streitereien, das bringt uns nicht weiter. Lasst uns lieber … an etwas Positives denken.«

Mariana fährt sich beiläufig über die Augen, und bei jeder anderen würde ich denken, dass sie weint, aber das ist immer noch Mariana, also kann das nicht sein. Trotzdem strecke ich ihr die Hand entgegen, und als sie die bemerkt, greift sie dankbar zu.

»Nur um eins klarzustellen«, sage ich. »Ich glaube immer noch, dass wir es schaffen können.«

»Hör auf, du Träumerin. Du machst mich noch wahnsinnig.« Mariana drückt meine Hand, und wir bleiben schweigend sitzen, unsere Finger über dem Spalt zwischen den Sitzen fest verhakt.

Sonnenuntergang. Huxley-3 erfüllt unser Sichtfeld, und die Sonne gleitet seitlich daran vorbei. Ihre letzten Strahlen schimmern tiefrot auf der Meeresoberfläche, bevor sie am Horizont verschwindet. Wir befinden uns im Kernschatten des Planeten. Ezra sitzt am Steuer, Dom auf dem Sitz des Kopiloten. Er schiebt seine Maske zurück, um einen Proteinriegel zu essen und einen Schluck Wasser zu trinken, dann fordert er mich auf, das Gleiche zu tun. Ich schüttle den Kopf.

»Bitte«, sagt er mit traurigem Blick, also esse ich etwas.

Letztendlich geht es relativ schnell, oder vielleicht bilde ich mir das nur ein, jedenfalls spüre ich schon bald die ersten Anzeichen. Mir wird schwindelig, und meine Gedanken sind total verworren, sodass ich das Gefühl habe zu träumen. Deshalb konzentriere ich mich darauf, wach zu bleiben. Ich richte den Blick auf die wundervolle Aussicht, bestehend aus türkisblauem Meer und einem Gürtel von Inseln. Wie grausam, so kurz vor dem Ziel zu scheitern.

»Ich habe diesen Anblick total geliebt«, sage ich, doch Marianas Augen bleiben fest geschlossen. »Als wir noch in der Umlaufbahn waren, kam mir dieser Ort irgendwie magisch vor. Als wollte er mit mir reden, mich … zu sich rufen. Ich wusste, ich würde irgendwann herkommen. Ich wusste, dieser Ort würde … mein Leben verändern. Weißt du, was ich meine?«

Im selben Moment entgleiten mir ihre Finger, und ich stelle fest, dass sie entweder schläft oder bewusstlos ist. Ich betrachte ihr blasses Gesicht und überlege, was wohl eher zutrifft, aber es spielt eigentlich keine Rolle, Hauptsache, sie atmet noch. Als Dom seinen Gurt löst und mein Knie berührt, um zwischen den Sitzen hindurchzurutschen, kommt es mir vor, als hätte er mich geweckt.

»Mann, Suarez, was soll das?«, sagt Ezra mit einem melodramatischen Seufzer.

»Wir fliegen mit Autopilot, Lomax – lass mich mal eine Minute in Ruhe«, sagt er, während ich meinen Gurt öffne und er auf meinen Sitz rutscht, um mich auf seinen Schoß zu ziehen. Zuerst sagt er gar nichts, wir sitzen einfach nur da, unsere eisigen Finger verwoben, unsere Masken aneinandergelehnt, sodass wir uns in die Augen sehen, möglichst ohne zu atmen, obwohl unser Atem automatisch schneller wird.

»Hey«, sagt er leise. Wir wissen, dass die anderen jedes Wort mitbekommen.

»Hey«, erwidere ich, und es ist mir total egal, wer gerade mithört.

»Wie geht's dir?«

»Jetzt schon besser.«

Er nimmt mich noch fester in den Arm. »Ich habe mir überlegt, was wir als Erstes tun, wenn wir auf Huxley-3 landen.«

Und es ist mir egal, ob das reine Illusion ist oder er mich nur aufbauen will, denn genau das will ich hören.

»Und was?« Ich lasse mich auf das Gedankenspiel ein. Er nimmt meine Hand und drückt sie flach an seine Brust, seine Finger über meinen.

»Ich schlage vor, wir stecken eine Flagge in den Sand und verkünden feierlich: ›Wir taufen diesen Ort auf den Namen Serenland‹, dann legen wir uns in den Sand und genießen die Sonne, die uns jahrelang vorenthalten wurde.«

»Serenland?«

Er lächelt. »Klar, warum nicht? Ich wette, es ist da unten wunderschön und faszinierend, also, welcher Name wäre da passender?«

»Nicht übel«, sage ich lachend. »Die perfekte Antwort. Extrem schmeichelhaft.«

»Findest du?«

Ich nicke. »Ich liebe dich.«

Ezra meldet sich zu Wort. »Mann, ist das euer Ernst?« Dann schaltet er die Sprechanlage aus.

Dom lacht leise. »Ich dich auch. Über alles.« Dann sehe ich, wie sein Lächeln verblasst, wie sein Blick nach unten gleitet, wie er meinen Handrücken streichelt, während alle Fröhlichkeit aus seinen Zügen weicht, und ich spüre meine aufkeimende Angst, weil ich ganz genau weiß, was als Nächstes kommt. »Nur für den Fall, dass die Sache schiefgeht …«

Ich schüttle den Kopf. »Bitte nicht.«

Er nimmt mein Gesicht in beide Hände, damit ich ihn ansehe. Und mit einem Mal bemerke ich es, nur einen Schimmer, aber ich betrachte seine unnatürlich fahle Haut, die trägen Bewegungen seiner Augen, und ich will nur noch schreien. Er zerrt an seiner Maske, schiebt sie hoch in die Stirn, und ich tue dasselbe. Als ich ihn ansehe, versucht er zu lächeln, mit gerunzelter Stirn, ein Ausdruck, der mir völlig fremd ist, und als er mich küsst, entfährt mir ein seltsamer Laut, ein grauenhaftes Schluchzen, voller Panik, aber er macht leise *schhhh*, legt seine eisigen Daumen an meinen Kiefer, und wir pressen unsere kalten Gesichter aneinander, reden leise an der Haut des anderen. Er küsst meinen Hals, ich küsse sein Ohr, atme den süßen Duft seines Haars, während seine Hand hinter meinen Rücken gleitet, um mich fest an seine Brust zu ziehen. Ich fahre mit den Händen über seine Seiten, und er verlagert das Gewicht, aber er ist so kalt, so furchtbar kalt, deshalb gleiten meine Hände hinab zu seiner Hüfte, wo ich noch etwas Wärme spüre. Ich lege meinen Kopf an seine Schulter und spüre, wie das Blut unter seiner Haut pulsiert. Ich lege den Daumen an seinen Mundwinkel, während ich ihn küsse, und dann sehe ich ihm aus nächster Nähe in die Augen, von meinen Augen in seine Augen. Und die ganze Zeit versuche ich, möglichst nicht zu weinen.

Inzwischen sind wir so außer Atem, dass wir unsere Masken wieder aufsetzen müssen. Doch sobald wir das getan haben, lasse ich meine sanft gegen seine prallen, so nahe wie es eben geht, und sage: »Du wünschst dir bestimmt, wir wären uns nie begegnet.«

»Da liegst du total falsch«, erwidert er, und weil seine Stimme über die Sprechanlage so ähnlich klingt wie auf dem Pod, fühle ich mich so lebhaft zurückversetzt, zurück zur Ventura, zurück zum Anfang, dass mir alles glasklar vor Augen tritt.

Die Erkenntnis versetzt mir einen schmerzlichen Stich. »Für dich war alles in Ordnung, bis ich aufgetaucht bin. Ich habe dir nur Unglück gebracht. Und jetzt … stirbst du hier draußen … und es ist alles meine Schuld.«

Er schüttelt den Kopf und lächelt, aber seine Augen sind feucht, und das geht mir wahnsinnig nahe. »Du täuschst dich, estrellita. Jede Minute mit dir war ein Geschenk, etwas, das ich mir nie erhofft hätte, etwas so Wunderbares, so Wertvolles, dass es mir mehr bedeutet als je etwas zuvor, dass ich alles andere hinter mir lasse, ohne auch nur darüber nachzudenken. Ich *musste* gar nicht erst nachdenken. Du bist es mir wert. Du bist es mir allemal wert. Du bist noch viel mehr wert als das hier. Ich liebe restlos alles an dir. Und würde ich das Ganze noch mal machen? Natürlich. Jederzeit. Ich würde es tausendmal machen, ohne zu zögern.«

Ich schüttle den Kopf, schüttle ihn wieder und wieder, als könnte ich die Realität dadurch aufhalten. »Ich will mich nicht von dir verabschieden«, sage ich, doch im selben Augenblick wird mir schwindelig, meine Lippen werden taub, ich werde mitgerissen, und es wäre tausendmal leichter, dem Gefühl einfach nachzugeben. Meine Augen schließen sich wie von allein, ohne dass ich es will, aber ich höre, wie Dom meinen Namen sagt, mich anfleht, bei ihm zu bleiben und weiterzureden. Und er soll wissen, dass es mir gut geht, deshalb antworte ich mit einer kläglich dünnen Stimme. »Ich wünschte nur, ich könnte noch mal mit dir tanzen. Ich wünschte, ich könnte noch mal neben dir liegen und dir auf jede mögliche Art nahe sein …« Ich will weiterreden, aber ich kann einfach nicht. Meine Worte sind dick und klebrig wie Gelee und bleiben mir in der Kehle stecken, aber weil sie für immer ungesagt bleiben, fühle ich mich überwältigt von Trauer und Schmerzen, mit denen ich notgedrungen sterben werde.

Aber dann schaffe ich es doch, noch etwas zu sagen. »Du hast mir so viel Kraft gegeben. Niemand hat mir je so viel Kraft gegeben wie du. Du bist ein Geschenk. Das beste Geschenk aller Zeiten. Das Geschenk, auf das ich ein Leben lang gewartet habe, ohne daran zu glauben.«

Und dann halten wir uns einfach nur in den Armen, und ich versuche, mich in ihn hineinzuversetzen, hineinzufühlen in den Menschen, den ich am besten kenne, den ich am meisten liebe. Mit einem Mal wird mir bewusst, was für ein Glück ich habe. Und alles andere … fällt von mir ab. Ich kann so viel hinter mir lassen, vielleicht sogar alles, weil ich ihn kennenlernen durfte, weil ich ihn lieben durfte, weil er mich gekannt hat wie kein anderer, weil er mich geliebt hat wie kein anderer. Und was könnte mehr bedeuten? Was könnte wichtiger sein, wenn wir niemals das Leben führen dürften, das wir uns wünschen? Wir haben unseren Traum für kurze Zeit gelebt, und das ist mehr, als die meisten anderen in ihrem Leben erfahren dürfen.

Und deshalb genieße ich die letzten Momente, während der Sauerstoffmonitor piept und das Leben langsam verrinnt, verebbt, unvorstellbar fern von Huxley-3, so fern, dass es mir vorkommt, als hätte er nie existiert. Und ich spüre, wie es mich immer mehr einholt, spüre, wie mir mein Körper sagt, es ist an der Zeit einzuschlafen.

Aber kurz bevor es so weit ist, nimmt Dom vorsichtig meine Maske ab, sodass die eisige Luft gegen meine feuchte Haut schlägt. »Deine Maske, irgendwas stimmt nicht damit; lass uns tauschen.«

Und obwohl ich den Kopf schüttle, um mich zu weigern, setzt er mir seine eigene Maske auf und zieht die Gurte im Nacken fest, aber dabei reißt er versehentlich an meinen Haaren, sodass ich etwas zur Besinnung komme.

»Nein!«, sage ich, weil ich ihn zu gut kenne. »Bitte nicht. Tu das nicht!« Und ich blicke ihm tief in die Augen, während er meine Maske aufsetzt.

»Ich weiß, woran es liegt, Seren – ich kann das reparieren.« Er nimmt meine Hände in seine und zerdrückt sie fast.

»Versprich mir, dass du die Wahrheit sagst!«, sage ich schrill.

»Ich kann das reparieren«, sagt er, ohne auf das Versprechen einzugehen, während er blinzelnd die Augen verdreht.

»Nein, Dom!«, kreische ich. »Nein! Das lasse ich nicht zu!«

Er hustet, kneift die Augen zu und öffnet sie wieder. »Du musst Ezra helfen, okay? Kannst du das für mich tun, estrellita? Ich bleibe hier und kümmere mich um Mari, aber du musst nach vorn und ihm helfen, während ich die Maske repariere.« Er zerrt an meinen Händen, obwohl ich hartnäckig den Kopf schüttle.

»Du musst das tun, okay? Bitte.« Und als ich ihn ansehe, stupst er seine Maske gegen meine. »Bitte. Tu es für mich, okay?« Und dann: »Stimmt doch, Ezra?« Aber weil er die Sprechfunktion deaktiviert hat, hört er nichts. Erst als Dom ihn an der Schulter packt, zuckt er zusammen und dreht sich zu uns um, während er den Schalter betätigt. »Stimmt doch«, sagt Dom. »Du brauchst da vorn Serens Hilfe, oder?«

Und obwohl seine Stimme erschreckend dünn und atemlos klingt, bringt Ezra eine Antwort zustande. »Klar, im Moment kann ich jede Hilfe gebrauchen.«

Mir wird bewusst, dass ich gehen muss, dass ich ihn zurücklassen muss, aber ich kann einfach nicht. Ich versuche, möglichst nicht zu weinen, aber ich tue es trotzdem. Ich höre mein eigenes grauenhaftes Schluchzen, während ich versuche, mich von ihm zu lösen, aber es geht einfach nicht, es geht nicht.

»Du kommst schon klar«, sage ich. Keine Ahnung, ob es eine Frage oder Feststellung ist.

»Natürlich komme ich klar.« Er versucht zu lächeln. »Jetzt bring uns nach Hause.«

Und ich lasse ihn allein, weil er mir das Gefühl gibt, das Richtige zu tun, obwohl ich mein Herz bei ihm zurücklasse, wie jedes Mal, wenn wir uns voneinander trennen, seit unserer allerersten Begegnung.

KAPITEL 35

Irgendwann wache ich auf, keine Ahnung, wie viel später.

Ich nehme an, dass ich tot bin. Bin ich aber nicht.

Dabei habe ich nicht mal bemerkt, wie ich ohnmächtig geworden bin, und Ezra anscheinend auch nicht, denn er redet so hektisch auf mich ein, dass ich einen Moment brauche, um seine Worte zu verarbeiten.

»… in der Umlaufbahn, wir müssen das Ding nur noch abbremsen, wenn wir langsamer werden, gehen wir automatisch in den Sinkflug und fallen praktisch durch die Atmosphäre. Das Shuttle ist im Notfall für einen passiven Eintritt ausgelegt, und so lange das Hitzeschild ohne Kühlflüssigkeit durchhält, könnten wir es theoretisch schaffen.«

»Was schaffen …?« Ich schüttle meinen umnebelten Kopf. »Wovon redest du?«

Er blinzelt. »Hast du mir nicht zugehört? Wir sind in der Umlaufbahn. Wenn wir das Ding abbremsen, können wir den Eintritt in die Atmosphäre schaffen.«

»Sag mir, was ich tun soll.« Ich spucke die Worte aus wie Kleister, während ich am Grund eines tiefen Loches festklebe. »Wie kann ich helfen?«

Er sieht mich an und blinzelt, die Augen seltsam verdreht, bevor sie in ihre normale Position zurückkehren. »Umkehrschub«, sagt er, als wäre er unter Wasser. »Wir müssen die Geschwindigkeit senken, damit die Anziehungskraft des Planeten ausreicht, um uns herunterzuziehen.« Dann tippt er wie wild auf den Displays herum und betätigt irgendwelche Schalter. Unter unseren Sitzen fängt es an zu rumoren, ein tiefes Grollen, das wellenartig pulsiert und uns in den Ohren dröhnt. Ezra brüllt irgendetwas, aber ich verstehe kein Wort, doch mit einem Mal schießt mir seine Stimme ins Ohr.

»Die Schleuse!«, ruft er. »Hinter dir, Henson.«

»Die … was?« Ich drehe mich auf meinem Sitz herum.

»Wir müssen Ballast abwerfen.«

»Ballast? Was für Ballast? Unser Wasser?«

Er begegnet meinem Blick, unendlich traurig, dann höre ich seine Stimme. »Du kannst echt noch klar denken? Mann, Henson, jetzt mach schon! Zieh den Hebel, den Schleusenhebel – der müsste schwarz sein.«

Ich lehne mich gegen meinen Gurt und entdecke den Hebel, direkt neben einem großen roten, der die Ausstiegsluke entriegelt. Ich zerre mit aller Kraft daran, nur um festzustellen, dass er sich erstaunlich leicht bewegen lässt. Dann beobachte ich, wie es hinter uns herausspritzt, als hätten wir unsere Eingeweide verloren.

»Hab ich«, sage ich. Mein Kopf sinkt erneut gegen den Sitz, der vom kehligen Knurren der Steuerraketen vibriert, meine Zähne rattern im Kiefer, lösen sich in ihren Vertiefungen, das Blut in meinem Kopf wird zu Schaum und verschleiert meine Gedanken.

»Dom«, sage ich urplötzlich, gepackt von einer überwältigenden Angst, dass er mir vielleicht nicht antwortet. Und das tut er auch nicht. »Dom«, sage ich erneut, während die Angst vollständig von mir Besitz ergreift. Ich versuche, mich umzudrehen, um einen Blick auf ihn zu werfen, doch die Kraft, die mich in den Sitz drückt, ist zu stark. »Dom«, schluchze ich. »Bitte sag etwas. Bitte.«

»Er kann dich nicht hören«, sagt Ezra. »Keine Maske.«

Und dann sehe ich ihn im Spiegel – die Augen geschlossen, schlaff und reglos, ohne Maske.

»Ist schon okay«, sagt Ezra. »Er ist okay.«

»Nichts ist okay!«, brülle ich, aber ich kann mich nicht rühren, kann nicht zu ihm. Ich werde zurückgehalten von unvorstellbaren Kräften, die mich in den Sitz pressen, als wäre ich ein Teil davon, und ich kann nur versuchen, meine Tränen zu unterdrücken, mir gut zuzureden und ununterbrochen *nein, nein, nein* zu sagen.

Ich habe keine Ahnung, wie lange das so weitergeht. Lange genug, um erneut das Bewusstsein zu verlieren oder zumindest fast, denn ich reiße mich in letzter Sekunde zusammen, weil ich weiß, wenn ich jetzt nachgebe, dann ist es aus und vorbei. Was mich im nächsten Moment wachrüttelt, ist anscheinend die Hitze, die schwer auf mir lastet, wie ein spürbares Gewicht. Ein Gefühl, das ich noch nie empfunden habe, nicht in dieser Intensität. Als ich die Augen öffne, sehe ich es: Die Frontscheibe steht lichterloh in Flammen. »Wir brennen«, sage ich mit vibrierendem Kiefer.

»Unser Hitzeschild verbrennt.« Ezra Stimme klingt vage und verschwommen.

Ich weiß nicht, was als Nächstes geschieht; ich weiß es einfach nicht. Ich weiß nur, dass Ezra ununterbrochen weiterredet, und in der Finsternis meiner geschlossenen Augen klammere ich mich daran wie an ein Seil. Ich wünschte nur, er würde mich nicht dauernd auffordern, ihm zu antworten, denn es fällt mir unbeschreiblich schwer, und ich habe keine Ahnung, was ich sagen soll. Deshalb fange ich an zu singen, und das einzige Lied, das mir einfällt, ist ein Kinderlied – *Funkle, funkle, kleiner Stern*. Ezra fängt tatsächlich an zu lachen, allerdings so leise, so matt, dass ich mich frage, ob ich ihn auch noch verliere, und wenn ja, ob wir überhaupt noch eine Chance haben, vermutlich nicht. Aber wenn ich es mir recht überlege, hatten wir nie eine Chance, also haben wir eigentlich nichts verloren, nicht wirklich, wir haben nur gewonnen.

Und damit verkrieche ich mich, verkrieche mich in der Dunkelheit, der Geräuschkulisse, dem Erbrochenen, das mir übers Kinn läuft, während sich mein Magen unmerklich aufbäumt, dann folgt ein Moment von Stille, von tiefer Ruhe, ein hohes Pfeifen, das ich nicht richtig einordnen kann, das tief in meinem Schädel beginnt und sich rasch ausbreitet, ein Geräusch mit unendlich vielen Nuancen, die wie Musik klingen.

Und dann: nichts.

KAPITEL 36

Der Aufprall rüttelt mich wach. Ein Knall, lauter als alles, was ich je gehört habe. Eine Erschütterung, die minutenlang durch meinen Körper hallt und mich niederschmettert, sodass ich mich nicht rühren kann, außer den Kopf in Ezras Richtung zu drehen, der neben mir hustet und blinzelt.

»Dom!«, kreische ich im nächsten Moment. Ich befreie mich aus dem Gurt und stürze zu Boden, schleppe mich zu seinen Füßen, ziehe mich an seinen Beinen hoch, hinauf in seinen Schoß, an seine Brust, blicke ihm ins Gesicht, besprenkelt von dunkler Asche, blutverschmiert unter der Nase, mit unnatürlich blauen Lippen. »Dom!«, schreie ich mit einer Stimme, die ich nicht wiederkenne.

Ezra hat Mariana die Maske abgenommen und legt seine Hand an ihren Hals. »Sie atmet«, sagt er und kommt zu mir herüber, schiebt mich zur Seite, legt seine Finger an Doms Hals, runzelt die Stirn.

»Suarez?« Er neigt das Gesicht zur Seite, beugt sich vor, lauscht, tastet, schüttelt den Kopf.

»Was?«, frage ich panisch.

Ezra lauscht weiter, sieht mich an. »Hilf mir.« Er öffnet Doms Sicherheitsgurt und nimmt seine Arme. »Hilf mir, Henson!«, wiederholt er und reißt mich aus meiner Trance, sodass ich Doms Beine packe und wir ihn gemeinsam auf den Boden zwischen den Sitzen legen.

»Suarez!«, brüllt Ezra, während er Doms Kopf in den Nacken legt und ihm die Nase zuhält, um ihn zweimal zu beatmen, bevor er hart auf seinen Brustkorb drückt. Ich kann nicht mehr tun als zusehen, blind vor Tränen, die Faust gegen den Mund gepresst. Mir fehlen die Worte, um zu beschreiben, wie furchtbar einsam und endlos mir diese Minuten erscheinen; ich kann nur sagen, sie werden für immer ein Teil von mir sein. Genau wie der verzweifelte Klang meiner Stimme, als ich seinen Namen rufe und die Augen verschließe vor etwas, das nicht sein kann, das nicht sein darf.

»Henson, mach dich bereit zu übernehmen.« Als ich die Augen öffne, sehe ich, wie Ezra zu mir aufblickt, hochrot im Gesicht, verschmiert von Doms Blut, während er immer wieder drückt und drückt und drückt, dass ich ihn fast bitte, damit aufzuhören.

Dann knie ich mich hin, direkt neben Doms Hüfte. »Ich … ich kann das nicht …« Hastig wische ich meine Tränen weg und schüttle den Kopf.

»Natürlich kannst du«, keucht Ezra. »Wir können das. Wir haben das jedes Jahr mit Dr. Pen geübt. Ich hole den Defibrillator, aber du musst hier übernehmen, okay?«

»Den Defibrillator?«

»Die nächste Beatmung übernimmst du, Henson.« Er sieht mir tief in die Augen. »Okay? Gib jetzt nicht auf!«

Aber es ist alles zu viel, viel zu viel, und ich kann kaum noch etwas sehen. »Es ist meine Schuld«, sage ich. »Es ist alles meine Schuld. Er darf nicht sterben. Er darf nicht tot sein. Ich kann das nicht ohne ihn. Nein, nein, nein, nein, nein.«

»Henson, wag es ja nicht!«, brüllt Ezra völlig außer Atem. »Übernimm jetzt!«

Er zerrt mich zu sich heran, legt seine Hände auf meine und führt meine Bewegungen. »Mach genauso weiter. Nicht nachlassen. Dreißig Mal. Dann zweimal beatmen, okay?«

Und ich tue es. Ich drücke zu, wie er es mir gezeigt hat, und die ganze Zeit muss ich daran denken, wie oft ich Doms Herz habe schlagen hören, sein kostbares Herz. Sein Gesicht ist immer noch wunderschön, doch so blass, so schlaff, seine Lippen so blau. Tränen rinnen heiß über meine Wangen, ich schluchze, und mein Atem ist nicht mehr als ein scheußliches Röcheln. Dann lege ich die Hände an sein Gesicht, das ich so oft geküsst habe, drücke den Mund auf seine leblosen Lippen, und obwohl es der pure Horror ist, spende ich ihm meinen Atem, dem Menschen, den ich über alles liebe. »Komm zu mir zurück«, sage ich zwischen den Atemzügen, doch er ist so unglaublich still und die ungewohnte Schwerkraft so niederschmetternd, dass sich meine Knochen in Blei verwandeln.

Ezra reißt alle möglichen Gegenstände aus den Staufächern, sodass es mir vorkommt, als würde die ganze Welt über mir zusammenstürzen, was mich nicht einmal überrascht. Dann hockt er sich neben mich und betätigt einen Schalter an dem kleinen gelben Defibrillator, der sich mit einem hohen Fiepen auflädt.

»Ich habe keine Ahnung, wie man das Ding bedient«, sagt Ezra, der sich mit einem Ärmel den Schweiß aus dem Gesicht wischt.

Vor mir liegt ein schwindelerregender Abgrund von Panik, sodass ich instinktiv die Augen schließe und beinah in die Tiefe stürze. Es scheint keinen anderen Ausweg zu geben. Mein Verstand lässt mich im Stich, so wie immer. Aber mein Körper hält durch, übernimmt die Herzmassage, erkennt meine Stärke, von der ich selbst nichts ahne. Es ist einer dieser endlosen Momente. Mein Zeitgefühl ist so verzerrt, dass ich jede Kleinigkeit wahrnehme, jedes noch so furchtbare Detail, und urplötzlich bemerke ich eine zarte Raute von Sonnenschein, die Doms Gesicht, sein Ohr, sein Haar beleuchtet. Und im selben Moment weiß ich, dass diese Geschichte nicht so enden kann. Nicht so enden darf.

Ich halte ihm die Nase zu, um ihn erneut zu beatmen, als es plötzlich passiert: ein ersticktes Würgen, ein röchelnder Atemzug, und ich kann förmlich sehen, wie das Leben in ihn zurückströmt, unter der Haut zirkuliert. Sein ganzer Körper verkrampft sich, erschüttert von einem Hustenanfall, und er richtet sich so abrupt auf, dass unsere Gesichter zusammenprallen. Ich ziehe ihn fest an meine Brust, während er einen tiefen geräuschvollen Atemzug nimmt. Und so erwacht Dom auf der Oberfläche von Huxley-3 zu neuem Leben, durchweicht von meinen Tränen, staubig von unserer Asche. Er spuckt Blut, schleimig wie die Überreste einer Geburt, einer Wiedergeburt, und im nächsten Moment sinkt er erschöpft zu Boden. Ich bedecke ihn mit meinem Körper, schluchze hemmungsloser, als ich es je für möglich gehalten hätte, ziehe seinen Kopf an meine Brust, um sein Haar und sein Gesicht, seinen Hals und seine Arme mit Küssen zu übersäen, während er sich unter mir rührt, das Gewicht verlagert und schließlich, ohne jede Stimme, zu mir sagt:

»Estrellita.«

KAPITEL 37

Als wir die Ausstiegsluke öffnen, ist eines vollkommen ungewiss – ob wir im nächsten Moment sterben werden. Aber das tun wir nicht. Stattdessen atmen wir sauerstoffreiche Luft und leben. Wir beginnen endlich zu leben.

Niemand, der sein Leben nicht so verbracht hat wie wir, kann sich vorstellen, wie es ist, zum ersten Mal frische Luft zu atmen, sie zu riechen, Salz zu schmecken, Wind auf der Haut zu spüren. Niemand kann sich vorstellen, wie es ist, zum ersten Mal einen Ozean zu sehen, auf ihm zu treiben, auf endlosen Wassermassen, die sich unter einem rühren, einen vorantreiben wie eine lebendige Kraft, ein echtes Lebewesen.

Niemand kann sich das Gefühl vorstellen, nach oben zu blicken und zum ersten Mal den Himmel zu sehen, unter dem man nie gelebt hat. Das ist das Geheimnis, das ich mir nie hätte erträumen können, und es ist so atemberaubend schön, dass es mir Angst macht und mich zurückschrecken lässt vor all dieser Schönheit. Mit einem Mal weiß ich, warum Menschen, die auf einem Planeten leben, an so etwas wie Gott glauben, aber mir fehlt die Stimme, deshalb sage ich es niemandem, jetzt nicht und auch später nicht. Ich betrachte das zeitlose Kunstwerk von Blau und Weiß, wie ein wahr gewordener Traum, und spüre etwas in meinem Innern, das ich unmöglich benennen kann.

Eigentlich waren wir der Schwerelosigkeit gar nicht so lange ausgesetzt, trotzdem taumeln wir aus der Luke wie grätenlose Fische und klammern uns an das Shuttle, Arme und Beine zu taub zum Schwimmen, umfangen vom warmen Salzwasser, das uns unwiderstehlich herabzieht.

Die Insel ist zwei- bis dreihundert Meter entfernt, flach und blass und still. Wir wollen Mariana mitschleppen, doch sobald wir sie ins Wasser hieven, erwacht sie zum Leben, keuchend und kreischend, mit weit aufgerissenen Augen. Aber als sie sich an mir festklammert, mich fast mit runterzieht, nehme ich ihr Gesicht in beide Hände.

»Sind wir tot?«, fragt sie.

Und ich sage: »Nein. Wir haben es geschafft.«

Wir streifen unsere Uniformen ab, strampeln sie hinunter zum Meeresboden, als würden wir eine überflüssige Haut ablegen. Wir sind noch gut fünfzig Meter vom Ufer entfernt, als ich Sand unter meinen Füßen spüre und Dom von hinten einen Arm um meine Hüfte legt, um mir in der Brandung Halt zu geben.

Erst als wir zum Ufer waten, bekomme ich plötzlich Panik, drehe mich hastig um und schlinge meine Arme um Doms Körper. Ich will mich am liebsten verstecken, *er* soll mich verstecken vor den dunklen Bäumen, die ich noch nie gesehen habe, den Geschöpfen, die sich möglicherweise in ihren Wipfeln bewegen, der untergehenden Sonne, die ihr blutrotes Licht über den Horizont ergießt. Er zieht mich zu sich heran, küsst mich, lächelt an meinem Mund.

»Alles in Ordnung«, sagt er, aber unter seinen Augen, auf seinen Lippen liegen dunkle Schatten, die ich kaum ertrage.

»Du wärst fast gestorben«, sage ich mit zugeschnürter Kehle, und ein Strom von Tränen vermischt sich mit dem Salzwasser auf meinen Wangen.

»Bin ich aber nicht«, erwidert er und legt seine Hände an mein Gesicht.

Über uns erscheinen die ersten Sterne in der Abenddämmerung, zwei schmale Mondsicheln treten in Erscheinung, und ich spüre eine überwältigende Angst, der Weltraum könne mich zurückfordern.

»Ich habe dir schon mal gesagt, ich bin nicht so mutig wie andere«, sage ich, um mein Zittern zu rechtfertigen.

Aber Dom lacht nur und sagt: »Nein, estrellita, du bist nicht wie andere.« Und er küsst mich, beobachtet mich, schüttelt den Kopf. »Jemand wie du ist mir noch nie begegnet.«

Und dann nimmt er meine Hand.

Und ich gehe weiter.

DANKSAGUNG

Mein größter Dank gilt Madeleine Milburn, die mir in einer abendlichen E-Mail versicherte, dass sie an *Wir zwei in fremden Galaxien* glaubt und alles Erdenkliche tun würde, um andere ebenfalls davon zu überzeugen (unterstützt von Cara Lee Simpson und Therese Coen). Ein herzliches Dankeschön an Karen Ball und das gesamte Team von Little, Brown Books for Young Readers, weil sie sich haben überzeugen lassen. Danke, Sophie Burdess, für das wunderschöne und eindringliche Coverdesign. Ich danke Becca Allen, Catherine Doe und nicht zuletzt Kate Agar, meiner Lektorin, für das schärfste Paar unvoreingenommener Augen, das man sich wünschen kann, und ihre ungebrochene Unterstützung, die dieses Buch zu dem gemacht hat, was es immer sein sollte.

Ich danke meinen Eltern, die an den Traum eines verrückten kleinen Mädchens glaubten und ihr eine himmelblaue Schreibmaschine zu Weihnachten schenkten. Ich danke meinem Ehemann, der mir die unerreichbarsten Dinge vom Regal holt, sowohl im wörtlichen wie auch im metaphorischen Sinne, und das seit nunmehr sieben Jahren, auf drei verschiedenen Kontinenten (um trotz seines unermüdlichen Einsatzes praktisch jeden Abend ignoriert zu werden). Doch mein allergrößter Dank gilt meinen beiden Mädchen, die sich tagtäglich mit der Tatsache abfinden, dass ich anscheinend eine bessere Schriftstellerin bin als eine Mutter. Sie sind der bestmögliche Grund, weshalb ich nie aufhöre, danach zu streben, in beidem besser zu werden.

Kate Ling hatte bereits Kurzgeschichten und Gedichte in verschiedenen Anthologien und Magazinen veröffentlicht, bevor sie WIR ZWEI IN FREMDEN GALAXIEN, Band 1 der Ventura-Saga, schrieb. Auf etlichen Reisen durch verschiedene Länder hat sie viele Erfahrungen sammeln können, die in ihr Romandebüt eingeflossen sind. Die Autorin schreibt bereits an der Fortsetzung.

Welchen Weg hat das Schicksal für dich vorgesehen?

Sabaa Tahir
ELIAS & LAIA - DIE HERRSCHAFT DER MASKEN
Aus dem amerikanischen Englisch von Barbara Imgrund
528 Seiten
ISBN 978-3-8466-0035-1

Während Elias in der berühmten Militärakademie von Schwarzkliff dazu ausgebildet wird, als Elite-Krieger die silberne Maske der Macht voller Stolz und ohne Erbarmen zu tragen, muss Laia täglich die Willkür der Herrschenden fürchten. Als ihre Familie ermordet wird und ihrem Bruder die Hinrichtung droht, schließt sie sich dem Widerstand an. Sie tarnt sich als Sklavin und dringt so in das Innerste von Schwarzkliff ein. Dort trifft sie auf Elias, den jungen Krieger, der eigentlich ihr Feind sein müsste ...

Elias und Laia stehen auf ganz unterschiedlichen Seiten. Und doch sind ihre Wege schicksalhaft miteinander verknüpft.

one by Lübbe

Elias & Laia – die Geschichte geht weiter

Sabaa Tahir
ELIAS & LAIA - EINE
FACKEL IM DUNKEL
DER NACHT
Band 2
Aus dem amerikanischen
Englisch von
Barbara Imgrund
512 Seiten
ISBN 978-3-8466-0038-2

Das Schicksal hat Elias und Laia zusammengeführt und sie im Widerstand gegen das Imperium vereint. Gemeinsam fliehen sie aus Schwarzkliff, um im Gefängnis von Kauf Laias inhaftierten Bruder aus seiner Zelle zu befreien. Mit seinem Wissen könnte er von großem Wert sein für die Rebellen. Doch werden Elias und Laia es schaffen, sich unbemerkt bis ans andere Ende des Landes durchzuschlagen? Immerhin ist ihnen Helena dicht auf den Fersen. Und als rechte Hand des Imperators hat sie einen klaren Auftrag: Die beiden Verräter zu finden – und zu töten …

one by Lübbe